JEREMY FINK
E O SENTIDO DA VIDA

Wendy Mass

JEREMY FINK
E O SENTIDO DA VIDA

Tradução
Ana Ban

1ª edição

GALERA
—**junior**—
RIO DE JANEIRO
2014

CIP-BRASIL. CATALOGAÇÃO-NA-FONTE
SINDICATO NACIONAL DOS EDITORES DE LIVROS, RJ

M369j
    Mass, Wendy, 1967-
    Jeremy Fink e o sentido da vida / Wendy Mass; tradução Ana Ban. - Rio de Janeiro: Galera Record, 2014.

    Tradução de: Jeremy Fink and the meaning of life
    ISBN 978-85-01-09621-0

    1. Literatura infantojuvenil. I. Ban, Ana. II. Título.

11-6463   CDD: 028.5
                                                      CDU: 087.5

TÍTULO ORIGINAL:
Jeremy Fink and the Meaning of Life

Copyright © 2006 Wendy Mass

Todos os direitos reservados. Proibida a reprodução, no todo ou em parte, através de quaisquer meios. Os direitos morais do autor foram assegurados.

Editoração eletrônica: Abreu's System

Direitos exclusivos de publicação em língua portuguesa somente para o Brasil adquiridos pela
EDITORA RECORD LTDA.
Rua Argentina 171 – Rio de Janeiro, RJ – 20921-380 – Tel.: 2585-2000
que se reserva a propriedade literária desta tradução.

Impresso no Brasil

ISBN 978-85-01-09621-0

Seja um leitor preferencial Record.
Cadastre-se e receba informações sobre nossos lançamentos
e nossas promoções.

Atendimento e venda direta ao leitor:
mdireto@record.com.br ou (21) 2585-2002.

Para Griffin e Chloe, que nós amamos desde o segundo em que chegaram ao mundo, berrando.

E para minha família e meus amigos que, com tanta generosidade, compartilharam suas ideias comigo a respeito do sentido da vida e me ajudaram a encontrar o meu próprio.

Um obrigada especial a Stu Levine, Hayley Haugen e Karen Parker por terem lido as páginas tão rápido quanto eu era capaz de escrevê-las e por melhorá-las, e à minha editora Amy Hsu, por acreditar em mim desde o começo.

A criatura tem um motivo, e seus olhos brilham com ele.

— *John Keats*

Prefácio

22 de julho

Meu suor tem cheiro de manteiga de amendoim. Como eu sou bem chato para comer, minha mãe me dá sanduíche de manteiga de amendoim em todas as refeições, incluindo o café da manhã e o lanchinho da meia-noite. Eu como muitos lanches à meia-noite porque gosto de ficar acordado enquanto o resto do mundo dorme (tirando as pessoas em outros fusos horários que ainda podem estar acordadas, mas não têm como comprovar isto para mim). Então, agora, quando suo, eu fico com cheiro de manteiga de amendoim em vez de cê-cê, e acho que isso não é assim tão mau. Prefiro ter o cheiro de uma cantina de escola do que o de um vestiário.

Neste exato momento, minha melhor amiga, Lizzy, está sentada ao meu lado, apertando o nariz. Não é por causa da manteiga de amendoim, que não a incomoda mais. O odor ofensivo pertence à combinação especial de terreno pantanoso encharcado e peixe podre que faz a fama do lago Mosley, no noroeste de Nova Jersey.

Estamos no meio de um longo e quente verão, e eu, Jeremy Fink, um garoto nascido e criado na cidade, estou sentado em uma pedra no meio do lago que, apesar de certamente ser fedido, também é muito sereno. O céu é de um azul limpo, uma brisa suave sopra do oeste e a água verde-clara bate contra a lateral do bote a remo velho e meio caindo aos pedaços que nos trouxe até aqui.

No meu colo, equilibro uma caixa lisa feita de madeira clara, do tamanho de uma torradeira. A caixa tem as palavras O SENTIDO DA VIDA entalhadas com cuidado na parte de cima. Embaixo delas, em letras menores, diz: PARA JEREMY FINK ABRIR NO DIA DE SEU ANIVERSÁRIO DE TREZE ANOS.

Hoje é o dia do meu aniversário de treze anos. Eu nunca iria imaginar, quando recebi esta caixa há um mês, que as instruções seriam tão impossíveis de seguir.

Lizzy não para de cutucar meu braço, dizendo para eu andar logo e fazer o que viemos fazer aqui. Sim, minha melhor amiga é uma menina, e não, eu não sou secretamente apaixonado por ela. Lizzy e o pai se mudaram para o apartamento vizinho quando ela e eu tínhamos um ano de idade. A mãe dela havia abandonado a família e se mudado para uma das Dakotas com um sujeito que trabalhava em uma fazenda de gado (e isso explica por que Lizzy se tornou vegetariana assim que teve idade suficiente para entender o que era uma fazenda de gado). Então Lizzy passava o dia conosco, enquanto o pai trabalhava no correio. Minha mãe costumava nos colocar lado a lado e trocar nossas fraldas. Não dá para ser romântico com alguém depois disso.

Além do mais, Lizzy é famosa por causar confusão. Ela tem muitas opiniões, geralmente negativas. Por exemplo, ela acha que minha coleção de doce mutante é nojenta. Acho que ela tem inveja porque não teve essa ideia primeiro. Alguns dos melhores são um Good & Plenty quadrado, uma bala de alcaçuz com uma camada extra de branco e meu motivo de orgulho e alegria: um M&M de amendoim do tamanho do meu dedo mindinho. Aposto que consigo uma fortuna por ele no eBay.

Nossa viagem até esta pedra começou há muito tempo: antes mesmo de eu nascer. Se meu pai tivesse tido permissão de passar o aniversário de treze anos *dele* jogando beisebol com os amigos em vez de ter sido arrastado pelos pais para Atlantic City, eu não estaria sentado aqui, e a caixa não existiria. Quem poderia imaginar que estes dois acontecimentos tinham alguma conexão?

Anos antes, enquanto minha avó estava em uma loja comprando bala puxa-puxa feita com água salgada, meu pai saiu andando pelo calçadão e acabou na frente de uma senhora que lia mãos. Ela pegou a mão suada dele e colocou perto do rosto. Então deixou o braço dele cair na mesinha coberta de veludo e disse: "Você vai morrer quando estiver com quarenta anos." Minha avó chegou a tempo de escutar a declaração da vidente, puxou meu pai para longe e se recusou a pagar. Sempre que meu pai contava a história, ele dava risada, então nós também ríamos junto.

Acontece que a previsão da vidente estava errada. Meu pai não morreu com quarenta anos. Ele só tinha trinta e nove. Eu tinha acabado de fazer oito. Meu pai deve ter tomado a profecia com mais seriedade do que deixava transparecer, porque ele se preparou para a morte, e esta caixa prova isso.

— O que você está esperando? — berra Lizzy na minha orelha.

Lizzy tem um jeito próprio de falar. Ela geralmente grita. Isto acontece em parte porque o pai dela é surdo de um ouvido por ter ido a muitos shows de rock quando era mais novo, e em parte porque ela é um tanto exagerada.

Eu não respondo, e ela suspira. Até os suspiros dela são barulhentos. As beiradas da caixa estão pressionando minhas pernas nuas, então eu a coloco na toalha que Lizzy estendeu na pedra entre nós. Esta caixa passou a simbolizar todas as minhas esperanças, todos os meus fracassos. Antes de fazer qualquer outra coisa, preciso retomar tudo que aconteceu neste verão: o Grande Erro, o velho, o livro, o abajur, o telescópio e esta caixa, que foi o começo de tudo.

Capítulo 1: A caixa

22 de junho

— Você já reparou como as cores parecem mais fortes no primeiro dia das férias de verão? — pergunto a Lizzy. — E como os passarinhos cantam mais alto? E o ar ganha vida, cheio de possibilidades?

— Hã? — balbucia Lizzy, folheando revistas em quadrinhos das prateleiras da loja do meu tio Arthur, a Fink's Comics and Magic. — É, claro. Mais cor, mais barulho, mais vida.

Algumas pessoas ficariam incomodadas se a melhor amiga só escutasse metade do que se diz a ela, mas acho que falar com Lizzy é um pouco melhor que falar sozinho. Pelo menos, assim, as pessoas na rua não ficam olhando para mim.

Ao longo dos próximos dois meses, meu plano é aprender um ou dois truques de mágica novos, pegar os livros didáticos da oitava série emprestados na biblioteca para adiantar as lições (mas sem contar para Lizzy, que ia dar risada na minha cara) e dormir até a hora que eu quiser. Este vai ser um verão de lazer, e bem no meio vai ter a feira estadual e meu tão esperado aniversário de treze anos. Eu geralmente adoro ir à feira, mas neste ano tenho que fazer parte de uma das competições, e estou morrendo de medo. Pelo menos meu aniversário vai ser na mesma semana.

Estou cansado de ser considerado um "menininho" e ansioso para me tornar oficialmente adolescente. Até que enfim vou conhecer o Código Secreto da Adolescência.

Espero que tenha um aperto de mão especial. Eu sempre quis pertencer a um clube com um aperto de mão secreto.

— Corra! — sussurra Lizzy de forma estridente no meu ouvido. Quando Lizzy diz *corra* no meu ouvido, só pode significar uma coisa: ela roubou algo. Ela tem sorte de meu tio e meu primo Mitch estarem na sala dos fundos e não terem visto. Eles não são nada legais com quem rouba a loja deles.

Quando consigo colocar meu quadrinho de volta à prateleira, ela já está a meio caminho da porta. Na pressa, ela derrubou minha mochila, que eu tinha colocado em pé com todo o cuidado entre nós dois. Todas as coisas saem voando pela parte de cima aberta, para os outros clientes verem. Eu pego a mochila e, bem rápido, enfio meu exemplar todo amassado de *Guia de viagem no tempo para dummies*, um sanduíche de manteiga de amendoim pela metade, um pacote de Starburst, dois docinhos Peppermint Patties, truques de mágica variados que acumulei ao longo dos anos, a garrafa de água que eu sempre carrego, porque hidratação nunca é demais, a caneta de astronauta que me permite escrever sob qualquer condição (inclusive embaixo d'água e deitado) e, finalmente, minha carteira, que sempre tem pelo menos oito dólares porque meu pai uma vez me disse que, se um homem tiver oito dólares no bolso, sempre vai conseguir chegar em casa. Então pego de volta uma das Peppermint Patties, abro o pacote rapidinho e enfio na boca. Culpo meu pai por eu gostar tanto de doce. O lema dele era: *A vida é curta; coma a sobremesa primeiro.* Como eu posso discutir?

Coloco a mochila no ombro, saio pela porta e olho para os dois lados da rua à procura de Lizzy. Como ela é ruiva, é fácil de achar. Ela está encostada na vitrine da Larry's Locks and Clocks, um chaveiro que também conserta relógios, admirando seu mais novo tesouro: um folheto cor de laranja anunciando a estreia de uma nova edição dupla de *Betty and Veronica*. Minutos antes, ele estava pregado na parede da loja.

— Você não pode usar seus talentos para o bem em vez do mal? — pergunto e engulo o restinho da Peppermint Pattie.

Ela não responde, só dobra o papel de qualquer jeito e enfia no bolso de trás.

— Por que, Lizzy? — pergunto quando começamos a caminhar pelo quarteirão na direção de casa.

— Por quê?

— Por que o quê? — pergunta ela e coloca um pedaço de Bazooka de uva na boca. Ela me oferece um, mas eu balanço a cabeça. Uva e menta simplesmente não combinam.

— Por que roubar uma coisa que não vale nada?

— Você ia preferir que eu roubasse algo que *de fato* valesse alguma grana?

— Claro que não.

— Bem, então pare de reclamar — diz ela. — Não dá para explicar a razão das coisas que eu pego. Eu não escolho, elas é que me escolhem.

— Que tal todos os clientes que não vão ficar sabendo sobre a nova edição de *Betty and Veronica* por sua causa?

Ela dá de ombros.

— Ninguém mais lê a revistinha do Archie.

É verdade que os quadrinhos do Archie são sempre os que sobram no fim do mês. Archie era o preferido do meu pai quando ele era criança, então ele sempre tinha em estoque. Meu tio Arthur não conhece quadrinhos o suficiente para saber qual é a diferença entre *X-Men* e *Riquinho*, então ele sempre encomenda todos.

— Isso não faz muita diferença — digo a ela.

— Até parece que você vai chorar se seu tio perder uma ou duas vendas. Você não suporta o cara, está lembrado?

— Não é que eu não suporto meu tio — afirmo e cruzo os braços. — Tente ter um tio que te ignora e que é irmão gêmeo idêntico do seu pai que já morreu para ver se vai gostar.

Lizzy agora ficou quieta e está totalmente concentrada em tirar a casquinha do machucado no cotovelo. Eu não devia ter dito isso sobre o meu pai. Quando ele morreu, Lizzy ficou quase tão incomodada quanto eu. Ele era um tipo de segundo pai para ela. Mas, por mais aborrecida que ela estivesse, mesmo assim passou três semanas dormindo no saco de dormir dela, no chão do meu quarto, até eu conseguir voltar a dormir a noite toda.

Conseguimos chegar ao nosso prédio em Murray Hill sem chatear mais um ao outro e sem que Lizzy roubasse qualquer outra coisa. Um dos nossos vizinhos, o Sr. Zoder, sobe a escada bem devagar. É sexta-feira, então ele está vestido de amarelo. Meus pais sempre disseram que Nova York é cheia de personagens, e por isso não queriam morar em nenhum outro lugar. Estamos prestes a segui-lo para dentro quando o carteiro, Nick, aparece empurrando seu enorme carrinho azul.

— Oi, Nick — Lizzy cumprimenta.

— Ora, ora, se não são Lizzy Muldoun e Jeremy Fink — responde ele e coloca a mão na aba do boné. Todos os carteiros do bairro nos conhecem porque o pai de Lizzy trabalha no correio.

— Vamos ver o que temos para vocês hoje. — Nick enfia a mão no carrinho e tira uma caixa de papelão bem grande. Para minha surpresa, está endereçada a Elaine Fink, com o nosso endereço! Nem posso imaginar o que deve ser, já que minha mãe nunca compra nada pelo correio. Aliás, tirando comida e as minhas roupas (que eu faço questão de que sejam novas, depois que um garoto na minha classe disse que eu estava usando um suéter que a mãe dele tinha jogado fora na semana anterior), não temos quase nada que não venha de uma feirinha de antiguidades ou que não tenha sido encontrado na rua. Não é que nós não tenhamos dinheiro para comprar coisas novas. Minha mãe tem um bom emprego na biblioteca. Mas acredita que fazer compras é coisa de otário e que reciclar os bens de outras pessoas de algum modo salva o ambiente.

17

ENTÃO, O QUE TEM NAQUELA CAIXA?

Nick está quase me entregando, mas hesita e volta a guardar no carrinho. Em vez disso, ele me entrega a seleção de sempre de contas e propagandas.

— Espere — digo, depois que ele entrega a correspondência a Lizzy. — Mas e aquela caixa? Não é para minha mãe?

— Claro que é — responde Nick. — Mas é correspondência registrada. Isso significa que um adulto precisa assinar.

— Mas minha mãe fica o dia inteiro no trabalho. Tenho certeza de que ela não vai se importar se eu assinar.

— Jeremy tem a altura de alguns adultos — afirma Lizzy. — Isso deve fazer alguma diferença.

Nick balança a cabeça.

— Sua mãe pode pegar no correio quando for para o trabalho amanhã.

Como não é o tipo de pessoa que desiste fácil, Lizzy diz:

— A caixa parece pesada. Você não quer ficar carregando pelo resto do percurso, não é mesmo?

Nick dá risada.

— Não é tão pesada assim. Acho que consigo me virar — diz e começa a empurrar o carrinho na direção do prédio seguinte, e nós o acompanhamos.

— Mas, Nick — imploro. — Amanhã é sábado e nossa agência de correio fica fechada. Minha mãe só vai poder pegar a caixa na segunda. Se é entrega especial, talvez signifique que é muito importante...

— Tipo um *remédio* ou algo assim! — completa Lizzy.

— Isso mesmo — digo, ansioso. — Alguma coisa que não pode esperar um fim de semana inteiro.

— Acho que eu ouvi a Sra. Fink tossindo hoje de manhã — diz Lizzy. — Ela pode estar com aquela coisa de gripe aviária, ou com sarampo alemão, ou...

Nick ergue a mão.

— Chega, chega. Daqui a pouco vocês vão colocá-la de quarentena com peste. — Ele estende a mão para pegar a caixa, e Lizzy e eu trocamos um sorriso rápido.

Assino o meu nome com a letra mais bonita possível na tirinha de papel e devolvo a ele.

— Mas deixem que ela abra — instrui ele e coloca a caixa nos meus braços estendidos.

— Certo, certo — diz Lizzy. — Abrir a correspondência dos outros é crime federal, nós sabemos.

— Tchau, Nick — digo, ansioso para levar o pacote para cima. Não é pesado, mas é difícil de carregar.

— Não se metam em confusão — diz ele e se afasta.

— Quem, nós? — diz Lizzy para ele. Subimos o curto lance de escada até o primeiro andar, onde moramos. Minha mãe me disse na semana passada que uma família nova logo se mudaria para o apartamento vazio no fim do corredor. Estou muito curioso para ver quem são essas pessoas. Artistas de circo? Um jogador de beisebol da segunda divisão? A maioria dos garotos ia querer mais garotos da sua idade, mas eu não me importo com isso. Por que alguém precisa de mais do que um bom amigo?

Como meus braços estão ocupados, Lizzy usa a cópia da chave do meu apartamento que ela tem e abre a porta. Vou direto para a cozinha e coloco a caixa na mesa de três pernas, que já é um belo avanço em relação à de duas pernas que meus pais tiveram que colar na parede para não cair.

— Então? — pergunta Lizzy, com aquele brilho tão conhecido no olhar de "vamos fazer alguma coisa errada". — Vamos abrir? — Ao mesmo tempo, chegamos mais perto para ver o endereço do remetente. Está borrado e é difícil de ler. — Folgard e Levine, Escritório de Direito — diz. — O que é "Escritório de Direito"?

— "Escritório de Direito" é de advogados — explico. Eu me orgulho de saber muitos fatos obscuros. É de tanto eu passar a noite em claro lendo.

— Por que um bando de advogados mandaria alguma coisa para sua mãe?

— Não sei.

— Vai ver que ela roubou um banco — sugere Lizzy. — E que as provas contra ela estão nesta caixa!

— Fala sério — digo. — Como dá para ver pelo nosso apartamento, minha mãe não se interessa em ter coisas refinadas.

Observo os olhos de Lizzy absorverem as cortinas feitas de fios de contas, o lençol tie-dye na parede que esconde uma rachadura comprida, a coleção de cartões-postais antigos em preto e branco, todos mostrando alguma raça de cachorro com saiote de bailarina, a mesa de três pernas.

— Certo — diz ela. — Então ela não roubou um banco. Mas, olha só, quem sabe ela ganhou alguma coisa! Será que ela participou de algum daqueles concursos malucos?

— Não sei dizer — respondo, hesitante. Minha mãe e eu não temos conversado muito. Ela tem o trabalho na biblioteca durante o dia, e faz aula de arte três noites por semana na escola em que a minha tia Judi (a irmã gêmea da minha mãe) dá aula. Minha mãe também é gêmea idêntica, mas, diferentemente do meu pai e do meu tio Arthur, ela e tia Judi se gostam.

Lizzy pergunta:

— Lembra de quando sua mãe precisou fazer uma descrição em dez palavras para torta de maçã e ganhou uma torta diferente por mês durante um ano?

Ah, sim. Eu me lembro com carinho do Ano das Tortas. Tortas não são tão boas quanto balas, mas, ainda assim, são melhores que qualquer coisa que minha mãe tentou me fazer comer ao longo dos anos. Fizemos a última torta (de rutabaga, como eu bem me lembro) durar semanas, consumindo uma mordida de cada vez.

Mas esta caixa não tem jeito de conter tortas. Nem sacos de aspirador, nem laranjas da Flórida, nem pacotes de gelatina, nem qualquer uma das coisas que minha mãe tenha ganhado ao longo dos anos escrevendo jingles ou colecionando a parte de cima de caixas ou a etiqueta de latas. Examino a caixa. Papelão grosso, com uma única camada de fita adesiva transparente no meio.

— Sabe o que isto significa? — diz Lizzy e aponta para a fita adesiva.

— Que podemos tirar a fita adesiva sem estragar a caixa, e depois podemos colocar a fita de volta no lugar e minha mãe não vai saber a diferença?

— É!

— Não vai rolar — digo e me jogo na única cadeira de cozinha que por enquanto minha mãe não transformou em projeto artístico. As outras estão cobertas com uma pele de oncinha falsa que arranha a pele ou têm tampinhas de garrafa cobrindo as pernas e as costas.

— Se você está com medo daquela coisa de crime federal — diz Lizzy —, só vale quando é correspondência de uma pessoa desconhecida. Acho.

— Vamos esperar até minha mãe chegar em casa — digo com firmeza. Fico achando que ela vai continuar a discussão, mas fica lá parada perto da caixa, com um ar um pouco inocente demais.

Bem sério, eu pergunto:

— Lizzy, você fez alguma coisa?

Apressada, ela solta:

— Não é minha culpa! A ponta da fita adesiva simplesmente levantou!

Eu me ergo da cadeira de um pulo e vejo que ela descolou alguns centímetros da fita no lado da caixa que está de frente para ela. Preciso admitir que tinha *mesmo* soltado bem, sem rasgar nem fazer o papelão se desfolhar.

— Certo — digo bem rapidinho. — Vamos fazer isto antes que eu mude de ideia.

Lizzy bate palmas e nós começamos a soltar a fita com muito cuidado pelas duas pontas. Acabamos nos encontrando no meio e removemos a peça toda. Lizzy a coloca esticada em cima de uma cadeira da cozinha. Eu abro as quatro abas e nós olhamos lá dentro.

No começo, só vemos um monte de folhas de jornal amassadas. Por um breve momento, fico achando que não há mais nada lá dentro. Estou com medo de tocar em qualquer coisa, mas Lizzy aparentemente não tem este problema, porque vai logo enfiando as mãos e começa a tirar dali bolas de jornal. Ela joga tudo em cima da mesa e está quase começando a próxima camada quando eu a detenho.

— Espere — digo e junto as bolas de jornal em uma pilha arrumada. — Depois vamos ter que empacotar exatamente como encontramos. — Estou prestes a colocar um jornal dobrado na pilha quando uma manchete chama minha atenção. Aliso a página amassada em cima da mesa. Com o coração batendo rápido, estendo a página para Lizzy e digo: — Olha só essa reportagem.

Ela balança a cabeça.

— Você sabe que eu não gosto de ler jornal. É deprimente demais. Por que eu começaria a ler agora?

— Juro, lê isso — insisto. — É do caderno de ciência.

Ela revira os olhos e arranca o papel da minha mão.

— "Cientistas acreditam que buracos negros podem ser a chave para as viagens no tempo." E daí? — pergunta ela. — É só você colocar na sua pasta de viagem no tempo. Sua mãe não vai reparar se estiver faltando uma folha de jornal.

— Eu não *preciso* colocar na minha pasta — digo a ela, pego o jornal de volta e amasso em uma bola.

— Eu já tenho.

— Hã?

— Este jornal tem cinco anos!

Ela tira mais folhas da caixa, até achar uma com data. Ela respira fundo e diz:

— Você tem razão! Esta página é de uma semana depois... depois... — As palavras de Lizzy vão sumindo enquanto ela fica ocupada em tirar mais papel da caixa. Eu sei o que ela ia dizer. O jornal é da semana seguinte à que meu pai morreu.

Em silêncio, tiramos o resto do jornal da caixa até sobrarem só duas coisas lá dentro: uma carta datilografada em papel timbrado e um objeto retangular do tamanho de uma caixa de sapato. Envolto em papel de seda. Ficamos nos olhando com os olhos arregalados. Lizzy começa a estender a mão na direção da carta e então recua.

— Talvez seja melhor você fazer isto.

— Mas e se for alguma coisa que minha mãe não quer que a gente veja?

— Nós chegamos até aqui — diz ela. Mas logo completa: — A decisão é sua.

Enxugo as mãos suadas no short. Por mais que eu não queira admitir, estou curioso com o pacote misterioso, e não consigo me segurar. Aprumo os ombros e pego a carta com cuidado, tentando não amassar. O endereço no cabeçalho é o mesmo do remetente. A carta, pelo menos, não tem cinco anos, porque tem a data de ontem. Leio em voz alta, tentando manter a voz firme:

Cara Laney,

Espero que esteja bem. Sei que eu deveria mandar isto aqui um pouco mais tarde, mas fechamos a filial de Manhattan, e eu não queria correr o risco de isto se perder na mudança para o escritório de Long Island. Outra razão para mandar com antecedência — e acho que você não vai gostar da notícia — é que parece que eu não sei onde coloquei as chaves. Tenho certeza de que você as enviou com a caixa para o meu escritório, e tenho uma leve lembrança de ter escondido em algum lugar bem seguro. Infelizmente, seguro demais. Sinto dizer.

O chaveiro que eu consultei disse que o mecanismo da tranca na caixa é um complicado sistema de alavancas e roldanas. Cada um dos quatro buracos de fechadura precisa de um tipo de chave diferente, e uma tranca interna impede que a caixa seja forçada a abrir. Claro que Jack não se contentaria com uma caixa normal só com uma fechadura, como todo mundo. Tenho certeza de que você e Jeremy vão descobrir um jeito de abrir antes de chegar a hora.

Eu só tenho boas lembranças de Jack do nosso tempo na faculdade, e fiquei honrado em fazer o favor de guardar isto para ele durante todos estes anos. Desejo tudo de melhor para você.

Atenciosamente,

Harold

Lizzy pega a carta da minha mão e lê de novo para si.

— O que isto significa? — diz ela baixinho.

Lizzy raramente diz alguma coisa baixinho, por isso eu sei que ela está tão surpresa quanto eu. Não me sinto seguro para falar, então só balanço a cabeça. Não me lembro de o meu pai ter mencionado algum colega de faculdade chamado Harold, mas admito que eu parava de prestar atenção sempre que meus pais começavam a lembrar dos velhos tempos de faculdade. Mas aquele tal de Harold devia ter conhecido os dois muito bem, porque chamava minha mãe de *Laney*, coisa que só os amigos mais próximos dela fazem. Então minha mãe mandou o pacote para ele e disse para ele mandar de volta cinco anos depois? Por que ela faria isso? E o que ele quer dizer quando diz que está fazendo um favor para o meu pai?

Antes que eu consiga me segurar, enfio a mão na caixa e tiro de lá o objeto embrulhado. O papel de seda escorrega e cai no chão. Fico segurando uma caixa de madeira lisinha com buracos de fechadura em quatro lados. Um verniz transparente faz a caixa quase parecer viva. A primeira ideia que me vem é como a caixa é linda. Eu nunca imaginei que uma caixa de madeira pudesse ser linda. Caramba, acho que eu nunca *usei* essa palavra (linda) antes e, se algum dia Lizzy perguntar, vou negar que usei neste momento.

Lizzy se abaixa para pegar o papel de seda aos meus pés. Ela se levanta devagar e diz:

— Humm, Jeremy?

— Hãããã? — Não consigo tirar os olhos da caixa nas minhas mãos. Eu a sacudo com cuidado e ouço alguns objetos abafados se mexerem e baterem uns contra os outros. Não deve pesar mais de um quilo.

— Humm, acho que é melhor você ver o outro lado — diz Lizzy.

Continuo sacudindo a caixa para a frente e para trás, fascinado. Ela finalmente a arranca das minhas mãos, vira e devolve. Olhando para mim estão as seguintes palavras: O SENTIDO DA VIDA: PARA JEREMY FINK ABRIR NO DIA DE SEU ANIVERSÁRIO DE TREZE ANOS.

Eu reconheceria uma obra do meu pai em qualquer lugar.

Capítulo 2: A explicação

— Parece que o pacote não era para sua mãe, afinal — diz Lizzy depois de alguns minutos.

Não respondo. Minhas mãos estão tremendo, e coloco a caixa de madeira na mesa da cozinha. Recuamos cerca de meio metro e ficamos olhando para ela.

— Então, é um presente de aniversário do seu pai? — pergunta Lizzy.

Eu concordo com a cabeça. Meu coração está batendo tão forte que dá para escutar a pulsação nos ouvidos.

Ficamos olhando mais um pouco e as palavras flutuam na minha frente. *O sentido da vida: Para Jeremy Fink. Aniversário de treze anos.* Minha mãe obviamente já sabia disso há pelo menos cinco anos. Por que ela não me contou? Eu não escondo nenhum segredo de ninguém. Bem, acho que não contei a ninguém a respeito de beijar Rachel Schwartz no *bat mitzvah* dela em abril, mas isso é principalmente porque não foi bem um beijo, nossos lábios apenas ocuparam o mesmo espaço sem querer quando tentamos pegar o último copo de Shirley Temple na bandeja do garçom ao mesmo tempo.

— Então, o que você acha que tem aí dentro? — pergunta Lizzy.

Eu finalmente falo.

— Não faço ideia.

— Será que o sentido da vida pode estar dentro de uma caixa?

— Nunca pensei que poderia — respondo.

— E você nunca tinha visto essa caixa?

Eu balanço a cabeça.

— Sua mãe algum dia falou sobre ela?

Balanço a cabeça mais uma vez e tento me lembrar do que se deve fazer para evitar um ataque de pânico. Eu só tive um, quando minha mãe e eu pegamos um avião para ir à Flórida para visitar meus avós no ano passado. Não importa o que digam a respeito de como viajar de avião é seguro, acho que só pássaros e super-heróis deviam andar pelas nuvens. Respire fundo, conte até quatro, inspire. Eu nunca tinha refletido sobre o sentido da vida antes. Por que eu não pensei sobre isso? Qual é o meu problema? Será que todas as outras pessoas já pensaram sobre isto, menos eu? Talvez eu estivesse ocupado demais tentando aprender sobre viagem no tempo para impedir que meu pai pegasse o carro naquele dia fatídico. Mas minha pesquisa sobre viagem no tempo é importante, se não *vital*, para toda a humanidade. Como eu poderia deixá-la de lado para ficar pensando no sentido da vida?

— Está tudo bem com você? — pergunta Lizzy e olha para mim. — Você parece um pouco verde.

Eu realmente sinto a cabeça um pouco tonta, de tanto respirar fundo.

— Acho que preciso me sentar.

Vamos até a sala e eu me afundo no sofá castanho de veludo cotelê. Eu me reclino e fecho os olhos. Quando eu tinha três anos, coloquei o nome de Mongo neste sofá. Foi um dos primeiros móveis que os meus pais acharam na rua, no auge da época de coleta deles, antes de eu nascer. Meu pai disse que os objetos que as pessoas deixavam na rua são chamados de *mongos*. Acho que ele deve ter me dito isso quando estávamos sentados no sofá, porque de algum modo eu achei que ele estava dizendo que o *sofá* se chamava Mongo. O sofá já era velho quando eles encontraram, e agora é mais velho ainda. Conforme os anos foram se passando, minha mãe foi cobrindo os buracos com pedaços de outros tecidos. A esta altura, o sofá é quase TODO de outros tecidos, mas ela não se livra dele porque eu dei um nome para ele. Ela é sentimental assim. Mas parece que não é tão sentimental a ponto de me falar da caixa!

— Você está começando a parecer mais ou menos normal outra vez — observa Lizzy. — Já não está mais tão verde. Um pouco suado, talvez.

Nada como a aparição daquela caixa tinha acontecido antes comigo. Ou com qualquer pessoa que eu conheço. Ou com qualquer pessoa sobre quem eu tenha lido. Preciso dar um jeito nisto, fazer um plano. Abro os olhos e digo:

— Vamos recapitular.

— Certo — diz Lizzy e se senta ereta, ansiosa. Lizzy adora uma boa recapitulação. Nós vimos um detetive fazer isso uma vez na TV e, desde então, de vez em quando recapitulamos nosso dia.

Eu me levanto e começo a andar em volta da mesinha de centro.

— Certo — digo. — Estávamos para entrar no prédio quando Nick chegou. Nós o convencemos a nos dar o pacote grande que tinha o nome da minha mãe. Prometemos deixar para ela abrir e aí, de algum jeito, sem perceber, nós abrimos.

— Essa é uma maneira de colocar as coisas — diz Lizzy em tom de incentivo. — Continue.

— Dentro da caixa, nós encontramos uma carta de um advogado que é um antigo amigo do meu pai. Ele disse que perdeu as chaves de uma caixa de madeira que o meu pai deixou para ele me entregar quando eu fizesse treze anos — faço uma pausa e respiro fundo —, e vou fazer treze anos daqui a um mês, mas não tenho como abrir a caixa.

— Talvez a sua mãe tenha chaves extras — sugere Lizzy.

— Duvido. Harold parecia sentir de verdade por perdê-las, então ele devia ter bastante certeza de que eram as únicas.

— Mas e se o seu pai fez a caixa ele mesmo? Talvez as chaves possam estar com as ferramentas antigas dele. Não, espere, sua mãe as doou, certo?

Eu assinto, lembrando-me de como foi difícil para ela se desapegar das coisas dele.

— Mas não faz diferença. Meu pai era bom para consertar as coisas, mas não acho que fosse capaz de fazer uma coisa tão complicada quanto esta, com todas estas fechaduras. Mas ele com certeza fez a gravação da parte de cima. Ele adorava aquela ferramenta de gravar.

— É — diz Lizzy, nostálgica, sem dúvida se lembrando do fim de semana em que meu pai saiu gravando as iniciais dele em todas as superfícies de madeira da casa, até minha mãe tirar a ferramenta dele (mas não antes de Lizzy ganhar uma placa com o nome dela para pendurar na porta do quarto). — É uma pena você não ter herdado os genes habilidosos dele.

— É verdade, mas se eu tivesse herdado, não teríamos o buraco entre o meu quarto e o seu, de quando eu tentei pendurar aquelas prateleiras. — Ao longo dos anos, Lizzy e eu fizemos bom uso do buraco para passar bilhetinhos de um lado para o outro. É sorte o nosso quarto ser parede a parede, senão o buraco poderia ter ficado no meio da cozinha dos Muldoun.

— Nós vamos achar um jeito de abrir a caixa — diz Lizzy, decidida. — Eu prometo.

— Não quero ofender, mas suas promessas costumam não se cumprir, ou pelo menos serem mudadas, muitas vezes.

— Não desta vez — diz ela e se levanta de Mongo com um salto. — Venha, vamos fechar o pacote de novo. Sua mãe pode chegar a qualquer momento.

Eu a sigo de volta até a cozinha e observo enquanto ela volta a colocar cada item na ordem inversa. Fico impressionado de ver como ela está fazendo tudo com tanta organização, já que Lizzy é a pessoa mais desorganizada que eu conheço. Quando ela coloca o último jornal amassado na caixa, percebo que não vai ter jeito de eu fingir para minha mãe que não sei o que tem lá dentro.

Quando Lizzy estende a mão para pegar o pedaço comprido de fita adesiva, eu digo:

— Nem se dê ao trabalho de fechar. É melhor dizer logo a ela que eu abri. Não sei mentir tão bem quanto você.

Lizzy coloca as mãos na cintura e aperta os olhos.

— Acho que fui insultada.

— Eu só quis dizer que se eu fosse um espião preso atrás das linhas inimigas, ia querer que *você* explicasse o que eu estava fazendo ali. Cada um de nós tem suas forças, e fazer com que as pessoas acreditem em você é uma das suas.

— Então qual é a *sua* força? — pergunta ela.

Boa pergunta. Qual *é* a minha força? Será que eu *tenho* mesmo alguma força? Talvez eu tenha *forças demais*, e é por isso que não consigo pensar em uma só.

— Ah, deixe para lá — diz ela e se dirige para a porta. — Dá para ver que isso está forçando seu cérebro, e preciso ir para casa arrumar a mesa para o jantar.

Combinamos que vou mandar um bilhete pelo buraco da parede quando eu levar bronca e for mandado para o quarto, coisa que, tenho certeza, vai acontecer. Nosso relógio de pêndulo (mongo da rua 83 com a avenida 2) bate cinco vezes. Isso significa que tenho vinte minutos antes de minha mãe chegar em casa para fazer um número suficiente de coisas boas pelo apartamento para que ela talvez me dê uma trégua por ter aberto o pacote.

Pego a comida de peixe na prateleira da cozinha e me apresso pelo corredor onde o aquário fica em cima de uma mesa de mármore comprida (mongo da rua 67 com a Central Park West). Todos os peixes nadam até a superfície para me cumprimentar, menos o Gato, o solitário. Todos os meus peixes têm o nome de outro animal porque minha mãe não me deixa ter um bicho de estimação de verdade por estar de luto até hoje por causa do coelho que teve na infância. O Gato é um peixe-tigre listrado que fica na dele. O Cachorro é marrom com manchas brancas e não é muito inteligente. Ele passa a maior parte do dia batendo o nariz na lateral do aquário. O Hamster é um peixinho dourado hiperativo e cor de laranja que passa o dia todo nadando de um lado para o outro como se estivesse em uma corrida olímpica de revezamento. Meu peixe mais novo, o Ferret, é comprido e prateado e às vezes é difícil de achar porque ele se confunde com as pedras cinzentas no fundo do aquário. Salpico um pouco de comida e eles se apressam em nadar até a superfície para engolir tudo.

Esses peixes e eu somos muito parecidos. Eles nadam ao redor das mesmas quatro paredes, a salvo e em segurança em seu ambiente familiar. Eu também sou assim. Sinceramente, não vejo nenhuma razão para sair do meu bairro. Tudo que eu posso querer ou precisar está à disposição em poucos quarteirões, em qualquer direção: a loja do meu pai (eu ainda penso nela como sendo dele), filmes, escola, o médico, o supermercado, o dentista, roupas, sapatos, o parque, a biblioteca, o correio, tudo. Eu não gosto de mudanças.

Pego o espanador embaixo da pia e percorro todo o apartamento, passando-o por todas as superfícies que podem juntar pó. Limpo os espelhos, as várias esculturas de tia Judi, os tampos das mesas, as estantes de livros e a lombada dos livros (a maioria deles foi descartada pela biblioteca ou comprada em feirinhas de antiguidades). Tiro o pó da tela da televisão e das cortinas de contas que minha mãe fez no verão em que estava grávida de mim, sem poder sair da cama. Fico com vontade de tirar o pó até de mim mesmo!

Corro para o meu quarto e jogo o cobertor bem rapidinho em cima da cama, sem me dar ao trabalho de alisar os lençóis primeiro. O jacaré de pelúcia que meu pai ganhou para mim ao derrubar garrafas de leite velhas na feira estadual fica preso embaixo do cobertor. Agora parece que estou escondendo alguma coisa, por causa dos calombos e das ondulações. Estou prestes a dar um jeito nisso quando escuto uma batida dupla na parede, indicando que tem um bilhete novo à minha espera. Ergo o pôster do sistema solar que cobre o buraco e pego a ponta da folha de caderno enrolada. As paredes dos nossos quartos estão a cerca de quinze centímetros de distância, então, quando no começo tentamos mandar bilhetes em pedaços pequenos de papel, eles caíam no espaço oco entre as duas. Um dia, daqui a anos, talvez alguém os encontre e fique imaginando quem éramos nós. Agora só usamos folhas de caderno, dobradas no comprimento, para chegar até o outro lado.

Dentro do bilhete há duas balas. De melancia, minhas preferidas. Coloco-as na boca e leio o bilhete:

Boa sorte! Se você ficar de castigo, tem mais de onde estas vieram.

Lizzy e eu cuidamos um do outro assim.

Rabisco um grande *OBRIGADO* na parte de baixo do bilhete, enfio no buraco de novo, até ver chegar ao lado da parede dela, e bato duas vezes. Ele logo desaparece pelo outro lado.

Eu estou arrumando os livros e papéis na minha mesa quando ouço a porta da frente se abrir. Meu plano era estar na cozinha, do lado da caixa, quando minha mãe chegasse em casa, mas agora que chegou a hora, não consigo me mexer. Sento na beirada da cama e espero. Ouço o barulho da chave quando ela a pendura no gancho ao lado da porta. A pasta pesada dela atinge o chão com um baque. Agora ela está entrando na cozinha para pegar um copo de chá gelado. Conheço os padrões dela muito bem. Mais três passos até ela ver a caixa. Mais dois passos. Um. Agora ela deve estar examinando o pacote, imaginando por que está aberto. Agora ela está enfiando a mão no meio dos jornais e tirando a carta e a caixa de madeira. E agora ela vai chamar meu nome. Certo... agora!

Agora?

Por que não escuto nada? Eu esperava um: "Jeremy Fink! Venha aqui imediatamente!" Em vez disso... silêncio. O que isso significa? Mais um minuto se passa e nada ainda. Será que ela está tentando fazer com que eu sofra ao retardar o inevitável? Ou será que ela escorregou e caiu e está estirada no chão, inconsciente?

Quando chego à cozinha, vejo que minha mãe felizmente não está estatelada no chão. Em vez disso, ela está parada ao lado da mesa, olhando para a caixa do meu pai. Conheço bem essa posição, porque já estive nela um bom tempo. A carta está na mão dela, solta ao lado do corpo. O rosto dela está pálido. Dá para ver um pouco de cabelo branco aparecendo no meio do preto e, por algum motivo, isso me deixa triste. Tenho vontade de pegar a mão dela. Em vez disso, só pergunto:

— Hum, mãe? Está tudo bem?

Ela assente em um gesto nada convincente e se senta na cadeira coberta com tampinhas de garrafa.

— Isto aqui é seu — diz ela e me entrega a carta. Ela passa os dedos pelas palavras que meu pai gravou na parte de cima da caixa. — Foi só uma semana depois do acidente que eu mandei esta caixa para Harold guardar — diz ela sem tirar os olhos do objeto.

— Seu aniversário de treze anos parecia a um milhão de anos de distância naquela época.

Ela parece tão triste que eu preferia que ela estivesse brava comigo. Não que minha mãe tenha pavio curto nem nada, mas para ela os limites são importantes. Eu sei que se o pacote tivesse o *meu* nome escrito, ela nunca teria aberto.

— Apesar de seu pai afirmar que estaria aqui para dar a caixa a você pessoalmente. Eu sabia que no fundo ele não acreditava nisso. As instruções de mandar para Harold estavam no testamento dele.

Parece que tem uma cobra enrolada na minha garganta, mas consigo perguntar:

— Ele acreditou na vidente do calçadão, não acreditou?

Ela soltou um suspiro bem grande.

— Não sei. Acho que algumas pessoas têm mais noção sobre a própria mortalidade do que outras. Ele sabia o número de anos que tinham sido reservados a ele.

Nenhum de nós diz nada durante um minuto. Então eu sussurro:

— Sinto muito por ter aberto o pacote. — Se eu fosse um pouco menor, colocaria a culpa em Lizzy.

Surpreendentemente, ela sorri.

— Seu pai também teria aberto. Ele era curioso em relação a tudo. É por isso que ele adorava tanto as feirinhas de antiguidades e as coleções. Ele ficava fascinado com os objetos que as pessoas guardavam e com o que elas jogavam fora. Está lembrado das histórias que ele costumava inventar a respeito de cada coisa que encontrava?

Eu me sento na frente dela e concordo. Eu me lembro, sim, mas as memórias são meio confusas. Depois que meu pai morreu, parecia que toda a mobília conversava comigo (mas com a voz do meu pai), e precisei fazer um esforço consciente para me lembrar de que a mesa do corredor era só uma mesa, e não exatamente a mesa em que a Declaração da Independência tinha sido assinada. Coisa que, é claro, não era mesmo.

Ela passa a mão nos arranhões fundos da mesa da cozinha.

— Você se lembra do que ele disse sobre esta mesa quebrada quando a encontramos?

Eu balanço a cabeça.

— Quando encontramos isto em um daqueles "família vende tudo", seu pai disse que ela era de uma velha bem gorda. Ela estava sentada à mesa quando viu que os números de loteria dela tinham sido sorteados. Com tanta animação, ela desmaiou e caiu em cima da mesa, e quebrou uma das pernas com o peso. — Minha mãe faz um gesto para a caixa e diz:

— Ele ficou tão animado no dia em que comprou esta caixa. Disse que era a coisa mais ímpar que já tinha visto, com todos aqueles buracos de fechadura. Você estava com seis anos na época, e ele começou a enchê-la para você naquela mesma noite. Ele só fez a gravação alguns meses depois.

Meus olhos começam a arder com o prenúncio das lágrimas, mas faço com que elas voltem para dentro.

— Então você sabe o que tem aí?

Ela nega com a cabeça.

— Ele fez muito segredo a respeito disso. Guardava na loja de quadrinhos, no cofre.

Então é por isso que eu nunca tinha visto no apartamento!

— Você tem chaves extras? — Prendo a respiração até ela responder.

Ela balança a cabeça.

— Só tinha um conjunto. São necessárias quatro chaves diferentes para abrir, e eu as enviei a Harold. Não faço ideia do que ele fez com elas.

— Talvez o papai tenha mandado fazer cópias e guardado na loja. Posso perguntar ao tio Arthur se...

Ela só balança a cabeça.

— Sinto muito, Jeremy. Eu tirei todas as coisas do seu pai da loja. Não existem cópias.

Puxo a parte de cima da caixa com força, sem na verdade esperar que alguma coisa aconteça. Está bem selada.

— Então, como eu vou abrir? — pergunto.

— Sinceramente, não sei. — Ela se levanta e pega a jarra de chá gelado da geladeira. Enquanto vai pegando dois copos, diz: — O pai de Lizzy tem algumas ferramentas. Podemos pedir para ele serrar, se você não encontrar um jeito de abrir antes do seu aniversário.

Pulo da cadeira e quase a derrubo no chão. Arranco a caixa da mesa e aperto contra o peito.

— Então a resposta é não, certo? — diz ela, e parece um pouco surpresa.

— Sim, a resposta é não — digo com firmeza, segurando com mais força. Não posso permitir que a caixa do meu pai seja serrada ao meio depois de ouvir o quanto ele a adorava. Após cinco anos, ele me mandou uma mensagem com uma instrução, de só abrir a caixa no dia do meu aniversário de treze anos. De algum modo, independentemente de como isso possa parecer impossível, é exatamente o que vou fazer.

Capítulo 3: As chaves

Mando um bilhete para Lizzy dizendo que minha mãe não tem as chaves e que, por milagre, não recebi nenhum castigo. Horas depois, quando o relógio de pêndulo bate onze horas, finalmente recebo a resposta.

Tenho um plano. Venha aqui às dez da manhã. Traga a carta e a caixa. Desculpe ter demorado tanto para responder, mas teve a coisa toda de Sexta-Feira à Noite é Dia de Filme com a Família. Campo dos sonhos de novo. DE NOVO!!
Não se atrase!
Lizzy

Os planos de Lizzy sempre me deixam nervoso, mas neste caso não tenho nada a perder. Entre a hora do jantar e agora, gastei todos os meus métodos para abrir a caixa. Para ver se temperaturas extremas podiam soltar as trancas, coloquei a caixa no freezer durante uma hora. Não mudou nada. Depois, tentei o micro-ondas. Mas, antes de apertar o botão para ligar, tirei, afinal, e se o sentido da vida na verdade for um bebezinho alienígena minúsculo que meu pai salvou de uma perseguição? Eu não queria matar o carinha no micro-ondas.

Minha tentativa final foi colocar uma faca de sobremesa por baixo da tampa, mas, em vez de deslizar para dentro da caixa, ela só bateu em outra camada de madeira e não se mexeu.

Não gosto de surpresas. Não assisto a filmes de terror. Não atendo o telefone se não puder ver quem está ligando pelo identificador de chamadas. Eu nem gosto quando alguém diz "Adivinha?" e fica esperando você adivinhar. Surpresas me deixam nervoso. Depois que você tem uma surpresa de verdade, aquela que tira o seu fôlego e muda a sua vida, todas as pequenas surpresas fazem você pensar na grande.

Esta caixa é um pouco assim.

Agora ela está acomodada no meio da minha mesa, caçoando de mim. Ela só tem o tamanho de uma caixa de sapato, mas de algum modo se sobrepõe a tudo mais que existe no meu quarto, incluindo as imagens recortadas em papelão em tamanho natural dos hobbits de *O Senhor dos Anéis*, e não é nada fácil se sobrepor a eles.

Respondo a Lizzy e peço detalhes do plano dela, mas ela não pega o bilhete da parede. Depois de alguns minutos, eu o retiro e encosto a orelha no buraco. O pôster que cobre o outro lado bloqueia qualquer luz que possa entrar, mas consigo escutar o gato dela, Zilla, ronronando bem alto. Na verdade, ele mais urra do que ronrona. Zilla (abreviação de Godzilla, porque ele destrói tudo que vê pela frente) protege Lizzy com fervor e pula em cima de qualquer pessoa que chegue perto do quarto dela. Faz dois anos que eu não coloco mais do que um pé dentro do quarto. Acho que Zilla pensa que é um pitbull. Bato algumas vezes na parede, mas não muito alto.

Minha mãe bate à porta e me traz um sanduíche de manteiga de amendoim em um guardanapo. Dá uma boa olhada na caixa na minha mesa e começa a fechar a porta, mas para e diz:

— Ah, espere, tenho uma coisa para você.

Ela volta depois de alguns segundos.

— Com toda a comoção, esqueci de dar isto aqui para você. — Ela estende algo que parece ser uma bala Starburst amarela normal. Mas quando examino de perto, percebo que a metade de baixo na verdade é cor de laranja. É uma Starburst mutante!

— Obrigado, mãe! — Pulo da cama e coloco a bala no pote Tupperware bem fechado com as outras da minha coleção. Faz alguns meses que não adiciono nada novo. Apesar de o pote ficar sempre bem fechado, o M&M de amendoim está começando a ficar meio verde em alguns pontos. No começo, era amarelo.

— Seu dia foi cheio — diz minha mãe. — Veja se não vai dormir muito tarde. — Ela faz um movimento como se fosse me dar um beijinho na testa, como fazia quando eu era pequeno. Mas só faz um cafuné no meu cabelo e dá mais uma olhada na caixa antes de fechar a porta atrás de si. Dei o nome de Hora do Jeremy (H.D.J., na abreviação) para a hora entre onze e meia-noite. A cidade fica tão silenciosa e calma, tirando as sirenes da polícia e das ambulâncias, o apito dos alarmes de carro e o barulho da água correndo nos canos. Mas, quando você é criado na cidade, essas coisas parecem só barulho de fundo, e você nem nota. Eu me sinto como se fosse a única pessoa viva na face da Terra.

Por causa de todas as leituras que faço na H.D.J., eu sei um pouco sobre um monte de coisas. Sempre ganho quando participo de jogos de conhecimento. Eu seria um concorrente ótimo para aqueles programas de televisão de conhecimentos gerais. Na noite passada, aprendi que, para cada pessoa viva na Terra, existem trinta fantasmas enfileirados atrás de cada uma delas. Não literalmente enfileirados, claro, mas essa é a quantidade de gente morta que existe em comparação com as pessoas vivas. No total, cerca de cem bilhões de pessoas já caminharam por este planeta, que, de maneira bem interessante, é o mesmo número de estrelas da nossa galáxia, a Via Láctea. A aula de ciências é a minha preferida na escola. Tenho um fascínio saudável pela Via Láctea, e não só porque em inglês tem um chocolate com o nome dela: Milky Way.

Normalmente, minhas leituras na H.D.J. são uma mistura de qualquer um dos livros da minha estante (junto com pelo menos quinze minutos sobre viagem no tempo). Mas hoje a H.D.J. será dedicada apenas ao conhecimento relativo a chaves. Eis o que a internet me informa:

1. As primeiras chaves foram usadas quatro mil anos atrás pelos antigos egípcios para proteger suas cavernas.

2. As fechaduras no início eram feitas de pinos de madeira que se encaixavam, com uma chave

de madeira que erguia uma seção de pinos dos encaixes para a fechadura se abrir.

3. Depois os romanos começaram a fazer chaves e fechaduras de metal, a maioria de bronze e ferro, e começaram a usar molas dentro das fechaduras. As chaves eram chamadas de *carcereiras*, e a maioria tinha formato oval na parte de cima com uma secção média comprida, com uma ou duas porções quadradas que se projetavam na outra ponta.

4. Em seguida vieram as fechaduras de cilindro da Inglaterra e dos Estados Unidos, seguidas pelas fechaduras com temporizador. Estas têm um relógio por dentro que gira uma roda com uma fenda, e quando essa fenda se alinha com a fechadura, a caixa se abre. (Assim que li isso, coloquei a caixa perto da orelha. Nenhum tique-taque. Eu sabia que era bom demais para ser verdade.)

5. Hoje existem chaves flexíveis para que ninguém possa arrombar a fechadura com um instrumento normal de metal rígido, como um grampo de cabelo.

6. Eu não sei o que é um grampo de cabelo.

A Hora do Jeremy está quase no fim. Tenho tempo para mais uma busca rápida. Eu digito as palavras "o sentido da vida" e prendo a respiração.

Dois segundos depois, recebo 2.560.000 ocorrências. DOIS MILHÕES, QUINHENTOS E SESSENTA MIL OCORRÊNCIAS. Clico no que parece ser o lugar mais óbvio para começar, uma definição da palavra *vida*.

vida: *substantivo 1. um estado que não é a morte*
Pronto. A definição de vida não é morte.

Desligo o computador, vou para a cama e coloco as cobertas em cima da cabeça.

Eu gostaria de poder dizer que as coisas parecem mais claras com a luz fresca de um novo dia, mas até agora um novo dia só significa que tenho um dia a menos para descobrir como abrir a caixa. Lizzy abre a porta do apartamento dela com uma das mãos enquanto enfia um Vitamuffin de mirtilo na boca com a outra. O pai dela a obriga a comer um monte de comida saudável, e ela realmente *come*! Minha teoria é que ele não quer que Lizzy fique igual a ele no departamento da circunferência. Pequeno é que ele não é.

Eu a sigo até a cozinha, onde ela me entrega meu Vitamuffin de chocolate diário, o único sabor que eu como. Coloco a caixa e a carta no balcão e tento ignorar o alto teor de vitaminas e minerais enquanto tento me concentrar na parte boa do chocolate do meu bolinho. Não há nada como chocolate (mesmo que seja chocolate saudável, sem gordura, que faça bem à saúde) para começar bem o dia.

— Então, qual é o seu plano? — pergunto, abrindo a geladeira para pegar o leite. — A gente vai ser preso por causa dele?

— *Alguma vez* nós já fomos presos? — pergunta Lizzy e me lança um olhar feio enquanto bebo o leite direto da caixa.

— Já chegamos perto — lembro a ela. — Teve aquela vez em que você me convenceu a entrar escondido na piscina do Centro para Idosos e o guarda correu atrás de nós por sete quarteirões. Ou a vez em que você me deixou de vigia enquanto roubava um cardápio daquele restaurante ao ar livre e o garçom jogou água em nós. Eu diria que chegamos bem perto nessas vezes.

— Só para constar — diz Lizzy —, estava fazendo quase quarenta graus quando entramos escondidos naquela piscina. Valeu a pena, total. — Sem abrir a boca, ela balbucia: — E foi chá gelado que ele jogou em nós, não água.

Lizzy sai da cozinha para pegar o esquema dela. Todo plano tem um esquema. Alguns são até codificados com cores. Coloco a caixa em cima da mesa e me sento para esperar. Lizzy devia estar examinando sua coleção de cartas de baralho antes de eu chegar, porque elas estão espalhadas em cima da mesa. Eu tenho minha coleção de doces mutantes, e Lizzy tem suas cartas de baralho. Mas, ao passo que eu aceito bem feliz um doce mutante de qualquer pessoa que encontrar um, ela só adiciona uma carta de baralho à coleção dela se encontrá-la sozinha, em um local público. E também não vale se for repetida, e ela também não procura em nenhum lugar óbvio, como a calçada na frente do Clube de Bridge da rua 33. Ela prefere encontrar as cartas dela em metrôs ou bancos de parque, ou presas entre as grades de um bueiro. Agora só faltam três para ela: o dois de paus, o oito de copas e o valete de ouros.

Eu me lembro de como meu pai ficou orgulhoso quando Lizzy começou a coleção dela. Ele achou muito criativo. Quero dizer, claro que montar um baralho de cartas inteiro achando uma por uma certamente é uma coisa *diferente*, mas até parece que dá para comer depois, como a *minha* coleção. Aliás, algumas cartas dela estão tão sujas que mal dá para ler o número e o naipe. Por mais que nos incentivasse a ter uma coleção, meu pai nunca conseguiu levar uma adiante. Ele colecionou cards de beisebol durante um tempo, mas só de jogadores que tinham jogado apenas durante um ano. Aí, ele ficou muito interessado em encontrar selos de países que não existiam mais. Um selo se transformou no santo graal dele, e ele procurava em todo lugar a que ia. Tinha sido impresso no Havaí em 1851, mais de cem anos antes de o Havaí se tornar um estado. O selo vinha em denominações de dois centavos, cinco centavos e treze centavos. Meu pai fez desenhos para minha mãe e eu podermos reconhecer o selo quando estivéssemos sem ele. Eu ainda procuro esse tal selo, mas estou começando a achar que ele inventou. Antes de morrer, ele tinha passado para a coleção de brindes de restaurantes de fast food, o que foi ótimo para mim, porque era necessário ser criança para ganhar os brinquedos. Hoje eu não consigo entrar em um fast food sem ficar triste.

Lizzy volta com um pedaço de cartolina enrolado embaixo do braço. Zilla vem atrás dela e rosna para mim. Como uma pessoa que sempre dá preferência ao drama, Lizzy desenrola a cartolina com um meneio do pulso e abre na nossa frente, bem em cima das cartas de baralho. As primeiras coisas em que eu reparo são dois desenhos da caixa feitos a lápis. Ela não posicionou todos os buracos de fechadura exatamente certos, mas é uma boa reprodução.

— Desculpe pelo esboço grosseiro — diz ela, cheia de modéstia. — Como pode ver, numerei nossas opções. A lista vai do mais fácil para o mais difícil. Plano A...

— Pode riscar este fora — digo depois de ler antes dela. — Isso eu já tentei.

— Você enfiou a caixa no freezer? — pergunta ela, surpresa.

Eu faço que sim com a cabeça.

— E no micro-ondas.

Ela me olha durante um bom tempo, então risca os Planos A e B.

— Já que está com a mão na massa, pode riscar o Plano C também. Tentei enfiar uma faca embaixo da tampa, e ela nem se mexeu.

Com um longo suspiro, ela faz um traço em cima da sugestão seguinte.

— Posso continuar? — pergunta ela.

— Por favor.

— Plano D: levamos a caixa até a Larry's Locks and Clocks para ver se ele consegue fazer alguma coisa, já que é chaveiro.

Eu assinto, concordando.

— Essa é uma boa ideia.

Ela prossegue:

— E, se não der certo, o Plano E é pegar o metrô até a feirinha de antiguidades da rua 26 hoje à tarde. Talvez tenhamos sorte lá. Alguns dos vendedores devem ter chaves velhas para vender.

Faço uma careta para essa ideia.

— Nunca vi chaves lá.

— Isso porque você nunca teve motivo para procurar.

— Talvez. Mas, mesmo assim... fica do outro lado da cidade.

— Você só não quer pegar o metrô sem um adulto — diz ela, em tom de acusação.

Como a minha mãe diz, cada um cresce no seu ritmo. Cruzo os braços na frente do peito em tom desafiador e digo:

— Você *sabe* que eu não ando de metrô sozinho.

— Você não vai *estar* sozinho. — Duas manchas vermelhas aparecem nas bochechas de Lizzy sempre que ela fica irritada. Dá para ver que estão começando a surgir no rosto dela. — Fala sério — diz ela. — Temos quase treze anos. Já está na hora de andarmos sozinhos pela cidade. Talvez você não tivesse uma boa razão para fazer isso antes, mas que razão melhor do que conseguir abrir esta caixa?

Ela tem alguma razão. Resistir é obviamente inútil.

— Tudo bem — digo, sem emoção. — Se o chaveiro não puder ajudar e precisarmos ir à feirinha de antiguidades, eu vou.

— Que bom! — diz ela.

— Se minha mãe disser que eu posso — completo.
— Preciso ser obediente, depois de ontem.

Lizzy revira os olhos.

— Tudo bem, tanto faz. Mas vamos logo. — Ela vira o papel do outro lado para eu não poder ver o último item da lista e pega a caixa.

— Espere — digo enquanto ela se encaminha para a porta de entrada. — Você não vai me dizer qual é o Plano F para o caso de o chaveiro e a feirinha de antiguidades não darem certo?

Ela faz uma pausa de um segundo, depois balança a cabeça.

— Vamos torcer para você nunca precisar saber.

Não gostei muito disso. Passamos no meu apartamento para pegar minha mochila. Enquanto estou enfiando a caixa lá dentro, Lizzy pega um punhado de fichas de metrô na tigela do balcão da cozinha.

— É melhor você ligar para sua mãe agora, para o caso de Larry não poder nos ajudar.

Eu resmungo, mas ligo mesmo assim. Minha mãe diz que tudo bem pegar o metrô, desde que tomemos cuidado. Será que é errado da minha parte o fato de que eu estava meio que torcendo para ela dizer não?

Em todos os meus quase treze anos de morar a dois quarteirões de distância dali, só entrei na Larry's Locks and Clocks uma vez. Quando meu pai achou nosso relógio de pêndulo, ele ficou obcecado em fazê-lo funcionar. Ele o arrastou direto para esta loja de sua residência anterior na pilha de lixo volumoso de algum desconhecido. Quando meu pai estava vivo, minha mãe sempre ameaçava quebrar o relógio de novo porque as badaladas a deixavam louca. Mas, depois que ele morreu, ela parou de reclamar.

A placa na vitrine diz que a loja só fica aberta até meio-dia no sábado, então chegamos bem a tempo. Lizzy empurra a porta para abrir e um sininho toca em cima da nossa cabeça. Não tem ninguém mais na loja. Prateleiras com relógios em diversos estágios de reparo nos rodeiam. Tirando meu pai, não achei que ninguém mais mandasse consertar relógios hoje em dia, em vez de comprar um novo. Examino com mais atenção e vejo uma camada de poeira em cima da maioria deles, como se as pessoas os tivessem deixado ali uma década antes e não pudessem se dar ao trabalho de ir buscá-los. Meu nariz coça, então eu rapidamente me afasto da prateleira antes de espirrar em cima de tudo. Quando eu espirro, eu espirro muito. É de família. Meu pai uma vez espirrou tão forte no sujeito que estava na frente dele no cinema que ele se virou para trás e jogou pipoca no colo do meu pai.

Lizzy e eu nos aproximamos do balcão estreito que se estende nos fundos da loja. Há chaves de todos os tipos penduradas atrás dele. Um homem magrinho de macacão sai da sala dos fundos, limpando as mãos com um guardanapo.

— O que posso fazer por vocês hoje? — pergunta ele, tirando um saco amassado do McDonald's do balcão com um movimento do braço. Ele cai direto na lata de lixo à esquerda dele.

— Você é o Larry? — pergunta Lizzy.

O homem balança a cabeça.

— Larry Júnior.

Lizzy olha para mim, e eu dou de ombros. Não sei por que faz diferença qual Larry vai nos ajudar. Ela me vira, abre o zíper da minha mochila e tira a caixa de dentro.

— Eu poderia ter feito isso — sussurro.

Ela coloca a caixa no balcão.

— Você consegue abrir isto?

— Que caixa linda! — declara o homem, virando-a nas mãos.

A-ha! Eu me sinto vingado. Ele também achou linda.

— O sentido da vida está nesta caixa, é? — Os cantos da boca dele se curvam para cima.

Eu finjo que não escutei. Se meu pai diz que o sentido da vida está naquela caixa, então, caramba, está lá dentro.

— Eu perdi as chaves — explico com o tom mais paciente possível. — Será que você tem alguma que possa servir?

Ele examina a caixa com atenção e franze a testa.

— Hum. Deixe-me ver. Não tem nenhuma marca na caixa para indicar de onde veio nem quem fez. Isso ajudaria. Esses buracos de fechadura são muito específicos... feitos só para esta caixa. Talvez haja outro jeito de abrir. — Ele coloca a caixa embaixo de um abajur e acende a lâmpada.

— O sentido da vida em uma caixa — balbucia ele ao se debruçar para examiná-la. — Quem imaginaria uma coisa dessas.

Um homem mais velho usando um macacão idêntico sai da sala dos fundos.

55

— Que história é essa que estou ouvindo de sentido da vida em uma caixa? — pergunta ele.

Larry Júnior aponta para nós:

— Esses garotos trouxeram esta caixa. Não têm as chaves.

— Não têm as chaves, é? — pergunta ele e nos olha com atenção. — Eu assumo — diz ele e vai para trás do balcão.

— Tudo bem, pai — diz Larry Júnior. — Eu resolvo.

O senhor de idade (que imagino ser o próprio Larry) balança a cabeça.

— Acabamos de receber uma ligação dizendo que a Sra. Chang se trancou do lado de fora outra vez. Preciso que você vá até lá ajudar.

Larry dá de ombros e pega uma caixa de ferramentas da prateleira.

— Boa sorte — diz ele e sai. Os sininhos tocam atrás dele.

Nós nos viramos para Larry pai. Ele está com as mãos apoiadas em cima da caixa, com os olhos fechados. Lizzy e eu erguemos as sobrancelhas e nos entreolhamos.

— Hum — digo, arriscando. — Então, acha que consegue abrir para nós?

Os olhos de Larry se abrem rapidamente.

— Não.

Meus ombros caem um pouco.

Ele prossegue.

— Esta caixa não é comum. Ela tem um mecanismo de tranca complexo por dentro, com alavancas e roldanas e...

— Nós sabemos — interrompe Lizzy, então recita a carta de Harold. — E cada fechadura precisa de um tipo diferente de chave. E uma tranca interna impede que a caixa seja aberta à força.

— Não é só *isso* — diz Larry. — Embaixo da madeira tem uma camada de metal. Isso significa que não dá para abrir sem destruir o conteúdo. Uma serra ou um machado estragariam tudo. Dá para ver a ponta do metal se vocês olharem pela fresta com atenção.

Nós nos debruçamos por cima do balcão e olhamos embaixo da luz. Ele tinha razão. Eu não havia reparado na lâmina fina de metal visível pela abertura. Por que meu pai não podia ter comprado uma caixa normal, como qualquer outra pessoa teria feito? Só com *uma* fechadura?

Ele apaga a luz e empurra a caixa na nossa direção.

— Desculpe decepcioná-los, mas a única maneira de qualquer pessoa abrir esta caixa é com as chaves.

Lizzy aponta para as fileiras de chaves atrás do homem.

— E aquelas ali? Será que nenhuma serve?

Larry nem se vira.

— Não. Essas são chaves em branco que usamos para fazer cópias de chaves existentes. Mas tenho uma caixa de chaves extras que colecionei ao longo dos anos. Se quiserem, podem experimentar.

Ele se abaixa e procura embaixo do balcão por um minuto. Lizzy e eu ficamos nas pontas dos pés, espiando ansiosos. Ele finalmente fica em pé e me entrega uma caixa de charuto. Nem parece estar cheia. Tento não demonstrar minha decepção. Eu tinha imaginado uma caixa enorme com centenas de chaves.

— Obrigada — diz Lizzy, entrando no jogo. — E se nenhuma dessas servir, quais são as nossas chances de encontrar chaves que sirvam? Quero dizer, em algum outro lugar da cidade?

— Eu diria que de pouquíssimas a nenhuma, mas as pouquíssimas ainda estão por aí, se é que vocês me entendem.

Ficamos olhando para ele sem entender.

Ele solta uma risadinha.

— Isso significa que é duvidoso, mas qualquer coisa é possível. Afinal de contas, vocês têm uma causa boa e poderosa. Tentar encontrar o sentido da vida e tudo o mais.

— Obrigado — digo com mais entusiasmo do que sinto. — Vamos trazer estas aqui de volta logo.

— Não tem pressa — diz ele e abana a mão no ar. — Aliás, quanto tempo falta para os seus treze anos? Estou imaginando que você seja o Jeremy Fink da caixa, não?

— Pouco menos de um mês — respondo enquanto nos encaminhamos para a porta. É difícil manter a decepção afastada da minha voz.

— Muita coisa pode acontecer em um mês — diz ele enquanto saímos. — Tenham fé.

— Pode apostar que sim — diz Lizzy. — Amém.

Quando chegamos ao lado de fora, digo a ela:

— Acho que não se deve dizer "Amém" quando alguém diz "Tenha fé".

Ela dá de ombros.

— Como eu vou saber? Não entendo nada de religião, só as coisas que aprendi em desenhos animados. Vamos para o parque experimentar as chaves.

Dobramos a esquina e vamos para o parque onde brincamos desde que somos pequenos. Agora que temos uma missão, a sensação que o lugar passa é diferente. Fico imaginando se os homens lendo jornal nos bancos ou as mulheres que cuidam dos filhos no tanque de areia conseguem perceber que estamos fazendo uma coisa importante. Nós nos acomodamos em uma árvore perto de um parquinho onde a grama está bem gasta. Despejo as chaves no chão em uma pilha. Não é uma pilha muito grande. Trinta chaves, no máximo. Combinamos de experimentar cada chave em cada fechadura, e então, se não servir, devolvemos para a caixa de charuto. Assim, não vamos experimentar a mesma chave duas vezes por engano.

Lizzy pega a primeira e, antes de colocar na primeira fechadura, cobre-a com as mãos em concha e sussurra algo para ela.

— O que você está fazendo? — pergunto.

— Estou fazendo uma oraçãozinha para dar sorte — responde ela. — Posso não saber nada sobre religião, mas isso não significa que a gente não pode rezar. Sabe como é, para as forças do universo ou algo assim. Vamos lá, faça comigo.

— O que eu devo dizer?

Ela pensa por um segundo e responde:

— Que tal: "Ó Mestre de Todas as Coisas Trancadas, por favor permita que esta chave abra a caixa de

Jeremy Fink" — e depois de uma curta pausa, ela completa: — Amém.

Dou uma olhada ao redor para garantir que ninguém que estava por perto tinha escutado aquilo.

— Que tal só *você* falar? Não queremos confundir o Mestre de Todas as Coisas Trancadas com duas vozes diferentes.

— Como quiser — diz ela, e reza para a chave em voz mais alta do que eu gostaria. Ela então experimenta todas as quatro fechaduras, mas não adianta nada. Experimentamos cada uma das chaves assim. Nenhuma serve. A maioria delas nem entra nas fechaduras. Um punhado delas chega a entrar um pouquinho, mas não avança. Quando chegamos à última chave, a reza de Lizzy se transforma em um murmúrio de *MestredacaixadaschavesAmém*. Desta vez, adiciono meu próprio pequeno *Amém* silencioso, mas não adianta nada. A caixa de Larry está cheia outra vez, e eu vou ter que andar de metrô. Argh.

Capítulo 4: A feirinha de antiguidades

Lizzy entra na loja para devolver as chaves enquanto eu espero do lado de fora, criando coragem. Não tenho orgulho do fato de nunca ter andado de transporte público sem um adulto, pois tudo de que eu preciso costuma estar a distância de uma caminhada.

Os sininhos tocam quando Lizzy volta para a calçada e começa a marchar na direção do metrô. A estação mais próxima fica a alguns quarteirões de distância, e eu me pego ficando para trás. Estou com a cabeça cheia. Não dá para querer que eu ande tão rápido. Ela espera por mim na esquina seguinte, batendo o pé com impaciência.

— Tenho uma ideia — digo a ela, tentando parecer entusiasmado. — Podemos procurar alguém que esteja vendendo coisas velhas aqui no bairro mesmo.

— Você sabe que a melhor aposta é a feirinha de antiguidades — diz ela com firmeza e sai andando mais uma vez. — Teremos muito mais chance lá do que com alguém vendendo umas coisinhas.

Eu sei que ela tem razão. A feirinha da rua 26 em Chelsea é a maior da cidade. Meus pais e eu passamos muitos fins de semana lá. Depois que meu pai morreu, minha mãe e eu íamos sozinhos, mas não era a mesma coisa. Nos últimos dois anos, não fomos lá nenhuma vez.

— Como você sabe qual trem devemos tomar? — pergunto quando descemos para a escuridão sufocante da estação de metrô.

— Tem um mapa logo ali na parede.

Dois garotos mais velhos estão parados na frente dele, discutindo sobre que caminho tomar. Um deles aposta que o outro não consegue comer quinze cachorros-quentes do Nathan em menos de cinco minutos quando chegarem a Coney Island.

Sussurro para Lizzy:

— Uma vez eu enfiei vinte e sete balinhas na boca de uma vez e comi todas. E nem precisei apostar com ninguém.

— Que nojo — diz ela e bate o pé para os garotos, que a ignoram.

Finalmente, eles saem da frente e nós nos aproximamos do mapa.

Ela passa o dedo pelas linhas de metrô.

— Parece que esta aqui vai nos levar direto para a avenida 6, e aí só precisamos caminhar dois quarteirões. E são só cinco estações, então, não precisa ser um bebezão.

— Se são só cinco estações, talvez a gente devesse ir andando — sugiro. — Sabe como é, podemos economizar nosso dinheiro.

— Nós não vamos usar nosso dinheiro — diz ela e enfia a mão no bolso do short. — Pegamos as fichas da sua mãe, está lembrado?

— Fichas também são dinheiro — murmuro quase sem abrir a boca enquanto ela enfia uma na minha mão.

Nós nos aproximamos da roleta com as fichas na mão. Mas, quando chegamos lá, não conseguimos encontrar o buraco para enfiar as fichas. Faz alguns meses desde a última vez que andei de metrô com a minha mãe, e acho que não prestei muita atenção, porque não me lembro do que é preciso fazer. Sinto alguém batendo no meu ombro. Um homem com boné e camiseta do time de beisebol Yankees aponta para uma placa que diz: NÃO ACEITAMOS MAIS FICHAS. APENAS METROCARDS. Cutuco Lizzy, que está tentando loucamente enfiar a ficha em qualquer coisa que possa se parecer com uma abertura. Ela vira para trás, e eu aponto para a placa. Saímos da fila, acanhados, e observamos o torcedor dos Yankees passar o cartão dele em uma fenda. Ele empurra a roleta e se vira para nós quando chega do outro lado.

— Venham — diz ele, estendendo o cartão. — Estou precisando de um carma bom. Os Yankees jogam contra o Red Sox hoje.

— Obrigado! — digo e pego o cartão da mão estendida dele. Eu o passo na fenda, atravesso e entrego a Lizzy. Depois que ela atravessa, devolve ao homem e balbucia um agradecimento acanhado. Lizzy não gosta de reconhecer que existe alguma coisa que ela não é capaz de fazer. Eu não tenho esse problema. Sei que não sou capaz de fazer a maioria das coisas.

Enquanto nos desviamos com cuidado de chicletes mascados e poças não identificadas, digo a Lizzy:

— Por que será que minha mãe guarda essas fichas na cozinha, se não podem mais ser usadas?

— Metade das coisas na sua casa não tem utilidade — observa ela.

Na verdade, eu diria que é mais do que a metade.

Esperamos o trem a uma boa distância atrás da linha amarela e escutamos um homem baixinho e largo com o cabelo bem curtinho tocar violão e cantar sobre o amor perdido. Ele tem cara de quem devia estar em um campo de futebol americano, não cantando em uma estação de metrô. Eu só me viro quando o chiado estridente do metrô chega abafando a música dele. Lizzy pega meu braço e entramos pelas portas.

Eu me agarro a uma barra com mais força do que provavelmente é necessário e tento ocupar o cérebro com a propaganda mais próxima. LIVRE-SE DA ACNE ADULTA. Adultos têm acne? Dou uma olhada para Lizzy e imagino se ela está pensando a mesma coisa que eu: na aparição, no Natal passado, da primeira espinha de Lizzy, mais conhecida como A Espinha que Engoliu Manhattan. Ela olha para mim, olha para o pôster, então solta uma risada de desdém. Mas, quando acha que não estou olhando, vejo quando levanta a mão e esfrega a bochecha. Com a luz certa, ainda dá para ver uma marca vermelha fraca no lugar em que ela atacou a espinha com selvageria, com uma pinça de tirar pelo do nariz. Depois disso, minha mãe fez Lizzy prometer que a procuraria quando tivesse emergências de beleza. O pai de Lizzy é inútil para assuntos de menina. Foi ele quem deu a pinça para ela!

— Já chegamos? — pergunto a ela quando o trem diminui a velocidade e para.

— Esta é só a segunda estação — diz ela.

— Parece a quarta.

— Bem, não é.

— Você tem...

— Tenho! Tenho certeza! Pare de ser tão bebezão!

— Eu não estou agindo como bebê — balbucio.

Lizzy enfia a mão no bolso.

— Tome — diz ela, e coloca um Milk Dud na palma da minha mão. — Isso vai fazer você se sentir melhor. — O chocolate está meio derretido e coberto por uma camada fina de fiapo do bolso. Mesmo assim, coloco na boca. A maravilha de chocolate e caramelo de fato faz com que eu me sinta melhor.

Um homem alto de meia-idade em pé perto de nós dá uma risadinha, e eu me viro para olhar para ele. Ele faz um sinal com a cabeça na direção de Lizzy e diz:

— Você e sua irmã me lembram de como minha irmã e eu éramos. Ah, as brigas que tínhamos! Mas não havia nada que não fizéssemos um pelo outro.

— Ela não é minha irmã — me apresso em responder. Meus olhos disparam para Lizzy, mas ela parece alheia à conversa. Está olhando para o pôster da acne adulta com uma expressão de sofrimento.

O homem ergue a sobrancelha em sinal de surpresa, então me cutuca com o cotovelo e diz, com ar de quem sabe das coisas:

— Ahh, ela é sua namorada!

— Não, não é! — exclamo. Desta vez, além de chamar a atenção de Lizzy, faço todo mundo que está por perto olhar para mim. Sinto minhas bochechas começarem a queimar. Não é exatamente a primeira vez que eu escuto isso. O pessoal tira sarro da gente na escola o tempo todo. Mas, ainda assim! Ouvir isso de um desconhecido! No metrô!

— *Agora* nós chegamos — diz Lizzy, agarrando o meu braço e me empurrando na direção da porta. Olho para o homem e ele me dá uma piscadinha.

ECA!

— Não foi tão ruim assim, foi? — pergunta Lizzy enquanto subimos a longa escadaria para voltar ao sol brilhante.

— Acho que não — balbucio. Passo a mochila para a frente do corpo, para ter certeza de que ninguém abriu o zíper quando eu não estava olhando. Aquele sujeito podia estar tentando me distrair enquanto o cúmplice dele mexia nas minhas coisas. Confiro todos os bolsos, mas está tudo são e salvo (inclusive o pacote de Razzles que eu esqueci que estava ali, coisa que sempre é uma boa surpresa).

A feirinha de antiguidades é basicamente dois estacionamentos grandes que são tomados todos os fins de semana por todo tipo de vendedores. É muito cheia de gente e tem um cheiro que mistura salsicha cozida e suor. E não é o tipo bom de suor, de manteiga de amendoim. Apesar de antes costumar me sentir em casa aqui, colo em Lizzy.

Demora um pouco para conseguirmos passar pela parte de artistas que vendem artesanato para chegarmos à parte dos objetos de segunda mão. É tão estranho estar aqui sem os meus pais ou sem a tia Judi. Minha mãe e tia Judi são compradoras de feirinhas de antiguidades iguais, sempre em busca de oportunidades. Meu pai não era assim. Ele sempre ia direto para a parte das coisas de segunda mão, mais conhecidas como porcarias. A seção de porcarias era onde eu me sentia em casa, já que, afinal de contas, a maioria das coisas da minha casa tinha vindo dessas calçadas. Uma das citações preferidas do meu pai era: "O lixo de um homem é o tesouro de outro." Cada vez que ele dizia isso, Lizzy costumava sussurrar: "O lixo de um homem é o *lixo* de outro", mas nunca alto o suficiente para o meu pai ouvir. Sempre que meu pai encontrava alguma coisa que considerava um tesouro, ele fazia uma dancinha ali mesmo na calçada. As pessoas davam risada, e eu ficava envergonhado. Não estou vendo ninguém dançando aqui hoje.

Passamos por vendedores que oferecem roupas usadas, brinquedos de crianças, revistas *Life* e *National Geographic* antigas e revistinhas raras dentro de plástico. Minhas pernas diminuem o ritmo por vontade própria quando passamos pelas revistinhas, e Lizzy precisa me empurrar para a frente. Não vejo ninguém com selos, mas tem uma mesa de cartões-postais antigos que minha mãe ia adorar. Não tem nenhum com cachorro usando saiote de bailarina, então escolhemos um de uma senhora sentada em um museu, olhando para um quadro, só que não é um quadro, é um espelho. É estranho o suficiente para minha mãe adorar, e espero que sirva para desculpar minhas transgressões recentes. Além do mais, custa só dez centavos.

Quando a mulher coloca o cartão em um saquinho para mim, eu me viro para Lizzy e pergunto:

— Você sabe que, quando olha no espelho, enxerga uma versão um pouquinho mais nova de si mesma?

— É mesmo? — diz ela, e seus olhos disparam para a mesa seguinte, coberta com pilhas de maquiagem barata que parece meio usada.

— É. Tem a ver com o tempo que a luz demora para percorrer a distância entre o espelho e a pessoa parada na frente dele.

— Hum — diz ela.

Eu nem me dou ao trabalho de continuar a explicação a respeito da velocidade da luz, e pergunto a ela se quer dar uma parada na mesa de maquiagem. Ela finge ficar horrorizada com o fato de eu chegar a fazer um comentário daqueles e solta um som de desdém. Lizzy preza muito sua reputação de moleca.

Percorremos as fileiras, examinando as barraquinhas em busca de chaves. A meio caminho da terceira fileira, encontramos uma mulher com cobertores estendidos no chão, cheios de coisas. Ela também tem uma bandeja cheia de bijuterias sem par e uma tigela com maçanetas de latão. Sinto que estamos chegando perto. A mesa está cheia de gente, e precisamos esperar uma mulher bem gorda terminar de pechinchar para podermos ver o resto. Ela está tentando fazer com que a mulher igualmente gorda do outro lado da mesa aceite um dólar pela bandeja inteira à sua frente. Ela segura a bandeja, e dá para ouvir o conteúdo batendo e chacoalhando, mas não dá para saber o que é. E se tivermos chegado um minuto atrasados e essa mulher levar as *minhas* chaves?

Lizzy fica na ponta dos pés e tenta espiar por cima do ombro da mulher, mas, em vez disso, quase cai em cima dela. Paciência nunca foi um ponto forte de Lizzy e, quando ela finalmente não aguenta mais esperar, empurra a mulher para o lado e abre um espaço.

— Ah — ouço quando ela diz. — É só um monte de botões quebrados. Por que alguém vai querer uma bandeja de botões quebrados?

A compradora em questão se vira para olhar feio para ela, então enfia um dólar na mão da vendedora e sai pisando firme.

— Caramba — diz Lizzy quando nos aproximamos da mesa. — Certas pessoas são sensíveis demais.

— Não se preocupe com isso — diz a vendedora e enfia a nota de um dólar na bolsinha de lona que traz na cintura. — Ela vem aqui toda semana e nunca quer pagar mais de um dólar por nada.

— Conheço o tipo — diz Lizzy e aponta para mim com o polegar.

— Ei! — reclamo, ofendido. — Existe uma diferença entre ser econômico e sovina.

Lizzy já está ocupada remexendo nas outras bandejas.

— Não quero ofender — diz ela para a mulher. — Mas *por que* alguém compra botões ou maçanetas velhos, ou qualquer uma dessas coisas?

A mulher dá de ombros.

— Existem várias razões. Às vezes as pessoas querem consertar algo que já têm, e procuram uma coisa específica. Outras querem aumentar uma coleção. Você não ia acreditar nas coisas que o pessoal coleciona.

— Tipo doce mutante? — pergunta Lizzy, toda inocente.

A senhora parece confusa.

— Não posso dizer que já tenha ouvido falar disso.

Dou uma cotovelada nas costelas de Lizzy e digo à mulher:

— Estamos procurando chaves velhas. Você tem alguma?

— Claro — diz ela e estala os dedos. — Tenho algumas por aqui, em algum lugar. — Ela se abaixa e começa a procurar no meio das coisas que estão no chão, e Lizzy e eu fazemos um "toca aqui".

A mulher tira uma lata de lixo de metal desbotada de trás de uma pilha de sapatos desconjuntados e faz sinal para nos aproximarmos. Nós nos apressamos para dar a volta na mesa e nos ajoelhamos em um cobertor velho e esfarrapado. Ávidos, enfiamos as mãos na lata e tiramos punhados do que achamos que vão ser chaves. Então nos entreolhamos e fazemos careta.

A senhora está ocupada dando o troco para um rapaz que acabou de comprar um par de sapatos de sapateado antigos por US$ 1,50, então precisamos esperar até ela estar livre de novo. Inclino a lata de lixo para a frente, para ela poder ver o que tem lá dentro, e digo:

— Hum, não era bem isso que estávamos procurando.

— Hã? Como assim? — pergunta ela.

— Bem, para começar, não são chaves — diz Lizzy. — São fechaduras.

— É mesmo? — pergunta a senhora e olha dentro da lata. — Oops, desculpem. Chaves, fechaduras, são todas parte da mesma coisa, certo? — Ela dá uma risadinha, então se vira para garantir a uma jovem mãe que o boneco do Ernie que canta e ronca ainda funciona se ela colocar pilhas novas nele e costurar a orelha. Com um suspiro, colocamos as fechaduras de volta na lata.

Depois de um desvio rápido para comer uma fatia de pizza, encontramos um homem de barba que tem um pratinho com chaves variadas entre uma seleção de bolinhas de gude e pentes de plástico. Nem a minha mãe compraria pentes usados. Não posso deixar de imaginar se o homem penteou a barba desgrenhada dele com aqueles pentes. Lizzy estica a mão para pegar as chaves com rapidez, mas o homem coloca a dele no caminho para impedir.

— Se quebrar, tem que pagar — diz ele, mal-humorado.

— Como nós vamos quebrar uma chave? — pergunta Lizzy, e suas mãos naturalmente pousam na cintura.

— As crianças sempre quebram tudo — responde ele. — Você nem imagina.

— Nós não somos exatamente crianças — me sinto compelido a anunciar. — Somos quase adolescentes, para dizer a verdade.

— Isso é ainda pior — diz ele.

— Olhe — diz Lizzy —, nós só queremos ver se suas chaves conseguem abrir uma caixa que temos.

— Ah é? E que caixa é essa?

— Mostre a ele, Jeremy — diz Lizzy.

Estou quase abrindo o zíper da mochila quando percebo que não quero as mãos sujas e grandes daquele sujeito pegando na caixa do meu pai. Balanço a cabeça. Lizzy abre a boca para reclamar, mas para quando vê minha expressão.

— Vocês querem as chaves? — pergunta o homem. — Vão ter que comprar, como todo mundo.

— Certo — digo e enfio a mão no bolso. A primeira regra da feirinha de antiguidades é colocar só uns poucos dólares e algumas moedas no bolso, para o vendedor achar que você não tem mais nada. Se ele vir o dinheiro, vai pedir um preço mais alto. Pego cinquenta centavos. — Isto basta?

O homem balança a cabeça.

— Dois dólares — diz ele.

— Dois dólares! — exclama Lizzy. — Só tem umas oito chaves aí!

Os dois entram em um impasse. Lizzy olha com raiva e o homem parece entediado. Então, de repente, a mão de Lizzy dispara e agarra o pratinho com todas as chaves. Antes que o homem possa registrar o que ela está fazendo, ela sai correndo pela feirinha. Eu fico lá de queixo caído. O homem sai atrás dela, mas logo percebe que não pode deixar a barraquinha dele sem ninguém. Ele para bem na minha frente e estende a mão. Tremendo, eu me apresso em colocar dois dólares na palma estendida.

— Pode juntar aqueles cinquenta centavos também — diz ele. — Pelo pratinho.

Não tenho escolha além de entregar as moedas.

— Sua namorada é uma espoleta — diz ele com um tom de admiração na voz.

— Ela não é minha namorada! — respondo, já correndo para colocar a maior distância possível entre mim e ele. Avanço pela multidão com a maior velocidade que alguém pode avançar com uma mochila nas costas, e encontro Lizzy esperando em um banco na frente da feirinha. Ela já está no meio de uma raspadinha.

Eu me sento ao lado dela e observo enquanto o gelo azul escorre pelo queixo dela.

— Nem tenho palavras — digo e tiro os Razzles da mochila. Doce sempre me ajuda. Eu rasgo o pacote e levo até a boca. Sacudo até que todas as balas que viram chicletes caiam na minha boca. Agora eu não posso falar, nem que queira.

— Eu sei que você não aprova — diz Lizzy e joga o copinho vazio na lata de lixo a seu lado. — Mas, fale sério, aquele sujeito era totalmente nojento.

Continuo a mastigar com fúria e não respondo.

— Certo — diz ela. — Você não precisa falar nada. Vamos experimentar as chaves.

Ela tira a caixa da mochila que está no meu colo e experimenta cada chave em cada buraco, do mesmo jeito que fizemos antes. Uma delas entra até a metade de um buraco, e nós dois nos sobressaltamos um pouquinho. Mas não avança além dali, por mais que empurremos. Quando termina, Lizzy joga tudo na lata de lixo.

— Por que você fez isso? — pergunto, quase engasgando com aquele monte de chiclete. — Devíamos ficar com elas.

— Para quê? — pergunta ela.

— Não sei, mas custou dois e cinquenta!

Ela ri.

— Você pagou ao cara?

— Claro que paguei! Ele ia me dar uma surra!

— Ele não ia dar uma surra em você — diz ela.

— Achei que você só roubava coisas que não tivessem valor monetário — observo quando voltamos para dentro da feirinha.

— Nós só íamos pegar emprestado — insiste Lizzy.
— Foi ele que agiu daquele jeito tão sem educação.

— Não adianta dar desculpa — exijo. — Não adianta racionalizar.

— Tudo bem! — diz ela. — Vamos continuar.

Faço uma pausa para cuspir o chiclete em uma lata de lixo. É ridículo como os Razzles perdem o gosto rápido. Não conversamos enquanto examinamos as barraquinhas. Continuamos encontrando gente que tem potinhos ou pratinhos de chaves, mas, quando não nos deixam experimentar as chaves de graça, cobram no máximo vinte e cinco centavos. Uma garota com uma camiseta regata da NYU e uma argola no nariz sempre vai às mesmas barraquinhas e compra chaves todas as vezes. A certa altura, ela e eu tentamos pegar a mesma chave, e eu tiro a mão. Eu me viro para Lizzy e sussurro:

— Você vai perguntar a ela ou eu pergunto?

— Eu pergunto — diz Lizzy, e dá um tapinha no ombro da garota.

Ela se vira e ergue uma sobrancelha para nós.

— O que foi? — pergunta ela.

Lizzy aponta para o piercing no nariz da garota e pergunta:

— Isso aí dói quando você espirra?

Ah! Essa não era a pergunta! Ela devia perguntar por que a garota estava comprando tantas chaves!

A garota fica olhando para Lizzy, depois balança a cabeça.

— Por quê? Você está pensando em fazer um? — pergunta ela. — Ia ficar bem em você.

— É mesmo? — diz Lizzy, obviamente lisonjeada, apesar de eu não fazer a menor ideia de por quê.

Antes que ela pegue o endereço da clínica de piercing mais próxima, eu me adianto e pergunto:

— Por que você está comprando tantas chaves?

A garota ri.

— O que vocês dois são? A polícia da feirinha de antiguidades? Estou fazendo um projeto de arte. Tenho umas cem chaves até agora — ela se orgulha. — Às vezes eu também faço bijuterias com elas. Estão vendo? — E afasta o cabelo preto comprido de uma orelha. Uma chavinha prateada está pendurada em um gancho. — É do meu diário da quinta série!

— Legal — dizemos Lizzy e eu, porque, sério, o que mais poderíamos dizer?

— Tem mais alguma coisa que vocês queiram saber? — pergunta ela e deixa o cabelo cair em cima da orelha.

Balançamos a cabeça, e ela vira de novo para a mesa e pega mais um pratinho de chaves. E se as chaves da caixa do meu pai já se transformaram em parte de algum projeto de arte? Ou estão penduradas na orelha de alguma garota? O que aconteceu com o bom e velho tempo em que as pessoas procuravam chaves para abrir fechaduras? Chegamos à última parte da feirinha quando Lizzy para de repente e agarra o meu braço.

— Olhe!

Acompanho o olhar dela até uma mesa inteira com o que parecem ser todos os tipos de chaves e fechaduras em recipientes de plástico transparente. Nós nos apressamos e empurramos um ou dois clientes para longe. Isso é o paraíso! Chaves pequenas, chaves compridas, chaves gordas, chaves curtas. Chaves velhas enferrujadas, chaves novas brilhantes. Meus olhos não conseguem absorver todo aquele tesouro a nossa frente.

— Por onde começamos? — pergunto a Lizzy, tonto.

Ela só balança a cabeça, igualmente assombrada.

Um casal de idade está sentado atrás da mesa, em cadeiras de balanço iguais. Eles têm jeito de que estariam mais à vontade em uma varanda rústica do que na zona sul de Manhattan. O homem mastiga um cachimbo e parece impassível com todo o movimento e agitação ao redor. A mulher abana um leque de papel para tentar se refrescar enquanto balança bem devagar para a frente e para trás.

— Sabe — não consigo me segurar e digo a ela —, estudos mostram que usar um leque na verdade gasta mais energia do que a brisa resultante gera. Então, na verdade, você só está contribuindo para ficar com mais calor.

— Como disse? — pergunta ela, inclinando a cabeça na minha direção.

Lizzy me empurra para o lado.

— Não se incomode com ele — diz bem alto. Vira-se para mim e continua: — Podemos mostrar a caixa a eles? Senão, vamos ficar horas aqui, e eu *sei* que você não vai querer pegar o metrô de volta para casa no escuro.

Tiro os braços das alças e abro a mochila. Lizzy pega a caixa de mim e coloca com cuidado na mesa. O casal se inclina para a frente na cadeira e observa a caixa com interesse.

O senhor tira o cachimbo da boca e o bate na beirada da mesa, de modo que o tabaco cai no asfalto.

— Mas que caixa linda esta de vocês — diz ele em tom de voz gentil.

— Você acha que algumas das suas chaves podem abrir a caixa? — pergunto, ansioso.

— Humm — diz ele, pensativo. — Você se importa se eu examinar a caixa um pouco melhor?

Empurro a caixa mais para perto dele, que a ergue e vira algumas vezes. Ele não pergunta nada a respeito das palavras gravadas nela. Balbucia para si mesmo algo a respeito de não ver uma caixa como aquela havia anos, e como o verdadeiro artesanato é uma arte em extinção.

— Você já viu caixas assim antes? — pergunto. Então me viro para Lizzy e digo: — Se conseguirmos encontrar o fabricante, podemos arrumar a chave com ele!

— Mas Larry Júnior disse que não tem nome na caixa — responde ela.

O senhor assente, concordando.

— Esta caixa foi feita à mão. Conheci um sujeito e a esposa que vendiam coisas assim. Mas eles se aposentaram do circuito das feirinhas de antiguidades há alguns anos.

— Tem algum jeito de entrar em contato com eles? — pergunta Lizzy. — Talvez eles saibam de onde veio.

O homem balança a cabeça.

— Desculpem. Não faço a menor ideia.

Lizzy e eu compartilhamos uma expressão de decepção.

— Mas vocês podem examinar minha coleção para ver se encontram alguma coisa — diz ele e me devolve a caixa. — Como podem ver, temos todos os tipos — e aponta para cada recipiente. — Aqui há chaves de ferrovia, aqui são as de cadeia, chaves para abrir bagagem, para dar a corda em relógios de bolso; depois há as de carro do Ford Modelo T e do Edsel, e estas daqui abriam os quartos no ótimo Seaview Motel antes de passarem para aquelas chaves de plástico. — Ele estremece um pouco quando menciona chaves de plástico. — E aqui — diz ele, orgulhoso, apontando para uma placa alta presa à ponta da mesa — temos nosso orgulho e alegria. — A placa está coberta com fileiras de ganchos com chaves de aparência muito antiga penduradas neles. A maioria está enferrujada, e algumas na fileira de baixo têm mais de quinze centímetros de comprimento.

Parecem chaves dentadas grandes. O homem nos conta como as conseguiu no mundo todo, e diz que algumas têm centenas de anos. Elas na verdade são bem legais, e dá para ver por que são o orgulho e a alegria dele. Lizzy fica impaciente, trocando o peso de uma perna para outra. Finalmente, ela solta:

— Você não tem nenhuma chave *normal*?

Eu me contorço. Lizzy realmente precisa cuidar de seus modos. A senhora se levanta da cadeira de balanço e diz:

— Vamos lá, George, mostre às crianças o que elas querem.

— Claro, querida — diz o homem e pisca para mim. Ele pega um recipiente pequeno do meio das chaves de dar corda em relógio e as de bagagem e entrega a Lizzy.

— Experimentem estas — diz ele. — São as que não se encaixam em nenhuma outra categoria.

— Vamos trazer de volta logo — promete Lizzy, abraçando a caixa bem perto do peito.

— Vocês parecem ser crianças confiáveis — diz a mulher. — Vamos ficar aqui o dia inteiro.

Lizzy fica toda feliz por ter sido chamada de confiável. Ela agradece aos dois e se apressa até o banco mais próximo. Pego minha caixa da mesa e preciso correr para alcançá-la.

Quando me junto a ela no banco, percebo como a testa dela está franzida, como se estivesse pensando muito em alguma coisa.

— Algum problema? — pergunto.

— Não sei — responde ela e faz um sinal para a mesa de onde acabamos de sair. — São tantas chaves.

— E daí?

— Todas foram feitas para abrir uma coisa específica, certo? Como, por exemplo, uma tranca de fechadura ou uma porta ou uma pasta ou algo assim, sabe?

— Acho que sim.

— Então, e se houver pessoas no mundo inteiro... pessoas como *nós*... que têm uma fechadura mas não conseguem encontrar a chave? Você não acha meio triste?

De vez em quando, Lizzy diz alguma coisa que realmente me faz pensar. Dá para entender o que ela está dizendo. Duas partes de um todo, separadas e perdidas uma da outra.

— É igual aos cisnes — digo.

— Hã?

— Sabe como é, os cisnes só têm um único parceiro a vida toda, e, se um deles morre, o outro passa o resto da vida nadando sozinho no lago. Chaves são assim. A caixa do meu pai é assim. Só uma chave vai servir. Bem, no nosso caso, quatro chaves.

Lizzy pensa sobre o assunto por um minuto, depois diz:

— Será que podemos esquecer os cisnes e simplesmente experimentar estas chaves?

— Foi você que tocou no assunto — observo.

— *Não* fui eu que mencionei os cisnes!

— Você simplesmente não gosta de aprender nada novo — retruco.

— Só não vejo para que serve saber tantos fatos inúteis.

Eu *não* vou me empacar nessa discussão mais uma vez.

— Vamos experimentar as chaves — digo, com os dentes cerrados.

Estamos mais ou menos na metade do recipiente quando uma coisa acontece. Uma chave entra inteira em um buraco! Todas as reentrâncias se alinham. Fico colocando e tirando para ter certeza de que aquilo aconteceu mesmo. Lizzy agarra o meu braço e aperta.

— A chave vira? — pergunta ela, sem fôlego.

Tento girar em ambas as direções, mas ela não se move. Balanço a cabeça e entrego a caixa para Lizzy. Ela tenta algumas vezes também, antes de desistir e colocar a chave no bolso.

— Vamos continuar tentando — diz ela e pega a próxima chave do recipiente.

Não temos mais sorte, mas nossos passos têm um gingado novo quando voltamos à mesa.

— Como foi? — pergunta o homem quando colocamos o recipiente de volta ao lugar.

Lizzy tira a chave do bolso e diz:

— Esta aqui entra em uma das fechaduras, mas não vira.

O homem assente.

— Podem ficar com ela, mas desconfio que sua caixa foi feita exclusivamente para um jogo de chaves. Talvez encontrem mais algumas que se encaixam nos buracos, mas duvido que girem.

Olho para a caixa na minha mão. As palavras do meu pai ficam olhando para mim e começam a nadar um pouquinho quando meus olhos ficam úmidos.

— Pronto — diz o senhor de idade. Ele estica a mão e pega uma das chaves grandes da placa. Ele a entrega para mim com um saquinho acolchoado. — Leve esta aqui como um presente meu. Qualquer pessoa que procura chaves com tanta dedicação quanto você é um espírito de afinidade.

Surpreso, pego a chave dele, bem animado. Um pouco da ferrugem sai na minha mão.

— Obrigado — digo com sinceridade. — O que ela abria?

Ele dá de ombros.

— Provavelmente um celeiro ou um armazém velho.

— Maravilha — balbucia Lizzy. — Agora temos quatro fechaduras sem chave e duas chaves sem fechadura. Estamos pior do que quando começamos!

Coloco a chave com cuidado no saquinho acolchoado e ajeito com a caixa na minha mochila.

— Obrigado pelo presente e por toda a ajuda — digo ao casal. — Somos muito gratos, mesmo.

— É uma pena vocês terem perdido as chaves originais — diz o homem, e ele e a mulher voltam para as cadeiras de balanço.

Estou prestes a dizer a ele que não fomos nós que perdemos, mas, antes que eu tenha oportunidade, Lizzy diz:

— Não se preocupe, nós sabemos onde elas estão e vamos achá-las.

Estou prestes a perguntar a Lizzy de que diabo ela está falando, quando o senhor volta a acender o cachimbo e diz:

— Que bom, que bom. Não se esqueçam de voltar aqui para me contar qual é o sentido da vida quando vocês descobrirem.

— Vamos voltar — responde Lizzy, já se virando para o outro lado. Ela coloca a mão nas minhas costas e começa a me empurrar pela passagem.

Quando nos afastamos o suficiente, eu pergunto:

— Por que você disse a ele que nós sabemos onde as chaves originais estão?

— Porque sabemos — responde Lizzy. — E isso nos leva ao próximo item do meu esquema. Aquele ao qual eu esperava que a gente não precisasse recorrer.

Um calafrio literalmente percorre minha espinha. Não é um bom sinal, em um clima de trinta graus. Torcendo para não parecer tão preocupado quanto me sinto, eu pergunto:

— Você por acaso não tem outro Milk Dud no bolso, tem?

Capítulo 5: Plano F

— Você está brincando, certo?

Lizzy acaba de ler o último item do esquema dela. Minha reação explosiva faz Zilla rosnar para mim e se posicionar entre nós dois. Lizzy coloca o esquema de novo na mesa da cozinha.

— Nossas chaves estão escondidas no escritório de Harold em algum lugar — insiste ela. — Foi ele mesmo quem disse. Talvez estejam embaixo do tapete em um canto esquecido do almoxarifado. Ou presas atrás de uma gaveta de mesa. Ou coladas no teto. Nós vamos invadir aquele escritório e encontrá-las.

— Vamos arrombar e invadir uma propriedade? Esse é o seu grande plano? Isso é ilegal! — Passo com cuidado por Zilla e vou para a sala, onde começo a andar de um lado para o outro e pensar. O escritório de advocacia fica na zona norte. Tenho certeza de que a minha mãe não vai gostar se formos lá, então vou ter que mentir. Será que essa é a única solução? E se já houver outras pessoas usando o escritório? Talvez, se continuarmos procurando em feirinhas de antiguidades e vendas de coisas velhas, no fim vamos achar chaves que funcionem, não? Mas será que conseguiremos achar a tempo?

Estou ficando um pouco tonto de andar em círculos, então me sento no sofá que, diferentemente do nosso, não tem buracos nem nome. Pratico minha respiração profunda. Do ponto de vista da arquitetura, nossos dois apartamentos são idênticos, só que com os cômodos invertidos. Mas, por dentro, não podiam ser mais diferentes. Praticamente tudo na casa de Lizzy é bege. O pai dela diz que assim fica mais fácil para decorar. Preciso reconhecer que é mais sereno que as cores malucas da minha casa.

Lizzy entra na sala e se senta ao meu lado, no braço do sofá. Ela fica mexendo em um fio solto e não olha para mim.

— Desculpe — diz ela. — A caixa é sua, e eu estou agindo como se também fosse minha. Fazendo tantos planos, arrastando você pela cidade inteira. Vou parar, e você pode fazer qualquer coisa com que se sinta à vontade.

Fico tão surpreso com as palavras dela que no começo acho que escutei mal. *Parecia* que ela estava pedindo desculpa por ser mandona. É, tenho bastante certeza de que era isso o que ela estava fazendo! Mas, para ser sincero, ela não tem por que pedir desculpas.

— Hum, obrigado por isso — digo, hesitante. — Mas estamos nisso juntos. Eu pedi sua ajuda, e suas ideias foram ótimas, de verdade.

— Ah, fala sério — diz ela e me dá um soco de leve no braço.

Como eu sempre sou de tentar o jeito mais fácil primeiro, digo:

— Antes de irmos ao escritório de Harold, vamos pelo menos ligar para ele. Talvez ainda esteja lá e possa procurar melhor.

— Assim é que se fala — responde Lizzy. Ela salta do sofá e ergue a mão para um "toca aqui". Faço um gesto fraco. Ela pega a carta da minha mochila e estende a mão para o telefone. Enquanto está discando, lembro a ela que é sábado e talvez seja necessário esperar até segunda. Ela faz um sinal para eu ficar quieto e coloca o telefone entre nós dois, para ambos podermos escutar.

É uma gravação.

— Você ligou para o escritório de advocacia de Folgard e Levine. Fechamos nossa filial de Manhattan e vamos reabrir em Long Island, em setembro, depois de um safári na África. Fique em paz.

— Fique em paz? — repete Lizzy e desliga o telefone. — Que sujeito estranho.

— Talvez o estranho seja Levine — sugiro.

— Quem é Levine?

— O outro sujeito do escritório. Harold pode ser perfeitamente normal.

Lizzy balança a cabeça.

— Se ele era amigo dos seus pais, provavelmente não é normal.

Ela tem alguma razão.

— Precisamos fazer uma lista — diz ela, de repente parecendo toda prática. Ela pega um lápis da mesinha de centro e olha ao redor em busca de algo em que escrever. — Recapitulando o que já sabemos: vai ser extremamente difícil, se não impossível, encontrar chaves que sirvam na caixa. De outra maneira é impossível arrombar a caixa, pelo menos não sem destruí-la e, com muita probabilidade, seu conteúdo também. Sabemos que Harold não está mais no escritório e pode até estar na selva. — Ela encontra um exemplar antigo da revista *Post Office Weekly* e arranca a capa de trás, que é uma folha em branco. Ela começa a rabiscar. — Vamos precisar de luvas, uma lanterna, uma chave de fenda, uma maleta, doces, um mapa da cidade e umas roupas legais. — Ele bate na testa algumas vezes com o lápis. — Mas o que estou esquecendo?

— A pia da cozinha? — ofereço.

— Para quê precisamos da pia da cozinha?

— Para quê precisamos de uma maleta ou de uma lanterna? — pergunto. — Não vamos lá no meio da noite. E doces? Você sabe que sou a favor de levar doces a qualquer lugar que a gente vá, mas por que nesta missão?

— Dã — diz ela. — Para subornar o segurança, é claro

Eu rio.

— Você acha que um segurança vai nos deixar xeretar o escritório de alguém só porque você deu um Twizzler para ele?

— Eu estava pensando mais em um saquinho de Skittles — diz ela. — E aí, se mesmo assim ele não nos deixar entrar, um Snickers tamanho família deve ser suficiente.

Talvez ela não esteja errada. Tem que ser um homem muito determinado para recusar um Snickers tamanho família.

— E, se isso não der certo — diz ela e solta o cabelo do rabo de cavalo —, eu simplesmente vou usar meus dotes femininos.

— E que dotes femininos seriam esses?

Ela balança o cabelo e faz um biquinho com os lábios.

Eu caio na gargalhada.

— Você está parecendo um dos meus peixes!

Ela sai correndo atrás de mim pela sala, agitando o cabelo e os quadris e apertando os lábios.

— Falando nos meus peixes — digo e corro para a porta. — Preciso dar comida a eles. O Gato e o Cachorro estavam querendo atacar o Ferret ontem à noite. É melhor eu ir ver se eles não o comeram.

Lizzy diz:

— Você só está com medo do meu poder feminino. — Ela fecha a porta atrás de mim. Estremeço com um pequeno calafrio. Não costumo pensar em Lizzy como uma menina, de jeito nenhum. É simplesmente perturbador demais.

Acordo no domingo de manhã com o barulho de um caminhão grande dando ré. *Bip, bip, bip.* O freio chia quando o caminhão para. Por que um caminhão pararia na frente do meu prédio? A menos que...

Pulo da cama e espio pela persiana. É *mesmo* um caminhão de mudança! Nossos novos vizinhos chegaram! Um carro vermelho pequeno estaciona atrás do caminhão e as quatro portas se abrem. A primeira coisa que eu vejo são quatro cabeças loiras. Mãe, pai, menino, menina. Ao mesmo tempo, os quatro esticam o pescoço e olham para cima, para o prédio. O pai aponta primeiro para o telhado, onde as pessoas se acomodam no dia 4 de julho para ver os fogos de artifício em comemoração ao Dia da Independência dos Estados Unidos, e depois para a janela do apartamento que será deles. Ele não tem cara de ser jogador de beisebol de segunda divisão nem acrobata, nem qualquer uma das outras coisas pelas quais eu estava torcendo. Aliás, ele usa terno, coisa que eu acho esquisita para um domingo e ainda mais esquisita para um dia de mudança.

Como a minha janela fica apenas uns três metros acima da cabeça deles, dá para enxergá-los muito bem. O menino faz uma careta, e o rosto da menina está meio contorcido. Fios de maquiagem marrom escorrem pelos cantos dos olhos. Ela devia estar chorando. Minha vontade é gritar que este é um lugar legal para se morar, mas, como eu nunca mudei de casa na vida, realmente não posso me identificar com o que eles devem estar sentindo. Meu plano é morar aqui para sempre.

Os pais começam a orientar os homens da mudança, e as crianças ficam recostadas no carro. O menino cruza os braços e chuta o chão enquanto a menina enrola uma mecha de cabelo no dedo. Estou quase indo chamar minha mãe para contar a ela que os novos vizinhos chegaram quando vejo nosso vizinho do andar de cima, Bobby Sanchez, de cinco anos, descer os degraus da entrada e ir até o carro. A mãe dele vem correndo atrás, tentando pegá-lo.

— Oi! — diz Bobby para as crianças novas e estende a mão.

Dá para escutá-lo com clareza através da tela da minha janela, mas o menino novo finge que não ouviu. A menina força um sorriso e aperta a mão dele.

— Eu sou a Samantha — diz ela. — Este menino sem educação é o meu irmão, Rick. Estamos nos mudando para cá hoje.

— Legal! — diz Bobby, coçando a cabeça com uma das mãos e arrastando os pés. Esse menino nunca fica parado.

— Eu tenho cinco anos — completa Bobby. — Quantos anos você tem?

— Temos catorze anos — responde Samantha. — Somos gêmeos, mas eu sou seis minutos mais velha.

Rick dá um chute na canela dela, e ela dá um pulo.

— É verdade! — diz ela.

Ouve-se um trovão e todo mundo olha para cima, para conferir o céu. Espero que não chova em cima deles.

Como meu pai e minha mãe são gêmeos idênticos, eu sabia que veria outros gêmeos na vida, mas este é o primeiro par de menino-menina que vejo. Eles não são muito parecidos. O rosto dela tem formato oval, e o dele é mais quadrado. Estou começando a me sentir meio esquisito por espionar a família, então rabisco um bilhete para Lizzy e coloco no buraco. Quando volto do banheiro e coloco um short e uma camiseta, tem uma resposta me esperando.

J—
Não vou sair de casa hoje = não vou conhecer os vizinhos novos. Pode vir aqui, se quiser. Sua avó me mandou um e-mail sobre a feira estadual. Vou esperar você chegar para abrir.
L

Eu respondo:

L—
Por que você não vai sair do apartamento?
J

Ela responde:

J—
N.É.D.S.C.
L

N.É.D.S.C.? Por que não é da minha conta o fato de que ela não quer descer? E a minha avó foi bem espertinha de mandar um e-mail para a Lizzy em vez de mandar para mim. Ela sabe que eu deleto qualquer coisa com "feira estadual" no campo do assunto.

Volto para a janela, mas a família nova não está mais na calçada. Devem ter ido para o apartamento. Começou a garoar, e os homens da mudança estão carregando móveis embalados para cima, junto com o que parece ser um número infinito de caixas. Penso em ir até o apartamento deles, mas fico achando que devo esperar minha mãe para fazer isso. Ela provavelmente vai querer fazer um bolo. Acho que é isso que se faz quando alguém novo muda para o seu prédio. Se fossem só crianças novas na escola, eu nem ia me esforçar para conhecer os dois. Mas sinto que é minha obrigação de vizinho ser, sabe como é, um bom vizinho.

Como já estou vestido agora, é melhor ir para a casa da Lizzy. Deixo um bilhete para minha mãe na mesa da cozinha. Sou um garoto muito responsável.

Minha avó sabe que estou apavorado em manter minha parte do acordo que fizemos no verão passado. Todos os verões, Lizzy, minha mãe e eu a visitamos na pousada que ela tem em Nova Jersey. Essa é basicamente a única vez em que saio do estado. No verão do ano passado, como faz todos os anos, minha avó nos levou à feira estadual, que acontece lá perto. Eu basicamente não parei de comer o tempo todo: maçã caramelada, maçã do amor, churros, algodão-doce e refrigerante com sorvete. Minha mãe disse que eu ia pagar o preço mais tarde, mas fiquei bem. Meu estômago é de ferro.

Minha avó apostou com Lizzy e eu que a mulher da barraquinha de Adivinhe o Peso ia adivinhar o peso exato de nós dois. Ela disse que, se ganhasse a aposta, Lizzy e eu aceitaríamos participar do Concurso de Jovens Talentos no ano seguinte. Fazia anos que ela tentava nos convencer a participar. Parece que concursos são bons para a alma e para fortalecer o caráter. Ela mesma participa do Concurso de Mesa Posta todos os anos e também do Faça Sua Própria Geleia. Se a mulher errasse, minha avó prometeu que nunca mais mencionaria o concurso.

Lizzy pode ser baixinha, mas tem músculos. Ela pesa mais do que parece. Trocamos olhares de quem sabe tudo e concordamos com a aposta da minha avó. A mulher que adivinhava o peso apertou os olhos para nós, então rabiscou alguns números no bloco dela. Colocou o bloco na mesa e fez um gesto para subirmos na balança. Quando nos mostrou o bloco, tinha acertado com precisão.

Obviamente, tinha algum tipo de truque naquilo, mas minha avó nos arrastou para longe antes que pudéssemos fazer uma investigação completa. Aposto que a mulher tinha balanças no chão que, de algum modo, ela via.

Então agora temos que participar desse show de talentos idiota. Pelo menos podemos escolher o que vamos fazer. Precisamos inventar um número hoje, que não seja muito humilhante.

O pai de Lizzy abre a porta do apartamento deles. Ainda está de pijama. A estampa é de patos e nuvenzinhas. Como já mencionei, o Sr. Muldoun é um homem corpulento, então são muitos patos e muitas nuvens.

— Antes que você diga qualquer coisa — diz ele sonolento e se afasta para o lado para eu poder passar —, isto aqui sobrou do último leilão, e todos os meus outros pijamas estão sujos.

No correio, sempre fazem leilões de pacotes considerados impossíveis de entregar, como quando não têm endereço do destinatário ou do remetente. Normalmente, são coisas como roupas, CDs e livros, mas já acharam cobras, um hamster e até as cinzas de algum pobre coitado em uma urna! O Sr. Muldoun avisa a minha mãe com antecedência sobre o que vai estar disponível. Foi assim que eu ganhei meu computador. Minha mãe uma vez conseguiu uma caixa inteira de contas variadas. Era exatamente disso que precisávamos no nosso apartamento: mais contas. Segundo a lei, eles não podem leiloar a urna, então ela fica em cima de uma prateleira no correio e de vez em quando alguém coloca uma flor do lado dela.

— Não é todo homem que pode usar patos — digo e sigo o Sr. Muldoun até a cozinha, onde ele me oferece um bolinho de blueberry. Eu recuso com educação. Ele solta um suspiro dramático e me entrega um de chocolate.

Enquanto mastigo, ele diz:

— Lizzy me contou sobre a caixa do seu pai. Espero que esteja tudo bem com isso.

Eu assinto.

— Você deve estar bem curioso para saber o que tem dentro dela — diz ele.

— Muito — respondo, tentando não cuspir pedacinhos de bolinho.

— Olhe, aposto que você vai encontrar as chaves — diz ele e descasca uma banana.

Ergo os olhos do bolinho, surpreso. Será que ele está dizendo que tem as chaves?

— Onde? Onde eu vou encontrar as chaves?

Ele abre um sorriso bem largo.

— No último lugar em que você procurar.

— Hã? E onde é isso?

— Você não entendeu? — pergunta ele. — A gente sempre acha as coisas no último lugar em que procura. Porque, depois que acha, para de procurar!

— Ah, uma piada — respondo e reviro os olhos.

— Eu já devia saber.

— Já devia saber o quê? — pergunta Lizzy ao entrar na cozinha.

Estou prestes a explicar quando sou pego de surpresa pelo Band-Aid redondo no meio do queixo dela.

— Você se cortou quando estava se barbeando?

— Muito engraçadinho — diz ela. — Não quero falar sobre isso. — Ela vai para a sala pisando firme. Dou uma olhada para o pai dela. Ele diz a palavra *espinha* sem emitir nenhum som. Então é por *isso* que ela não quer conhecer os vizinhos novos!

Lizzy e o pai compartilham um computador que fica em uma mesa na sala. Eu me jogo no sofá enquanto ela lê o e-mail da minha avó em voz alta:

```
Cara Lizzy,
Olá, querida. Como você sabe, a feira está
chegando daqui a algumas semanas. Tentei en-
trar em contato com Jeremy, mas o e-mail dele
deve estar ruim. Por isso tomei a liberdade de
escolher o número de vocês para o concurso
de talentos. Está lembrada daquela apresenta-
ção adorável com o bambolê? É isso que vocês
vão fazer. A apresentação precisa ter entre
três e cinco minutos, então vocês têm que es-
colher uma música com essa duração.
Com muito amor,
Vovó Annie
```

Lizzy se vira para mim com a mão em cima da boca e os olhos arregalados de pavor.

É exatamente por isso que eu não gosto de surpresas. Quando me recupero do choque inicial, eu me levanto do sofá de um salto.

— Isso é um pesadelo. Não podemos fazer uma apresentação de bambolê na frente de centenas de desconhecidos!

O rosto de Lizzy está ficando mais vermelho a cada segundo.

— Ela não está falando daquela coisa que costumávamos fazer em que você jogava uma bola para mim enquanto eu rodava um bambolê na cintura e depois jogava de volta? E depois eu comia uma banana?

Eu assinto, arrasado.

— É isso mesmo. Lembra que inventamos isso naquele verão em que fomos para lá e não parou de chover?

— Nós tínhamos SEIS anos! — berra Lizzy.

O pai de Lizzy se apressa até a sala.

— Está tudo bem?

Lizzy explica para ele qual é a situação terrível.

O Sr. Muldoun dá de ombros.

— Não parece tão ruim. Pode ser uma experiência de crescimento.

Ficamos olhando com raiva para ele.

— Tem algum prêmio? — pergunta ele.

— Acho que quem ganha recebe cinquenta dólares — respondo.

Com uma piscadinha, o Sr. Muldoun diz:

— Com isso, um garoto pode comprar muitos chocolates Snickers.

Hum. Ele tem uma certa razão.

— Ótimo — diz Lizzy e joga os braços para cima. — Mas, se perdermos para aquele garoto que toca gaita com o nariz, alguém vai pagar.

— Aquele garoto não vai ganhar — garanto a ela. — Ele ganhou no ano passado, e não pode fazer o mesmo número duas vezes.

— Ainda bem que eu gosto da sua avó — diz Lizzy. — Eu não rodaria um bambolê por qualquer pessoa.

— Eu sei que não. — Eu me seguro para não lembrar a ela que, quando éramos pequenos, ela sempre queria que todo mundo assistisse. — Tem certeza de que você não quer conhecer os vizinhos agora? Acho que eles não se sentem muito felizes por estar aqui.

Ela faz um gesto enlouquecido para o Band-Aid que tem no queixo. O assunto está encerrado.

A segunda-feira de manhã chega rápido demais. Lizzy aparece na porta do meu quarto usando uma saia comprida e um top branco limpo. O cabelo dela não está preso no rabo de cavalo e de fato foi escovado. O Band-Aid se foi. Esfrego os olhos para ter certeza de que é ela.

— Por que você ainda não se vestiu? — quer saber ela.

Sim, é ela mesma.

— São só oito e meia! — respondo e deixo minha cabeça cair de novo no travesseiro.

Ela se aproxima e arranca o travesseiro de baixo de mim.

— Você sabe que precisamos começar logo. Temos muito a fazer antes de sair.

Eu resmungo.

— Tipo o quê?

Ela vai marcando a lista nos dedos.

— Primeiro, você precisa se vestir. *Com uma roupa boa.* Depois, você tem que juntar seus itens da lista. Terceiro, temos que ir ao mercado comprar os doces. Para sua sorte, a melhor maneira de chegar ao escritório é de ônibus, então você não vai ter que andar de metrô hoje.

Eu me sento sonolento e me desloco até a beirada da cama.

— Você se esqueceu da parte em que tenho que mentir para minha mãe quando sair. Ela não trabalha na segunda-feira, então está em casa agora.

— Já cuidei disto — diz Lizzy, fazendo um gesto de desprezo com o braço. — Ela me viu entrar e perguntou por que eu estava tão bem-vestida. Eu disse que nós íamos encontrar meu pai no correio e ele ia nos mostrar o lugar.

— Mas o que vai acontecer se ela vir seu pai mais tarde e ele não souber nada sobre isso?

— Não se preocupe tanto. — Lizzy abre a porta do meu closet e enfia a mão lá dentro. — Vamos pedir para o meu pai nos mostrar o lugar amanhã, só para garantir. Pronto — diz ela e joga uma camisa azul de abotoar na minha cama. — Coloque isto com sua calça bege.

Faço uma careta.

— A única vez em que vesti aquela camisa foi na abertura da exposição da minha tia. Você quer que eu use isso em um dia normal?

— É por uma causa que vale a pena — diz ela e pega um par de sapatos marrons refinados no piso do closet. — Precisamos ficar com uma aparência respeitável. E por acaso todo mundo não ficou falando como você estava bonito com essa camisa?

— Só uma velha que falou — resmungo. — Mas acho que ela era praticamente cega. Tudo bem, me dê dez minutos.

Eu me arrasto até o banheiro e jogo em cima do corpo a roupa que Lizzy separou para mim. Demora um pouco para fechar todos os botões da camisa. Por que alguém usaria uma coisa dessas se pode vestir só uma camiseta? Pego os itens da lista de Lizzy que são de minha responsabilidade (a lanterna, as luvas e a chave de fenda) e enfio na mochila. Lizzy está com o mapa e uma das maletas antigas do pai dela. Vamos ter que parar na loja de quadrinhos para pegar os doces.

Minha mãe e Lizzy estão na sala quando saio. Minha mãe está ajoelhada, fazendo um remendo em uma das pernas de Mongo. Está desfiada desde que Zilla, o gato monstro, teve que passar uma noite aqui no mês passado, quando dedetizaram o apartamento de Lizzy. Zilla passou metade da noite usando a perna do sofá como poste de arranhar. Nenhum de nós teve coragem suficiente para tentar fazê-lo parar.

— Mas como você está bonito, Jeremy — diz minha mãe quando me vê.

— Hum, obrigado — balbucio, incapaz de olhá-la nos olhos.

— Bem, é melhor irmos andando — diz Lizzy e se apressa na direção da porta. — A correspondência não para por ninguém. Ou algo assim.

— Só um segundo — diz minha mãe e se levanta com dificuldade para não derrubar o novelo de linha. Meu coração se acelera quando ela se aproxima de mim. Ela deve estar vendo no meu rosto. Eu sou o *pior* mentiroso. Para minha surpresa, ela passa direto por mim e vai examinar o queixo de Lizzy. — Eu só queria ter certeza de que o corretivo está funcionando — diz ela. — Para mim, parece bom. Não estou vendo nada.

Lizzy fica extremamente vermelha e não olha para mim. Sinto vontade de rir, mas ela me mataria.

— Está ótimo, obrigada pela ajuda — resmunga e praticamente se joga porta afora. Eu acho legal minha mãe querer ajudar Lizzy com coisas de mulher.

Minha mãe fecha a porta e eu vejo que Lizzy deixou a maleta no chão, perto da nossa porta. Ela a pega e estamos quase virando para a escada quando os garotos novos saem do apartamento deles. Nós quatro ficamos lá parados, sem jeito, até que a menina, Samantha, diz oi, e todos nos apresentamos. Rick não parece tão bravo hoje. Talvez ele tenha se conformado com seu destino.

— Então, onde vocês moravam antes? — pergunta Lizzy. De maneira inconsciente, ela ergue a mão para tocar no lugar em que está a espinha disfarçada, mas abaixa a mão bem rapidinho.

— Em Nova Jersey — responde Samantha. — Nosso pai trabalha na cidade e estava cansado de ir e vir todo dia.

— Vocês já foram à feira estadual? — pergunta Lizzy em um tom de voz estridente e desconhecido.

— Nós vamos lá no mês que vem.

Nunca a vi conversar tanto com desconhecidos. Por que ela foi mencionar logo a feira estadual?

— A feira estadual? — repete Rick com uma risada. — Só caipiras vão lá. O que vocês vão fazer? Puxar um trator com os dentes? Não, esperem, vocês vão às corridas de porcos!

— Cale a boca, Rick! — diz Samantha e o empurra com força em direção à parede. — Ignorem — diz ela e revira os olhos. — Ele sabe ser insuportável.

— Sem problema — resmungo, apesar de não ser sincero. Rick continua rindo, e Lizzy fica muda. Parece que está nas minhas mãos. — Bem, esperamos que gostem daqui — digo a Samantha, ignorando Rick. Então, como minha mãe me ensinou, completo: — Se vocês precisarem de alguma coisa, é só dizer. — Mostro quais são os nossos apartamentos e, levando em conta que Lizzy continua muda, eu a puxo escada abaixo comigo.

— Que negócio foi aquele? — pergunto quando chegamos à calçada e nos afastamos alguns metros.

Os pulinhos de sempre estão ausentes dos passos dela, e ela caminha muito devagar. Será que estava nervosa por causa de Rick? Será que acha ele bonito ou algo assim? Finalmente, ela diz:

— Eu me sinto a maior idiota. Samantha vai achar que eu me visto assim todo dia, com essa saia ridícula. E eu tinha que falar da feira estadual idiota. Por que eu disse aquilo? E essa maleta idiota. Você viu os brincos dela? E as unhas dos pés dela eram vermelhas!

— Nem vou perguntar por que você estava olhando para os pés dela. Mas que diferença faz se uma menina que você nem conhece acha que você se veste assim todo dia? O que tem de errado com a sua roupa?

— Ah, deixe para lá — diz ela. — Você não entende as meninas, de jeito nenhum. — Ela caminha mais rápido, quase correndo, e preciso me apressar para acompanhar. Bem, pelo menos os pulinhos voltaram aos passos dela.

Capítulo 6: O escritório

Mitch está acabando de abrir as fechaduras da porta da frente da Fink's Comics and Magic quando chegamos. Não posso deixar de notar o chaveiro enorme na mão dele.

— Ei, cara e carinha — diz ele, meio arrastado. Ele sempre fala tentando parecer que é da Califórnia, mas eu sei que ele nunca esteve lá. Minha esperança secreta é que ele se mude para lá de verdade depois de se formar. Quem sabe aí o tio Arthur se aposenta e eu posso tomar conta da loja. Um garoto pode sonhar, não pode?

Mitch dá uma olhada de aprovação na roupa de Lizzy, mas ela nem repara. Está ocupada demais olhando para o chaveiro também.

Quando o seguimos para dentro da loja, eu sussurro para Lizzy:

— A gente devia conferir as chaves dele para o caso de minha mãe estar errada e meu pai ter, *sim,* deixado um jogo extra na loja. Aí não precisamos ir até o escritório.

Ela assente.

— Eu estava pensando a mesma coisa.

— Vou pedir a Mitch.

— Espere — diz Lizzy e me detém. — Ele vai querer saber por que você quer as chaves. Você quer mesmo contar a ele sobre a caixa?

Ela tem razão, eu não quero que Mitch saiba. Ele
pode tentar ficar com ela ou, no mínimo, tirar sarro
da minha cara. Sei que as chaves ficam guardadas
embaixo do balcão, então só precisamos esperar um
momento oportuno para pegar. Fingimos que estamos olhando as revistinhas enquanto Mitch termina
de abrir o caixa. Ele pede que eu fique no balcão por
um minuto enquanto ele arruma a gaveta da caixa
registradora no fundo.

— Sem problema — respondemos Lizzy e eu ao
mesmo tempo.

— Foi fácil demais — sussurra Lizzy quando ele
desaparece na sala dos fundos. Corremos para trás
do balcão e ela pega as chaves. Abro o zíper da minha
mochila e, bem rapidamente, experimentamos todas
as chaves em cada buraco. Não temos sorte. Nem
uma entradinha. Bem, pelo menos agora estou convencido de que o escritório de Harold é nossa única
esperança. Meu tio vai chegando atrás do balcão bem
quando estou fechando a mochila. Ele olha desconfiado para mim.

— O que você está fazendo? — pergunta ele,
olhando de mim para minha mochila e para Lizzy.
Além da semelhança física com o meu pai, a voz dele
também é idêntica à do meu pai. Isso sempre me deixa arrepiado (quando não me dá vontade de chorar,
quero dizer).

— Nada — respondo e coloco a mochila em
cima do ombro. — Mitch pediu para a gente cuidar

106

da loja, então só estamos, sabe como é, cuidando da loja.

— É — diz Lizzy e passa pelo tio Arthur e vai para a frente do balcão. — E agora vamos comprar alguns doces.

Dou um sorriso fraco para o meu tio e me junto a Lizzy do outro lado. Ela já colocou dois saquinhos de Twizzlers e um Snickers tamanho família em cima do balcão.

— Você tem uma entrevista de trabalho? — pergunta meu tio, examinando minha roupa de cima a baixo.

Balanço a cabeça.

— O pai de Lizzy vai nos levar ao trabalho com ele. — É surpreendente como tenho facilidade de mentir para o meu tio. Eu só preciso me lembrar da vez em que ele tinha que me levar a um acampamento de pai e filho na sexta série e nunca apareceu. Pode não ser desculpa para mentir, mas faz com que eu me sinta menos culpado.

Ele dá o troco para Lizzy e coloca os doces em um saquinho. Ela lança um sorriso cheio de dentes para ele e diz:

— Obrigada!

Acenamos quando saímos pela porta.

— Essa foi por pouco — diz ela quando já andamos metade do quarteirão.

— Por quê? — pergunto, observando enquanto ela abre um dos saquinhos de Twizzlers. — Até parece que a gente roubou alguma coisa.

Ela me dá um Twizzler, e eu me lembro de quem está falando comigo.

— Nós não roubamos nada, certo? — pergunto.

— Não, nós não roubamos nada! — diz ela. — Mas eu não me surpreenderia se aquele seu tio achasse que roubamos.

— Acho que não posso culpá-lo — digo. — Todo ano, a loja perde algumas centenas de dólares em doces e revistinhas roubadas.

— Isso é mesmo a sua cara — diz ela, chupando um Twizzler. — Sempre tenta encontrar o que existe de melhor nas pessoas, até nele.

— Ei, você não ia comprar Skittles para o segurança em vez de Twizzlers?

— Eu entrei em pânico, está bem? Coma seu Twizzler e fique quieto.

Naquele momento, avistamos o ônibus dobrando a esquina. Corremos na direção dele, com a mochila batendo nas minhas costas. Dois homens de terno e gravata estão esperando na parada, ambos com um passe na mão. O ônibus encosta no meio-fio, e pergunto a Lizzy se ela sabe quanto o ônibus custa. Minha mãe sempre cuidou desse tipo de coisa. Eu realmente preciso começar a prestar mais atenção.

— Dois dólares cada viagem — diz ela. — Desta vez eu conferi. Você tem dinheiro, certo?

— Você não tem?

— Eu acabei de gastar com os doces!

Pego minha carteira bem quando uma tropa de bandeirantes faz fila atrás de nós, dando risadinhas e empurrando umas as outras. Os dois homens sobem no ônibus, colocam o passe na abertura e tiram. São os mesmos Metrocards que devem ser usados no metrô. Aquelas coisinhas têm muito poder nesta cidade! O motorista está nos esperando. Entrego quatro dólares para ele. Ainda bem que tenho os meus oito de sempre, senão não teríamos o suficiente para voltar para casa.

— Só moedas — diz o motorista, sem nem olhar para nós.

— Não temos moedas — digo, acanhado.

O motorista revira os olhos e fala bem alto:

— Alguém tem um cartão?

As bandeirantes atrás de nós estão ficando impacientes. Ouço uma delas resmungar:

— Retardados!

Algumas das outras dão risadinhas. Por causa da grosseria, pode ser que eu exija uma caixa de biscoitos grátis delas este ano.

— Eu ajudo — diz uma mulher de meia-idade sentada no banco da frente e se levanta. Cutuco Lizzy com o cotovelo quando vejo que a mulher está usando boné e moletom dos Yankees, igualzinho ao cara que nos ajudou no metrô. Ainda bem que os fãs de beisebol são bem supersticiosos! A mulher coloca o cartão na abertura duas vezes e pega os quatro dólares da minha mão.

Ansiosos para sair da frente do ônibus, vamos para o fundo e ocupamos os dois últimos assentos. Lizzy imediatamente se vira e fica olhando para fora da janela. Sei que ela está mal por não saber usar nosso segundo meio de transporte.

— Ei, Lizzy, uma das bandeirantes acabou de fazer a outra chorar. Isso deve fazer você se sentir melhor.

109

Dá para ver que ela sorri pelo reflexo no vidro. Lizzy se aborrece com facilidade, mas não é muito difícil animá-la.

Pego meu livro, feliz por ter alguns minutos para estudar o diagrama a respeito de viagem no tempo e teoria das cordas. Mas, antes que eu possa construir uma máquina do tempo com cordas, preciso entender de que diabo estão falando.

Acabei de abrir a página com o canto dobrado quando sou acometido pelo fedor de alho fortíssimo que de repente toma conta do ônibus. Olho ao redor enlouquecido para encontrar a origem, e vejo um homem com macacão de pedreiro mordendo um sanduíche que só pode ser totalmente feito de dentes de alho. Por que ninguém mais notou? Não posso dizer nada a Lizzy sem que ele escute, e ele não parece ser o tipo de pessoa que eu ia querer insultar. Com as mordidinhas absolutamente minúsculas dele, demora dez quarteirões para ele terminar. A essa altura, gotas de suor estão bem visíveis em sua testa. Ele amassa o embrulho e coloca de volta dentro da lancheira. Ele pode ser fedido, mas pelo menos é organizado.

— Nossa parada é a próxima — diz Lizzy e dobra o mapinha da cidade que ela tem. Eu assinto, com medo de abrir a boca e deixar aquele cheiro entrar lá dentro. Apesar de o sanduíche ter acabado, o cheiro ganhou força. Eu não poderia imaginar que isso fosse possível. O homem é sobre-humano. Saia da frente, Super-Homem, aí vem o Homem-Alho, capaz de pular prédios altos com uma única baforada fedida.

Coloco o livro de lado para me preparar para a chegada. A única coisa que consegui aprender é que a teoria das cordas na verdade não inclui cordas, mas sim minúsculas fitas de ondas de energia. Isso vai ser mais difícil de achar do que corda normal.

Levantamos do assento e seguramos nas barras perto da porta de trás. O ônibus diminui a velocidade quando se aproxima da esquina, mas passa direto. No começo, o fato só se registra bem de leve, mas, quando a metade do ônibus passa a parada, percebo que o motorista não vai parar.

— Espere! — berra Lizzy para a frente. — Você acabou de passar a nossa parada!

O motorista não diminui a velocidade. Uma mulher de cabelo branco e segurando uma bengala prateada se inclina para a frente e diz a Lizzy:

— Mocinha, se o motorista não vir ninguém esperando em uma parada, ela não para. Se você quiser que o ônibus pare, tem que apertar aquela fita amarela ali em cima. Está vendo?

Acompanhamos enquanto ela aponta com o dedo trêmulo para algo que parece uma fita adesiva amarela. Percebo que já vi as pessoas apertando aquilo antes, mas nunca prestei muita atenção.

— Ah, certo — balbucia Lizzy. — Obrigada.

— Ainda dá para apertar? — pergunto à mulher.

Ela assente, toda feliz. Estico a mão e aperto a fita com força. Um sininho toca uma vez. Acho que gente baixinha tem que ficar dando voltas e mais voltas pela cidade até uma pessoa mais alta ajudar.

— Agora o motorista vai parar na próxima parada. Estão vendo? — disse a mulher. — Só vão ficar a dois quarteirões de onde queriam ir. — Ela volta a se acomodar no assento.

Quem disse que os nova-iorquinos não são prestativos? Claro que mais dois quarteirões significa que estamos encalhados com o Homem-Alho durante mais esse tempão. Fico imaginando se alguém já morreu por um ataque de fedor.

Acontece que a próxima parada está cheia de gente esperando, então o motorista ia parar de qualquer jeito. O ônibus encosta, e a porta da frente abre, mas não a de trás. Lizzy puxa a maçaneta, mas ela não se mexe. O Homem-Alho estende a mão e empurra uma tira de metal ao lado da porta, e a porta se abre. Retiro meus pensamentos maldosos a respeito dele. Ele é obviamente mais um cidadão prestativo.

Nós nos apressamos para descer os três degraus antes que o motorista possa mudar de ideia e acelerar. Meu pé esquerdo gruda em cada degrau quando eu desço, porque pegou um chiclete em algum lugar. Quando nos livramos da multidão, peço a Lizzy para esperar um pouco enquanto uso o meio-fio para tirar o chiclete da sola do meu sapato.

— Caramba! — diz ela e agarra meu braço com força. (Quando ela tinha seis anos, o pai de Lizzy ensinou a ela que usasse exclamações como *caramba* e *nossa* em vez das versões mais apimentadas que ela havia levado para casa depois do primeiro dia no jardim da infância.)

Eu quase perco o equilíbrio, já que estava com um pé no ar e um braço praticamente sendo desencaixado do ombro. Sigo o olhar dela. Na sarjeta, a cerca de meio metro de nós, há uma carta de baralho. Com a figura para cima, a metade de baixo está escondida por um menu de entrega de comida chinesa. É o oito de copas, uma das três cartas que faltam para completar a coleção de Lizzy. Faz pelo menos seis meses desde que ela encontrou a última carta. Eu estava começando a achar que essas três nunca apareceriam.

Lizzy solta o meu braço e se debruça por cima da carta. Com os dedos trêmulos, ela a pega pelo cantinho. Mas não puxa logo, e sei que ela está fazendo uma das oraçõezinhas dela, na esperança de que a carta esteja intacta. É comum encontrar cartas rasgadas, e essas ela não coloca na coleção.

Lizzy finalmente puxa a carta com cuidado e ela desliza para fora, totalmente intacta. Ela solta um suspiro de alívio e então a segura em cima da cabeça, como se fosse o boxeador vencedor de uma luta.

— Tchan-tchan! — anuncia ela. — Agora só faltam mais duas!

Ela abre a maleta e coloca a carta com todo o cuidado em um dos bolsos na parte de cima. Ela dá alguns passos na direção do prédio de escritórios, mas para quando eu não saio do lugar.

— O que foi? — pergunta ela. — Você não está emocionado por eu ter encontrado a minha carta?

Eu assinto, sem ouvir de verdade. Se não tivéssemos perdido a parada, se não tivéssemos nos desviado do plano original, não teríamos descido aqui, e ela não teria encontrado a carta. Mas será que foi o destino que nos trouxe a este lugar, ou só a boa sorte? Que tal destino e *má* sorte?

Se meu pai tivesse feito um caminho diferente naquele dia, ou se tivesse passado um segundo a mais em um sinal vermelho, ele não teria morrido. E se a senhora de quem ele desviou para evitar o atropelamento tivesse esperado mais um segundo antes de atravessar a rua? Ou se ela estivesse segurando o pacote por baixo e não pela alça, que tinha quebrado no meio da rua e feito com que ela parasse de andar?

Ou se não tivesse chovido naquela manhã e a rua não estivesse tão escorregadia e os pneus do meu pai não tivessem derrapado? Ou se eu não estivesse doente naquele dia e tivesse ido com ele? Poderíamos ter parado para tomar um sorvete primeiro, e aí...

— Está tudo bem? — pergunta Lizzy, observando meu rosto e interrompendo meus pensamentos. Até parece que algum dia eu vou poder saber o que teria acontecido se qualquer uma dessas outras coisas tivesse ocorrido. A menos que eu consiga construir uma máquina do tempo. E essa alternativa não está parecendo muito promissora.

Respiro fundo uma vez. E mais outra.

— Está tudo bem — respondo. — Vamos.

— Eu ter encontrado aquela carta foi um bom sinal — diz ela quando voltamos a caminhar. — Um bom sinal com certeza!

Espero que ela tenha razão. Agora que estamos perto, estou começando a ficar nervoso. Depois de alguns quarteirões, Lizzy para na frente de um prédio alto. Ela consulta o cabeçalho da carta de Harold à minha mãe e diz:

— É aqui. O antigo escritório de Harold Folgard, Advogado.

Preciso inclinar a cabeça completamente para trás para poder enxergar o topo do prédio. Nenhum de nós faz qualquer movimento para entrar.

— É tão... alto — digo, protegendo os olhos com a mão.

— Ainda bem que não vamos ter que escalar o lado de fora e usar um cortador de vidro para entrar nos escritórios — diz ela e me conduz pela porta giratória. — Era o meu plano B.

A recepção é de mármore e vidro, com pé-direito alto e dois grupos de elevadores. É silenciosa também, como uma biblioteca.

— O escritório fica no décimo quarto andar — diz Lizzy. A voz dela ecoa. Só há algumas pessoas na recepção, e nenhuma delas presta a mínima atenção a nós.

Eu me aproximo da parede para ler as placas.

— É este aqui — digo, baixinho, apontando para os elevadores à nossa direita. — Vai do primeiro ao décimo sexto andar.

— Faça cara de quem conhece o lugar — cochicha ela de volta e joga o cabelo para trás. Ela sacode a pasta um pouco para a frente e para trás ao se dirigir ao primeiro elevador.

Endireito as costas e ergo o queixo um pouquinho. Tenho certeza de que, com a minha altura, eu poderia me passar por um executivo visto de trás (um executivo muito magro, com uma mochila).

Lizzy está prestes a apertar o botão de SUBIR quando uma voz ribomba do outro lado da recepção:

— Aonde vocês acham que vão?

Congelamos. Meu coração começa a bater mais rápido. Um homem chega por trás e nós nos viramos devagar. Ele usa um uniforme preto de segurança. Já tínhamos combinado que, se alguém nos parasse, Lizzy é que ia falar. Para ser sincero, acho que eu não conseguiria falar mesmo. Espero que ela não tente usar seus dotes femininos.

Em sua defesa, Lizzy mantém toda a compostura. Ela encara o segurança e diz, com calma:

— Nosso tio trabalha no décimo quarto andar. Queríamos fazer uma surpresa para ele.

Ele não responde de cara, e eu tento enviar uma mensagem telepática a Lizzy: *Ofereça o Snickers tamanho família para ele... o Snickers!* Mas ela não recebe minha mensagem ou a ignora. O segurança finalmente diz:

— Todos os visitantes precisam se identificar no balcão da recepção. Venham comigo.

Nossos ombros relaxam de alívio quando o seguimos até o longo balcão de mármore branco no canto da recepção que de algum modo nós não vimos quando entramos. Ele vai para trás do balcão e estende a mão.

— Carteira de motorista — diz ele em um tom que indica que já fez esta pergunta muitas vezes antes.

Lizzy e eu trocamos um olhar de surpresa. Eu *sabia* que podia passar por um executivo!

— Hum, nós só temos doze anos — diz Lizzy.

— Quase treze — eu me apresso em completar.

— Carteirinha da escola? — pergunta ele.

— Estamos de *férias* — responde Lizzy.

O guarda suspira.

— Tudo bem. Preciso que vocês assinem aqui. — Ele empurra uma prancheta por cima do balcão na nossa direção. — E aí, um de cada vez, vou tirar uma foto.

— Uma foto? — pergunto.

Ele assente.

— Agora todos os passes de visitante precisam ter foto.

Isso não está sendo tão fácil quanto eu esperava.

Lizzy assina a prancheta e empurra para mim. Ela assinou *Tia Castaway,* o nome da menininha no nosso filme preferido da Disney quando éramos pequenos, *A montanha enfeitiçada.* Ela me dá um chutinho na canela e, como supostamente somos irmãos, escrevo *Tony Castaway* com cuidado e empurro a prancheta de volta ao homem.

Ele tira nossa foto com uma câmera presa ao computador atrás do balcão. Alguns segundos depois, dois crachás de visitante saem da impressora. Ele os entrega para nós e diz que é para descolar a parte de trás e colar na roupa, e deixar à mostra o tempo todo. Nós nos apressamos na direção do elevador e colamos as etiquetas no peito sem nem olhar. Só quando estamos em segurança dentro do elevador é que percebo que meu rosto está olhando para mim da camisa de Lizzy, com um olho fechado, e o nome *Tony Castaway* escrito embaixo. Trocamos os crachás rapidamente.

— Este elevador é lento demais — observo.

117

— É — responde Lizzy. — Parece que nem estamos nos movendo.

Olho para o painel de números.

— É porque nenhum de nós apertou o botão do andar! — Eu me inclino e aperto o *14*. O elevador dá um pulinho e começa a subir.

Nós rimos. Lizzy diz:

— Parece que a gente nunca saiu de casa.

Observo os números dos andares acenderem um a um à medida que vamos subindo.

— Você sabia — digo a Lizzy — que a maioria dos prédios nos Estados Unidos não tem o décimo terceiro andar porque o número *13* supostamente dá azar? Claro que o décimo terceiro andar *continua* existindo, só que é chamado de décimo quarto.

Lizzy aperta os olhos.

— Então, você está dizendo que, como nós vamos ao décimo quarto andar, nós vamos ter azar?

Talvez seja melhor que Lizzy não escute quando estou compartilhando meu conhecimento sobre o mundo.

— Hum, esqueça o que eu disse.

Quando as portas se abrem, descemos e seguimos as indicações até a sala 42. Pelo caminho, passamos por diversos homens de terno e gravata e mulheres de terninho, e todos nos ignoram ou dão aquele sorriso forçado que os adultos costumam dar para as crianças, em que só os cantos da boca viram para cima. Finalmente encontramos a porta certa. Ainda tem a placa de latão que diz FOLGARD E LEVINE, ADVOGADOS. Lizzy dá um passo para trás e faz um gesto para que eu tente abrir a porta. Respiro fundo e viro a maçaneta. Claro que ela nem se mexe.

— Vire para o outro lado — aconselha Lizzy.

— Não vai dar certo — digo. — A gente sempre vira a maçaneta para a direita para abrir. — Mesmo assim, eu tento. Fico tão surpreso quando sinto o movimento na minha mão que nem empurro a porta para abrir por um segundo.

— Uau, e não é que deu certo! — exclama Lizzy e empurra a porta. Eu a sigo com rapidez e fecho a porta atrás de nós. Não há energia elétrica no escritório, mas entra luz suficiente pelas janelas, de modo que podemos enxergar com facilidade ao redor. Parece um escritório-fantasma. Mesas e arquivos vazios, carpete manchado, caixas de papelão vazias e uma luminária quebrada.

— Vamos logo — sussurra Lizzy. — Você procura na sala de Harold, e eu vou checar na sala de espera.

Assinto e vou para a sala que tem uma plaquinha com o nome de Harold na frente. Primeiro, confiro a antiga escrivaninha de madeira que está no meio da sala. É uma bela mesa. Fico imaginando por que ele a deixou para trás. As gavetas estão todas abertas, e isso facilita. Tateio o interior delas e também confiro a parte de baixo de todas as gavetas, para o caso de estarem presas ali com fita adesiva. Saio com algumas farpas, três clipes de papel e um cartão de visitas de uma empresa de mudança. Dá para ouvir Lizzy na sala ao lado abrindo e fechando gavetas também.

De acordo com o plano, engatinho pelo carpete, tentando sentir algum calombo pelo caminho. Mais ou menos na metade da sala, eu realmente sinto algo! Está a mais ou menos trinta centímetros de uma das paredes e tem o tamanho certinho para um jogo de quatro chaves e um chaveiro.

— Ei, Lizzy — chamo, o mais alto que tenho coragem. — Talvez eu tenha encontrado alguma coisa!

Ela chega correndo, e eu aponto para o calombo. Ela sai correndo de novo. Quando volta, está com a maleta dela e a minha mochila, que tínhamos deixado do lado da porta de entrada. Ela abre a maleta e tira a chave de fenda. Ela entrega para mim, e eu considero isso um gesto simpático, já que eu tenho certeza de que ela tem tanta capacidade quanto eu de rasgar o carpete. Eu poderia me sentir culpado por fazer o que estamos prestes a fazer, mas o carpete é tão velho e manchado e rasgado que não há dúvidas de que a pessoa que for ocupar a sala vai mandar trocar. De certo modo, estamos ajudando.

Usando a ponta mais fina, enfio a chave de fenda na beirada do carpete, onde encontra com a parede. Então a movimento para a frente e para trás, como se fosse uma serra. Apesar de o carpete ser velho, as fibras são fortes. Lizzy vai segurando os dois lados do carpete separados à medida que eu avanço, revelando o piso de concreto por baixo. Estou suando quando chego até o calombo. Mais um corte e o carpete revela seu tesouro escondido.

Lizzy berra e pula para trás com tanta rapidez que cai no chão desequilibrada. Ela cobre a boca para não berrar de novo e finalmente consegue se levantar.

— Você é uma garotinha — digo a ela e deixo o carpete voltar para o lugar. — Morreu faz tempo.

— Em vez das chaves para minha caixa, descobrimos o último repouso de um ratinho castanho.

Lizzy treme.

— Vamos terminar de procurar. Este lugar está me dando calafrios.

O único lugar em que ainda não procurei é o teto. É um daqueles tetos rebaixados em que é possível empurrar os painéis e eles se erguem.

— Lanterna — digo e estendo a mão.

Como uma enfermeira entregando um bisturi a um médico, Lizzy repete:

— Lanterna.

E a coloca na minha mão. Fico em pé sobre a mesa e alcanço o teto com facilidade. Empurro um dos painéis e o afasto para o lado para poder enfiar a lanterna lá dentro. Preciso tirar uma teia de aranha antes de enfiar a cabeça. Ainda bem que estou fazendo isso em vez de Lizzy. Apesar de ser uma menina durona, ela se desmancha com coisas de várias patas.

— Está vendo alguma coisa? — pergunta ela. A voz parece abafada ali de cima.

— Canos, poeira e fios — digo, virando para baixo. Passo a luz lentamente ao redor, mas só vejo as mesmas coisas. — Quer dar uma olhada?

Ela não responde. Repito a pergunta. Ela continua sem responder. Tiro a cabeça do teto e vejo Lizzy parada dura no meio da sala. Um policial bem redondo e com o rosto vermelho, com o uniforme completo da polícia de Nova York, está parado ao lado dela. O segurança lá de baixo quase ocupa completamente a passagem da porta.

A única coisa em que consigo pensar para dizer quando desço da mesa é:

— Eu *disse* que a gente devia ter dado a ele o Snickers tamanho família!

Capítulo 7: O trabalho

— Você não disse *nada* sobre o Snickers! — assobia Lizzy entredentes quando somos levados para a minidelegacia de polícia no subsolo do prédio.

— Bem, eu *pensei*! — respondo, meio ridículo.

O segurança que deve ter nos dedurado troca algumas palavras com o policial e sai sem nem olhar para trás. O policial, cujo crachá diz POLANSKY, faz um gesto para que sentemos no banco de madeira na frente da mesinha dele. Se tivesse barba, ele daria um bom Papai-Noel de shopping. Mas ele não é um homem muito alegre, então provavelmente não ia durar muito.

— Vocês gostariam de me dizer o que estavam fazendo ao vandalizar aquele escritório lá em cima? — pergunta ele e se inclina para a frente na cadeira.

Lizzy e eu nos entreolhamos. Dá para ver que ela está com medo, apesar de estar tentando fingir que não. Mas, antes de pensar, eu digo:

— Hum, nós o conhecemos, quero dizer, Folgard. Harold. Sei que dissemos ao segurança que ele é nosso tio, mas na verdade é amigo dos meus pais. Quero dizer, da minha mãe. Meu pai, ele... não está mais por aqui, então...

— O que meu *irmão* está tentando dizer — interrompe Lizzy — é que vandalizar é uma palavra totalmente inadequada. Sabe, nós tínhamos crachás para subir. — Ela aponta para a etiqueta adesiva no peito.

— Então, isso tudo foi um grande erro.

— Vamos devagar — diz o policial Polansky quando Lizzy estende a mão para pegar a maleta dela. — Aquele escritório não pertence mais a Folgard e Levine. Foi alugado na semana passada para a J&J Contabilidade. Era o escritório deles que vocês estavam vandalizando.

Lizzy sussurra pelo canto da boca:

— Lá vem ele com essa *palavra* de novo.

— O segurança na recepção recebe imagens de vídeo diretas de todas as salas vazias. É preciso garantir que nenhum invasor entre. Ele viu vocês dois destruindo propriedade privada.

Não faço ideia de que tipo de invasor ele está falando, mas não me dou ao trabalho de perguntar. Em vez disso, digo:

— Sinceramente, só estávamos procurando um jogo de chaves que o Sr. Folgard escondeu lá há muito tempo. Não tínhamos intenção de destruir nada.

— Arrombar e entrar é uma ofensa muito grave, sabem? — diz ele.

Lanço um olhar de ódio para Lizzy. Ela se encolhe no banco um pouco. Depois, diz:

— Mas a porta estava destrancada, então não arrombamos, na verdade. Só invadimos. E, fala sério, o que tem de tão ruim em invadir?

— Da maneira como vejo as coisas — diz o policial Polansky, obviamente nada convencido pela lógica de Lizzy —, além de precisarem pagar à J&J Contabilidade pelo carpete estragado, vocês terão que pagar sua dívida com a sociedade por não respeitarem a propriedade de outras pessoas.

Nenhum de nós fala por um momento. Estou calculando quantas semanas de mesada vai custar para comprar e instalar um carpete novo.

— Será que não podemos só escrever uma carta para a J&J, e para a, sabe como é, *sociedade*, pedindo desculpa pelo mal-entendido? — pergunto, na esperança de que ele possa identificar sinceridade na minha voz.

Ele ignora minha pergunta e diz:

— Então, Tony, Tia, esses não são os nomes verdadeiros de vocês, são?

No começo, nenhum de nós responde. Como Tony Castaway, eu estava me sentindo protegido da realidade da situação. Mas como Jeremy Fink não há escapatória. O policial Polansky faz com que digamos a ele nossos nomes verdadeiros e nossos endereços, e digita tudo no computador. Ele digita muito devagar, de modo que temos tempo de sobra para Lizzy beliscar minha perna. Quando me contorço, percebo que estava com a respiração presa e solto o ar rapidamente.

— O que foi isso? — pergunto do canto da boca.

— Você estava ficando roxo — sussurra Lizzy.

— Você *jurou* que não seríamos presos! — sussurro em resposta.

— Nós não vamos ser presos! — diz ela, esquecendo de sussurrar. Então, com a voz bem baixinha, pergunta: — Vamos?

125

O policial Polansky olha para nós demoradamente. Tentamos parecer o mais inocentes e de olhos arregalados possível. Minha mãe me disse uma vez que, em momentos de perigo, a gente deve ter pensamentos ensolarados: borboletas, bebês, risadas, cachorros-quentes em um jogo em um dia de sol. Então penso em bebês dando risada em um jogo, rodeados de borboletas comendo cachorros-quentes. Cachorros-quentes bem pequenos, minúsculos. Não consigo adivinhar o que Lizzy está pensando, mas deve ser algo bom, porque o policial Polansky responde:

— Não, eu não vou prender vocês.

— Você vai nos mandar para um reformatório? — pergunta ela, apertando os olhos para ele.

Eu resmungo. O policial Polansky ri.

— Não, também não vou mandar vocês para reformatório algum. Estava pensando em serviço comunitário. Vocês não têm nenhum grande plano para o verão, certo?

Pensando na caixa, eu digo:

— Bem, na verdade...

— Não — interrompe Lizzy. — Serviço comunitário está ótimo.

— Vou ver o que está disponível — diz ele e pega uma prancheta da gaveta da mesa.

— Hum, não é um juiz que deve determinar o serviço comunitário? — pergunto.

— Estamos simplificando o processo — explica o policial. — A não ser que vocês *queiram* que eu envolva um juiz...

Lizzy me dá um chute na canela, que na verdade dói bastante.

— Achei que não — diz ele e examina a lista à sua frente. — Vou até ser bacana e dar algumas escolhas para vocês.

— Maravilha — resmungo quase sem abrir a boca. Não dá para acreditar que faz poucos dias que a escola acabou e eu já estou sentando em uma minidelegacia de polícia recebendo serviço comunitário para o verão. Como foi que isso aconteceu? Como vou abrir a caixa se não posso procurar as chaves porque vou estar ocupado demais recolhendo lixo na West Side Highway ou plantando flores em algum jardim de igreja?

— Vamos ver — diz o policial Polansky e passa o dedo pela lista. Parece que ele está alheio à minha voz interior que berra. — Aqui está uma opção. Vocês podem recolher lixo no Central Park depois dos shows gratuitos semanais. O que acham?

Não confio em mim mesmo para falar.

— Não seria tão ruim — diz ele. — Vocês receberiam varetas para não precisar encostar no lixo com as mãos. E podem guardar as latas que encontrarem e trocar por cinco centavos no centro de reciclagem.

— O que mais você tem a oferecer? — pergunta Lizzy a seco.

Ele volta a consultar a lista.

— Bem, o único outro que aceitaria crianças da idade de vocês é ajudar um homem chamado Sr. Oswald com algumas entregas. Ele vai fechar a loja de penhores dele e se mudar para a Flórida. O trabalho pode envolver um pouco de peso para carregar, e devo dizer que vocês dois não são os espécimes mais fortes que já vi.

— Nós aceitamos — dizemos Lizzy e eu ao mesmo tempo.

— Somos mais fortes do que parecemos — completo. Apesar de isso ser verdade para Lizzy, eu provavelmente só sou tão forte quanto aparento.

O policial faz uma pausa para considerar, então diz:

— Tudo bem. Vou ligar para o Sr. Oswald para ver quando ele quer que vocês comecem.

Ele empurra dois caderninhos na nossa direção.

— Vocês terão que fazer um registro das horas que passam trabalhando e suas observações. Podemos pedir para examiná-las a qualquer momento, para termos certeza de que vocês não estão fugindo das suas responsabilidades.

— Observações? — pergunto. — De quê?

— O serviço comunitário não é só fazer as pessoas trabalharem de graça. O cidadão deve aprender alguma coisa com a experiência. Deve ser uma pessoa melhor quando termina.

— Uma pessoa melhor? — repete Lizzy. — O que tem de errado com a gente agora?

— Não sei, *Tia* — diz ele.

Com isso, ela fica quieta.

Ele telefona para o Sr. Oswald e depois que se apresenta como policial Polansky, a única coisa que escutamos é:

— Um menino, uma menina, de uns treze anos. Sim. Não. Sim. Dizem que são mais fortes do que aparentam. — Ele confere a tela do computador e lê nosso endereço. Depois, completa: — Certo. Sim. Eles estarão lá. Sem problema. Bom dia para o senhor também.

E desliga o telefone.

— Vocês começam amanhã — diz ele para nós e faz uma anotação ao lado do trabalho na prancheta dele.

— Hum, como é que iremos até ele? — pergunto. — Porque minha mãe trabalha o dia inteiro, e o pai de Lizzy também, então não sei como...

Ele ergue a mão para me fazer parar de falar.

— O Sr. Oswald vai mandar o motorista dele pegar vocês e depois levar os dois de volta para casa.

— Um *motorista*? — pergunta Lizzy. — Se o sujeito tem um *motorista*, por que simplesmente não contrata alguém para empacotar as coisas dele?

O rosto do policial Polansky se anuvia um pouco.

— Você prefere a primeira opção?

Lizzy balança a cabeça.

— Eu só estava perguntando.

— O Sr. Oswald fez muito pela cidade — diz ele. — Então gostamos de ajudá-lo sempre que possível.

Fico imaginando como um dono de loja de penhores pode ajudar a cidade, mas não vou perguntar. O policial Polansky parece estar com a paciência por um fio. Não gosto da ideia de ser tirado da zona de conforto da minha vizinhança, mais uma vez, e ser levado para vai saber onde.

— Vocês dois podem ir, agora — diz ele. — Nove da manhã, em ponto. E vistam-se de um jeito mais... casual. Eu nunca tinha visto crianças tão bem-vestidas nas férias de verão.

— Não costumamos nos vestir assim — explico rapidinho. Não que faça alguma diferença.

— Mais uma coisa — diz ele. — Se vocês fizerem um bom trabalho, vamos isentar o custo do carpete novo. Já estava bem feio mesmo antes de vocês estragarem.

— Obrigado — dizemos em uníssono. Praticamente pulamos do banco, na pressa de sair dali.

Estou quase colocando a mochila no ombro quando ele diz:

— Ah, esperem, onde eu estava com a cabeça? Ainda preciso ligar para os pais de vocês!

— Mas eles estão trabalhando — diz Lizzy, apressada. — Podemos explicar a eles.

Ele ri, mas não de um jeito muito simpático.

— Não é assim que funciona — diz ele. — Então, qual é o telefone do trabalho deles?

— Para falar a verdade — digo, levantando a mão um pouco e abaixando rapidinho. — Minha mãe está em casa hoje.

Ele adiciona os dois números no computador e diz:

— Agora, vão andando. Vejam se conseguem passar o resto do dia longe de problemas.

Lizzy pega a maleta dela e saímos correndo da sala, de volta ao elevador. Nenhum de nós diz nada quando apertamos o botão de térreo. Ainda bem que ele nos mandou sair antes de ligar para os nossos pais. Eu é que não ia querer escutar a reação da minha mãe. Vou ouvir mais cedo do que eu queria.

— Onde você estava com a cabeça? — pergunta ela assim que entro pela porta, uma hora depois. — Como chegou em casa?

— De ônibus — respondo.

O trajeto de volta tinha sido bem mais tranquilo. Trocamos moedas com um vendedor de pretzel, e o Homem-Alho não estava à vista (ou a cheiro, como pode ser o caso). Nós nos sentamos na frente do ônibus e tentei comer meu sanduíche de manteiga de amendoim enquanto Lizzy comia um pretzel. Não foi fácil engolir o sanduíche depois da nossa experiência, mas, no caso de minha mãe me castigar com alguma coisa saudável para comer no jantar, eu tinha que me alimentar enquanto era possível. Ainda assim, só consegui comer metade.

— Sinto muito por termos mentido a respeito de ir ao correio — respondo, acanhado. — Eu sabia que devia ter dito aonde íamos. Eu tinha medo de que você dissesse não.

— Venha se sentar — diz ela, e me leva até Mongo. Passamos por um quadro em um cavalete que ela devia estar pintando hoje. Agora está coberto com um pano, então não dá para saber o que é. Nós nos sentamos, e ela envolve minha mão na dela. — Sei que isso é difícil para você — diz ela, suave. — Você quer seguir as instruções do seu pai, mas talvez tenhamos que encontrar uma outra maneira.

— Lizzy e eu já tentamos de tudo — digo a ela. — A única maneira de abrir é com as chaves. Senão, vai estragar a caixa.

— Eu também não quero que isso aconteça — diz ela. — Mas agora você vai ter que deixar isso de lado e dar conta dessa confusão de serviço comunitário em que se meteu. Não vai poder fugir das suas responsabilidades com esse homem.

— E se ele for um dono de loja de penhores preguiçoso que só quer uma mão de obra grátis?

— Ele não é — garante ela. — Fiz o policial Polansky me dar o telefone do Sr. Oswald para eu poder conferir. Eu não ia deixar qualquer um levar meu bebê embora.

Eu resmungo.

— Mãe!

— Desculpe — diz ela. — Eu não ia deixar qualquer um levar meu filho quase adolescente.

— Assim está melhor.

— Ele é um homem muito interessante. E acho que você vai achar esse trabalho...

— Não é trabalho — lembro a ela. — Um trabalho é quando a gente recebe dinheiro.

Ela balança a cabeça.

— Um trabalho é quando você recebe uma tarefa e a completa com o melhor da sua capacidade. Com ou sem dinheiro. Mas, bem, como eu ia dizendo, acho que você realmente pode gostar de trabalhar com o Sr. Oswald. Talvez vocês descubram que têm muito em comum.

— Como o quê? — pergunto, mas realmente não estou interessado. Meu estômago está roncando. Agora que sei que minha mãe não vai me castigar, meu apetite retornou.

— O homem passou a vida perto de coisas que pertenciam a outras pessoas. Parece com alguém que você conhece? — Sem esperar resposta, ela se levanta do sofá e diz: — Aliás, você está de castigo por uma semana. Seria mais do que isso, mas acho que já está sendo castigado. Você vai fazer o serviço comunitário e depois vir direto para casa.

Solto um suspiro dramático.

— Quase parece que você não *quer* que eu encontre as chaves.

— Você sabe que isso não é verdade — diz minha mãe. — Tudo vai acontecer do jeito que tem que acontecer. — Ela vai para a cozinha, e eu vou atrás.

— O que você quer dizer com *isso*? — pergunto.

Antes que ela possa responder, o telefone toca. O identificador de chamada diz que é o pai de Lizzy. Ela atende e diz:

— Sim, ele está de castigo por uma semana. Pode deixar, eu espero o carro chegar amanhã e ligo para você no correio. Obrigada, Herb. — Ela desliga. — Ei, você escapou fácil. Lizzy está de castigo por duas semanas.

133

Pobre Lizzy. Ela só estava tentando me ajudar. Tenho certeza de que ela também não estava planejando passar o verão assim.

— O que você quer de jantar? — pergunta minha mãe, já enfiando a mão no armário para pegar a caixa de macarrão com queijo.

— Por que você pergunta se já sabe?

— Sempre torço para você me surpreender.

— Não vai ser hoje.

Depois de anos tentando me fazer comer como uma pessoa normal, minha mãe desistiu. O jantar agora é uma escolha entre quatro refeições: macarrão com queijo, salsicha, palitinhos de peixe ou pizza, quando saímos. Uma vez, minha mãe tentou fazer frango frito no formato de um palitinho de peixe, mas eu logo percebi.

Ela coloca uma panela no fogão e enche de água.

— Você vai me levar a beber com essas suas frescuras para comer — diz ela.

Como nossa casa não tem álcool, a menos que eu faça ela beber leite achocolatado, não fico muito preocupado.

— Você vai fazer treze anos daqui a algumas semanas — diz ela. — Está na hora de expandir seus horizontes. Vou introduzir uma coisa nova toda segunda-feira à noite.

Depois do que aconteceu hoje, não discuto.

— Claro, mãe — digo, torcendo para ela pegar leve comigo e não ir direto para o brócolis.

— E, como hoje é segunda-feira — diz minha mãe, abrindo a porta da geladeira —, podemos muito bem começar agora. Mas não se preocupe, vou pegar leve com você. — Ela pega uma tigela de vidro coberta com plástico. Eu me aproximo com cautela para dar uma olhada no que tem lá dentro.

Brócolis!

Capítulo 8: O velho

Minha mãe, Lizzy e eu estamos sentados na escadinha do prédio, esperando o motorista do Sr. Oswald chegar para nos pegar. Não recebi nenhum bilhete de Lizzy ontem à noite, e também não mandei nenhum. Acho que ela está zangada comigo. Pelo menos, está usando short e rabo de cavalo de novo. Nada de saia e cabelo comprido esvoaçando.

— Vocês dois estão com os cadernos que o policial deu a vocês? — pergunta minha mãe.

Fazemos que não com a cabeça.

— Tenho a impressão de que vocês deveriam levá-los — responde ela. — Subam para pegar. Eu espero aqui, para o caso de ele chegar.

Quando Lizzy e eu subimos a escada, ela pergunta se estou zangado com ela.

Aliviado, balanço a cabeça.

— Achei que talvez você estivesse zangada comigo. Afinal, não estaria metida nessa confusão se não fosse eu e a caixa.

— E *você* não estaria metido nessa confusão se não fosse por minha causa — retruca ela.

— Você acha que vamos conseguir encontrar as chaves a tempo agora? — pergunto.

— Vamos ficar com os olhos abertos — diz ela com firmeza. — Não vamos deixar essa coisa idiota de serviço comunitário estragar nossos planos.

Estamos para selar o acordo com um aperto de mão quando os garotos novos saem do apartamento deles.

— Não queremos atrapalhar vocês — diz Rick, fazendo um gesto para o nosso aperto de mão iminente.

Nós dois recolhemos a mão bem rapidinho.

— Como estão as coisas? — pergunta Lizzy em tom estridente, quase um guincho. Ela fala para os dois, mas só olha para Samantha.

— Bem — responde Samantha. — Quase terminamos a mudança.

— Legal — diz Lizzy. Então ela solta de supetão: — Gostei dos seus brincos.

Samantha leva as mãos às orelhas.

— Não estou usando brinco.

Rick ri. Esse garoto NÃO está ficando mais legal, e eu já parei de sentir pena dele por ter que se mudar para outro lugar.

Lizzy fica vermelha feito beterraba.

— Estou falando daqueles que você estava usando ontem.

— Ah, obrigada — diz Samantha. — Foram presente da minha avó.

— Legal — diz Lizzy e assente. — Se quiser vir à minha casa uma hora dessas, posso falar sobre a vizinhança, esse tipo de coisa.

— Claro — responde Samantha. — Uma hora dessas.

138

— Legal — diz Lizzy. Tenho vontade de alertá-la sobre a existência de outras palavras à disposição além de *legal*, mas acho que ela me daria um soco.

— Podemos ir agora? — pergunta Rick e puxa a irmã pelo corredor.

— Tchau, pessoal — diz Samantha de longe.

— Tchau — diz Lizzy e dá um tchauzinho.

— Desde quando você ficou tão simpática? — pergunto a ela.

— Como assim? — diz ela, toda inocente.

— Você sabe muito bem do que estou falando.

— Só estou tentando ser legal — responde ela e coloca a chave na porta do apartamento dela. — Sabe como é, praticar a boa vizinhança, como você diz. Tenho permissão para fazer novos amigos, sabia?

— Quem disse que você não tinha? — respondo e me apresso para dentro do meu apartamento antes que ela possa dizer qualquer coisa. Pego meu caderno e volto a sair, sem me dar ao trabalho de esperar por Lizzy. Ela se senta ao meu lado nos degraus da entrada depois de um minuto. Ela tirou o rabo de cavalo. Não sei por que isso pode me incomodar, mas incomoda. Pego meu livro e enterro o nariz nele.

— Deve ser ele — diz minha mãe, levanta e faz sombra sobre os olhos com a mão.

Ergo os olhos e vejo Lizzy olhando fixamente para a frente, com a boca aberta. Aproximando-se de nós pela rua vem nada menos que uma *limusine*. Ela estaciona bem na frente do nosso prédio. Uma *limusine* está na frente do nosso prédio! É daquele tipo que os *astros de cinema* usam. O motorista desce e

139

nos cumprimenta com um toquinho no quepe. Ele usa um uniforme de chofer de verdade! Eu não achei que as pessoas fizessem isso na vida real!

— Jeremy Fink e Elizabeth Muldoun?

Assentimos com vigor. Normalmente, Lizzy se apressa em corrigir qualquer pessoa que ouse usar o nome inteiro dela, mas dá para ver que está animada demais para se incomodar com isso.

— Meu nome é James. Vim para levá-los até o Sr. Oswald — diz ele. — E imagino que a senhora seja a Sra. Fink?

Minha mãe diz que sim e pede para ver a papelada do pessoal do serviço comunitário. Lizzy e eu trocamos olhadelas de olhos arregalados e descemos os degraus apressados e ficamos esperando ao lado do carro até minha mãe nos liberar.

— Vocês dois se comportem — diz ela e volta para a calçada.

Fico surpreso por ela não ter ficado chocada por causa da limusine. O Sr. Oswald deve ter dito a ela que é assim que vamos até ele. Será que ela, por algum acaso, esqueceu de me dizer?

— Vocês pegaram os sanduíches? — pergunta ela.

— Pegamos, mãe — respondo e fico vermelho enquanto James observa. Quando ela dá um passo para o lado, James abre a porta de trás para nós. Lizzy entra apressada e eu a sigo para o interior bacana. Não dá para acreditar que vamos mesmo andar pela cidade em uma limusine!

Os assentos são cor de creme, e eu nunca me sentei em algo tão macio. Apesar de o dia estar claro e ensolarado, o interior da limusine tem pouca luz porque as janelas são escuras. Há uma geladeirinha embutida na parede, junto com um aparelho de televisão e um rádio. Outro assento comprido fica na nossa frente, e eu imediatamente apoio os pés nele. Lizzy não consegue alcançar tão longe. Nós nos afastamos do prédio e eu aceno para minha mãe no caminho, mas ela provavelmente não pode nos ver através das janelas escuras.

Lizzy abre a porta da geladeirinha.

— Olhe! Morangos! Suco! Refrigerante em *garrafa de vidro*! Dá para *acreditar*?

Balanço a cabeça e me recosto no assento bacana, como se estivesse acostumado com aquela vida de luxo.

— Cara, nossa, cara — diz Lizzy. — Se eu soubesse que fazer serviço comunitário era *assim*, eu teria me metido em problemas sérios há *anos*!

No primeiro sinal vermelho, a janela que nos divide de James se abaixa lentamente. Ele vira a cabeça e olha para nós.

— Imagino que tudo esteja satisfatório? — pergunta ele, com um sorrisinho no rosto.

Lizzy desatarraxa a tampa de uma garrafa de Coca e pergunta:

— O Sr. Oswald é mesmo mesmo mesmo superrico?

James ri.

— Ele é bem endinheirado.

— Eu não sabia que donos de loja de penhores ganhavam tanto dinheiro — digo.

James vira para a rua de novo e balança a cabeça.

— Ah, esta é só uma atividade paralela. Era o negócio da família dele. O trabalho principal do Sr. Oswald é a venda de antiguidades. Ele tem jeito para encontrar antiguidades, restaurar e vender por muito mais dinheiro do que pagou.

— Onde ele encontra essas antiguidades? — pergunto, interessado.

— Em tudo que é lugar — responde James. — Feirinhas de antiguidades, mercados de pulgas, casas de leilão. Às vezes, até na rua. As pessoas não sabem o que têm, e simplesmente jogam fora.

Lizzy se vira para mim e eu já sei o que ela vai dizer, antes que fale.

— Parece que ele e o seu pai poderiam se dar bem Assinto.

— Mas meu pai nunca consertava nada para vender, só para usar.

— Talvez ele pudesse fazer isso — diz ela.

Observo quando a janela volta a subir lentamente.

— Talvez — respondo e fecho os olhos. Logo depois que meu pai morreu, comecei a fazer uma lista de todas as coisas que aconteciam comigo que ele nunca veria. Como quando dei uma tacada de home run no beisebol na aula de educação física (só aconteceu uma vez, mas aconteceu *de verdade*), ou quando ganhei um prêmio por um conto que escrevi no sexta ano sobre um menino que queimou uma formiga com uma lupa, e naquela noite a casa dele pegou fogo e ele sabia que a culpa era toda dele. Mas a lista era só sobre *mim*. Eu nunca tinha pensado no que meu pai teria ou não feito com a vida *dele* se tivesse oportunidade. Talvez pudesse vender algumas das coisas que encontrou e fazer uma fortuna. Ou expandir a Fink's Comics e transformá-la em uma rede. Eu poderia até ter um irmão ou uma irmã, a esta altura. Aposto que ele tinha sonhos dos quais eu nunca soube. Será que é *isso* que está na caixa? Sonhos de uma vida que ele nunca pôde viver?

O carro para, eu abro os olhos e vejo Lizzy mastigando um morango toda contente.

— Quer um? — pergunta ela e estende a caixa.

Balanço a cabeça. Fruta de verdade só me faz pensar em doce com gosto de fruta, como Starburst ou Mentos, e no fato de que, no momento, não tenho nenhum.

James abre a porta e saímos em uma calçada bem ensolarada. Eu achava que ele nos levaria a uma loja de penhores em uma área da cidade menos do que desejável. Mas, em vez disso, estamos na frente de um prédio de tijolinhos de três andares em Riverside Drive, no Upper West Side. Antes que eu possa expressar minha surpresa, a porta da frente se abre e um senhor de idade alto aparece, usando um terno marrom listrado com um chapéu combinando. Ele fuma um cachimbo. Por alguma razão, as roupas parecem não combinar com o resto dele. Com aquele rosto redondo e avermelhado, será que ele não devia estar de macacão e chapéu de palha?

— Vocês devem ser os pequenos gazeteiros — diz ele, rígido. Os olhos brilhantes dele revelam que, na verdade, não está sendo maldoso.

Como não é de ouvir um insulto e ficar quieta, Lizzy diz:

— Acho que, para ser gazeteiro, a pessoa tem que matar aula, e não estamos em aula, e sim nas férias de verão.

— Você tem toda a razão, mocinha — diz ele e inclina o cachimbo na direção dela. — Serei mais cuidadoso com meu vocabulário.

— Tudo bem, então — diz ela.

— Venham. — Ele dá um passo para o lado, para podermos entrar. — Vamos nos conhecer.

James nos conduz escada acima e para dentro da casa. Um pequeno hall de entrada leva a uma sala enorme lotada de grandes caixas e caixotes de transporte. Parece que a maior parte do lugar já foi embalada. Ainda há alguns quadros pendurados nas paredes, mas toda a mobília se foi. O teto forrado com painéis de madeira é tão alto que o prédio inteiro devia ter um andar só, não três separados, como eu havia pensado. Uma lareira enorme na parede dos fundos de fato tem um fogo aceso, apesar de estarmos quase em julho.

— Ossos velhos precisam de calor — diz o Sr. Oswald ao seguir meu olhar. — É por isso que vou me mudar para a Flórida. Vamos até meu escritório e vou lhes dizer o que vão fazer.

Uma mulher redonda de avental aparece na outra extremidade da sala e ele entrega o cachimbo a ela. Em troca, ela lhe entrega a correspondência. O Sr. Oswald diz, cheio de orgulho:

— Esta casa pararia de funcionar se não fosse pela minha ajudante, Mary.

Mary sorri para nós, e eu reparo em uma barra de chocolate Hershey's saindo de um dos bolsos do avental dela. Retribuo o sorriso. Ela obviamente é uma boa pessoa. Lizzy está ocupada demais espiando dentro de um caixote grande aberto para prestar atenção.

O Sr. Oswald nos conduz com cuidado pelo labirinto de caixas e para uma sala mais ou menos com a metade do tamanho da primeira. Esta tem outra lareira, mas sem fogo. Uma escrivaninha grande de carvalho está bem no meio, com grandes poltronas de couro em frente. Prateleiras cobrem duas paredes da sala, com objetos de todos os tamanhos e cores empilhados. Vejo equipamentos de esporte, como bolas e tacos de beisebol, bolas de futebol e tacos de hóquei, mas também abajures, relógios, quadros, esculturas, fileiras de livros, um telescópio, rádios, caixas de joias, pilhas de selos em pastas de plástico, bandejas de moedas antigas. Basicamente qualquer coisa e tudo que se possa imaginar. Fico pensando que aquilo deve ser a visão de paraíso dos meus pais. Preciso fazer um esforço disfarçado para fechar a boca. Percebo que eu não disse nem uma palavra desde que chegamos, então limpo a garganta:

— Hum, Sr. Oswald?

— Pois não, Sr. Fink? — diz ele e se senta atrás da escrivaninha.

Não sei como responder a isso. Eu só tinha ouvido meu pai e meu tio serem chamados de Sr. Fink. Não sei por que me surpreendo com o fato de que, quando eu crescer, as pessoas vão me chamar pelo mesmo nome do meu pai, mas me surpreendo.

—- Hum, pode me chamar de Jeremy — digo.

145

— Então que seja Jeremy — responde o Sr. Oswald.

— Hum, será que posso dar uma olhada na sua coleção de selos? Só vai demorar um minuto.

— Fique à vontade — diz ele e faz um aceno na direção da prateleira. — Você é filatelista há muito tempo?

— Como? — pergunto.

Ele sorri.

— Um colecionador de selos. Eles se chamam *filatelistas*.

— Ah — digo, me sentindo meio idiota. — Não, meu pai que era. Tem um selo que ele sempre procurava, então eu agora, bem, sabe como é.

Ele termina a frase por mim.

— Agora você assumiu a busca dele?

Assinto.

— Maravilha. Quando terminar, vocês dois podem se sentar, e aí podemos bater um papo.

O selo é azul com a palavra "Hawaii" em cima, então é fácil de identificar. Examino as páginas de selos com rapidez, mas ele obviamente não está lá. Coloco a pilha de volta na prateleira e preciso puxar a manga de Lizzy duas vezes antes de ela se afastar de uma boneca enorme com olhos azuis gigantescos. Não sei o que é mais assustador: a boneca em si, que tem um olhar vazio e um ar de "eu posso ganhar vida e atacar você" ou o fato de Lizzy estar hipnotizada por uma boneca, para começo de conversa.

Nós nos sentamos nas poltronas grandes na frente da escrivaninha. Por mais que eu seja alto para minha idade, eu me sinto muito pequeno na cadeira.

— Então — começa o Sr. Oswald —, aposto que vocês querem saber o que vão fazer aqui.

— Quem se importa com o que vamos fazer? — diz Lizzy. — Este lugar é *demais*!

O Sr. Oswald ri. A risada é profunda e sincera.

— Obrigado, acho. Fico contente por você gostar da minha casa; vou sentir muito por abandoná-la. Mas garanto que tenho a intenção de fazer vocês dois trabalharem.

Minha garganta sempre fica apertada quando procuro o selo do meu pai. Engulo em seco e digo:

— O policial Polansky disse que você precisava de nós para, hum, encaixotar coisas? Estas coisas, imagino? — Faço um gesto pela sala, apontando para todas as coisas.

— Quase isso, mas não exatamente — responde o Sr. Oswald, tocando as pontas dos dedos. — Preciso que vocês façam entregas para mim. Nenhum lugar muito longe, é tudo aqui em Manhattan. James vai acompanhá-los.

Abro a boca para perguntar que tipo de entrega quando Lizzy diz:

— Oba! Vamos andar de limusine de novo!

O Sr. Oswald sorri para ela como se faria para uma criança fofa que acabou de recitar o alfabeto pela primeira vez. Então ele se levanta e diz:

— Estou atrasado para uma reunião agora, mas vou encaminhá-los em sua primeira entrega. Podemos conversar mais amanhã.

Eu também me levanto rapidamente.

— Não veremos mais o senhor hoje?

Ele balança a cabeça.

— Não se preocupem, James sabe o que fazer.

— Mas o senhor não tem que assinar nosso caderno no fim do dia?

Ele dá a volta na mesa e coloca a mão no meu ombro.

— Não se preocupe tanto. Apenas anote suas observações hoje à noite, e podemos repassá-las amanhã, está bem?

Eu assinto.

— Você vai ter que perdoar Jeremy — diz Lizzy e coloca um Starburst na boca. — Ele sempre lembra os professores quando eles se esquecem de passar dever de casa.

Onde ela arrumou aquele Starburst e por que não me ofereceu? E eu só lembrei a professora *uma vez*, antes de perceber o que tinha feito!

Entre as mordidas, ela completa:

— Ele até lê livros durante o verão.

— Você não morreria se pegasse um livro de vez em quando, Lizzy — digo entredentes, sem querer discutir na frente do Sr. Oswald.

O Sr. Oswald pega a pasta e ajeita a gravata.

— O que você está lendo no momento, Jeremy? — Ele dá uma olhada na minha mochila volumosa.

Lizzy revira os olhos, mas eu a abro e reviro o interior. Entrego a ele meu livro mais recente, *Viagem no tempo e o cinema*.

— Você é fã de filmes de viagem no tempo? — pergunta ele e abre o livro no sumário.

Eu assinto.

— Já assisti a todos — respondo, torcendo para não parecer que estou me gabando.

— Qual é o seu preferido? — pergunta ele.

Preciso pensar por um minuto.

— Depende se são realistas ou não. Como se pudessem acontecer de verdade. Sabe como é, do ponto de vista científico.

Ele não responde, então continuo falando.

— Quero dizer, tipo, tem um em que a única coisa que o sujeito faz é ficar deitado na cama e aí ele se concentra muito, muito mesmo, e no fim vai parar no passado. Bem, isso *não pode* acontecer de verdade.

— Desconfio que não — concorda ele e me devolve o livro. Tiro a caixa do meu pai por um segundo enquanto guardo o livro de volta na mochila.

— Mas que caixa interessante — diz o Sr. Oswald. — Posso vê-la?

Por um segundo, fico dividido. Eu tinha decidido que não ia mostrá-la a mais ninguém. Mas não posso ser mal-educado, então entrego a ele. Olho para Lizzy, que diz sem emitir som: *Você trouxe isso?*

Dou de ombros. Eu não podia deixá-la em casa sozinha. O Sr. Oswald me devolve e diz:

— Adorável. Posso dar um pouco de plástico-bolha para você embrulhá-la, se quiser. Vai ajudar a protegê-la.

— Certo, claro — digo, surpreso e levemente insultado por ele não ter falado mais a respeito dela, ou sobre as palavras gravadas. Acho que ele vê tanta coisa que não fica impressionado com uma caixa de madeira.

149

— Pode pegar o quanto quiser ao sair — diz ele.
— Todo o material para empacotar está na outra sala. Mas agora vou passar a tarefa de vocês. — Ele se vira para a esquerda e percorre devagar uma das paredes de prateleiras. Não dá para imaginar o que ele vai pegar. Ele passa pela boneca enorme, por uma máquina de escrever velha de metal e passa os dedos pela lombada dos livros. Ele pega um deles, abre a capa da frente, depois devolve à prateleira e pega outro. Fica fazendo isso até abrir um livrinho com capa azul clara, e um envelope escorrega e cai no chão.

— Eu pego — digo e me abaixo para recolher. O envelope é fino e amarelado, e tem um nome escrito na parte da frente em tinta preta. *Mabel Parsons*. O Sr. Oswald tira da minha mão e coloca de volta dentro do livro. A capa está tão desbotada que não dá para ver o título.

— Nem um leitor como você vai se interessar pelo tema *deste* livro — diz ele e o coloca com cuidado em uma caixa de papelão que está aberta em cima da escrivaninha. — Fala sobre animais do bosque.

— Animais do bosque? — repito.

Ele afirma enquanto fecha a caixa com fita adesiva.

— Corujas, ursos, lebres. Esse tipo de coisa.

Parece meio chato mesmo.

— Vai ser doado para uma biblioteca? — pergunto.

— Ah, não — responde ele, mas não explica mais nada. Ele tira um post-it amarelo de um bloco e cola em cima da caixa. Escreve um endereço com capricho, e dá para ver que a mão dele treme um pouco com o esforço. Fico imaginando qual é a idade dele.

Com toda certeza é mais velho que qualquer um dos meus avós. Ele aperta o botão de um interfone na mesa e escuto uma campainha a algumas salas de distância. James aparece um minuto depois, e o Sr. Oswald entrega o pacote a ele. — O endereço está aqui — diz ele. — Eu gostaria que você acompanhasse as crianças até a porta, mas depois é com elas.

— Sim, senhor — responde James.

Estou prestes a seguir os homens para fora da sala quando me viro e vejo Lizzy com a boneca de olhos azuis nos braços. Quando ela vê que estou olhando, coloca de volta na prateleira rapidinho. Ergo as sobrancelhas e, em retribuição, ela fica olhando para mim com ar desafiador. Traçamos o caminho de volta à porta de entrada, com uma parada para eu pegar o plástico-bolha.

— Boa sorte — diz o Sr. Oswald em tom caloroso e fecha a porta atrás de nós.

— Espere — diz Lizzy do alto da escada. — Por que precisamos de sorte? O que nós vamos fazer?

— Não se preocupem, conversaremos amanhã.

Com isso, a porta grossa se fecha. Nós nos voltamos para James.

— Não olhem para mim — diz ele. — Eu só trabalho aqui.

Capítulo 9: O livro

James abre a porta de trás para nós mais uma vez, apesar de eu dizer a ele que eu mesmo posso abrir. Ele põe o pacote na frente, então mais uma vez não fazemos ideia de para onde estamos indo nem o que devemos fazer quando chegarmos lá. Remexo minha mochila em busca de algum doce solto para me dar conforto, mas não tem nada.

Estendo a mão para Lizzy, com a palma virada para cima.

— Starburst, por favor.

— Sabor? — pergunta Lizzy, tirando o pacote do bolso.

— Vermelho — respondo. Quero perguntar por que ela não me ofereceu antes, mas não pergunto. Escolha suas batalhas é o que o meu pai sempre dizia.

À medida que a limusine se dirige para locais desconhecidos, nós nos divertimos apertando o botão para abrir e fechar a janela divisória. Então olhamos para fora para contar quantas pessoas viram a cabeça quando a limusine passa por elas. Quando nos cansamos disso, pego a caixa envolta em plástico-bolha e não consigo me controlar e estouro as bolinhas. Lizzy se sobressalta todas as vezes. Então devoro um e meio dos meus sanduíches de manteiga de amendoim enquanto Lizzy come um enrolado de queijo de soja e espinafre que o pai dela preparou. Não consigo nem olhar. Estamos prestes a ligar a TV quando o carro para e a janela da divisória abaixa.

— Chegamos — diz James, olhando para trás. — Estão prontos?

— Para o *que* nós devemos estar prontos? — pergunta Lizzy. — Não vou sair do carro até você nos dizer.

Tiro a mão da maçaneta da porta e volto a me acomodar no assento.

James se vira até ficar de frente para nós.

— Vocês vão entregar um pacote, só isso.

Eu me inclino para a frente.

— Por que o Sr. Oswald precisa de nós para fazer isso? Não quero ser mal-educado, mas por que você, ou alguma outra pessoa que já trabalha para ele, não pode fazer isso?

James sorri. Os dentes dele são muito brancos.

— Porque não preciso pagar uma dívida com a sociedade.

— Ah, faça-me o favor — diz Lizzy com um aceno de mão. — Aquilo foi um enorme mal-entendido.

James ergue a janela de divisão e ouvimos assim que ele sai do carro. Estou prestes a abrir a porta quando Lizzy coloca a mão no meu braço. A sua boca se abre para dizer algo, mas depois volta a se fechar.

— O que foi? — pergunto.

— Nada — diz ela quando James abre a porta dele. Ela se vira e sai. Escorrego pelo assento e vou atrás. Sei que ela está nervosa em relação ao que

154

vamos encontrar lá, mas nunca vai confessar. Eu não tenho problema nenhum em confessar.

— Pode deixar a mochila no carro — instrui James. — Não vão precisar dela.

Eu hesito. Se a caixa do meu pai for roubada, eu nunca vou me perdoar.

— Estará segura, eu prometo — diz James.

Sem querer criar caso, tiro a mochila do ombro e deixo no banco. Então rapidinho a tiro do assento e a coloco no chão, achando que é menos provável que alguém a veja ali. Fecho bem a porta atrás de mim e vejo Lizzy apoiada no carro, batucando com o dedo nas janelas escuras. Certo, acho que minha mochila vai ficar segura. James faz uma grande exibição quando ativa o alarme.

Seguimos James algumas portas abaixo e nos vemos na frente de um prédio de apartamentos, do tipo que tem porteiro na frente. James me entrega o pacote. Entrego a Lizzy, que prontamente entrega de volta para mim. O porteiro nos cumprimenta com um toquinho no quepe e seguimos James para dentro do prédio, até a recepção, onde um segurança lê o jornal. James limpa a garganta e diz:

— Estamos aqui para falar com a Sra. Mabel Billingsly. Ela está à nossa espera.

O guarda larga o jornal preguiçosamente no balcão e pega um telefone. Ele aperta três números.

— E quem são vocês?

James responde:

— Pode dizer à Sra. Billingsly que somos representantes do Sr. Oswald.

O guarda responde:

— Ah, posso? — E aperta mais um número. James finge não ter escutado o comentário do segurança, mas tenho certeza de que escutou. O guarda transmite a mensagem e desliga. — Certo, podem subir.

Entramos no elevador e James aperta o *14*.

Lizzy diz:

— *Tinha* que ser o décimo quarto andar de novo!

— Qual é o problema do décimo quarto andar? — pergunta James.

— Você nem vai querer saber — diz Lizzy com um calafrio.

Eu pergunto:

— Por que alguém ia querer um livro velho de animais do bosque, falando nisso?

Lizzy dá de ombros.

— Talvez seja uma antiguidade. Nosso James aqui, apesar de ser um homem de poucas palavras, de fato disse que o Sr. Oswald vendia antiguidades. — De repente seus olhos se arregalam, e ela completa: — *A menos* que, na verdade, não seja um livro!

— Interessante — digo, considerando a teoria. O Sr. Oswald realmente fechou o livro bem rápido, para que eu não pudesse ver direito. — Você está certa! Pode ser um livro oco com dinheiro ou joias ou um mapa do tesouro escondido dentro!

— É! — diz Lizzy e agarra o meu braço. — É por isso que o Sr. Oswald quer que *nós* façamos a entrega! Por sermos menores, não vamos nos encrencar tanto quanto um adulto. Talvez ele tenha conexão com a máfia!

Olhamos com ar de acusação para James. Lizzy faz sua melhor olhada fixa com as mãos na cintura. James balança a cabeça e revira os olhos.

— É um livro — diz ele com firmeza. O elevador se abre, e James sai. Lizzy e eu não nos mexemos. — É um *livro* — diz ele, ainda com mais firmeza. As portas começam a se fechar, e ele tem que colocar o pé para fazer com que elas voltem a se abrir.

— Acho que podemos acreditar nele — digo a Lizzy. — O Sr. Oswald realmente não parece ser o tipo de pessoa que nos meteria em encrencas.

— Acho que não — reconhece ela.

Saímos do elevador, e James caminha pelo corredor silencioso alguns passos a nossa frente. Isto aqui com certeza é bem diferente do nosso prédio. Tem ar-condicionado no corredor, para começar. E o carpete não tem manchas. Passo a mão pelo papel de parede estampado. Não tem poeira. Há conjuntos de cadeiras e uma mesinha separados por uma pequena distância. Para os vizinhos poderem sentar e conversar, será?

— Chegamos — diz James e para na frente do 14G. — Agora é com vocês. Eu espero aqui.

— Claro, assim nós podemos entregar o contrabando — balbucia Lizzy — enquanto você fica a uma distância segura.

— É um LIVRO — insiste James, dirigindo-se para uma cadeira a algumas portas de distância.

Nenhum de nós faz menção de bater à porta. Finalmente, ajeito o pacote embaixo do braço e toco a campainha. Alguns segundos depois, uma fresta se abre na porta e uma senhora de idade com um vestido rosa-claro aparece na nossa frente. Ela usa uma correntinha fina de ouro antiga com dois corações entrelaçados pendurados nela. Os olhos aquosos são quase transparentes. Ela tem o corpo muito ereto.

Dirigindo-se a mim, ela diz:

— Eu não achava que o Sr. Oswald era tão jovem.

— Então dá um passo para o lado para nos deixar entrar. Ela fecha a porta, deixando James no corredor sem saber. Agora estamos sozinhos.

O apartamento é menor do que eu pensava, mas tem uma janela grande com uma vista ampla. Deve ficar no Upper East Side, porque dá para ver o East River. Preciso começar a prestar mais atenção enquanto estivermos na limusine.

— Não sou o Sr. Oswald — digo a ela. — Meu nome é Jeremy Fink, e esta aqui é Lizzy Muldoun.

— Mabel Billingsly — diz ela, e estende a mão.

Com o sol que entra pela janela, ela parece ainda mais velha. A pele parece fina como papel. Fico com medo de apertar a mão dela com força demais, mas ela devolve um apertão surpreendentemente firme.

— Então, o que os traz à minha humilde morada? Lizzy e eu trocamos olhares preocupados.

— Hum, a senhora não sabe? — pergunta Lizzy.

A Sra. Billingsly balança a cabeça.

Estendo o pacote.

— A senhora não encomendou isto do Sr. Oswald? O dono de antiquário?

— Antiquário? — repete ela. — Não. Faz anos que não compro uma antiguidade. — Ela se inclina como se fosse nos contar um segredo. — Para dizer a verdade, elas me dão arrepios.

Eu gosto do fato de ela não estar falando conosco como se fôssemos criancinhas.

— Então, a senhora não sabe o que é isso? — pergunto, e entrego o pacote para ela.

Ela balança a cabeça de novo e diz:

— Por que não descobrimos? — Ela nos conduz pela sala até a cozinha pequena. Coloca a caixa na mesa e pega uma faca da gaveta. Ela corta a fita adesiva com cuidado e abre as laterais da caixa. A coisa toda nos lembra muito de quando abrimos o pacote com a caixa do meu pai dentro. Só que, desta vez, eu sei qual é o conteúdo, apesar de a Sra. Billingsly não saber.

Ela coloca a mão lá dentro e tira o livrinho. Ela o vira nas mãos e, um pouco incerta, abre a capa da frente. Ela lê algo que está escrito ali e volta a fechá-lo, apertando-o com força junto ao peito. Quando ergue os olhos, eles estão cheios de lágrimas. Mas também estão brilhando.

— Onde vocês arrumaram isto? — sussurra ela.

— Nós já dissemos — responde Lizzy. — O Sr. Oswald pediu que entregássemos. Nós meio que trabalhamos para ele.

Ela fica olhando para nós sem entender nada, então seus olhos se focam de modo abrupto e ela dá um passo atrás.

— O velho Ozzy? Não, isso é impossível. Nossa, mas ele deve ter uns cento e vinte anos a esta altura!

Posso não ser muito bom em adivinhar a idade dos adultos, mas tenho bastante certeza de que o Sr. Oswald não pode ter mais do que setenta ou setenta e cinco anos. Definitivamente é mais novo que a Sra. Billingsly.

Balanço a cabeça.

— Acho que ele só tem uns setenta anos. E não posso imaginar que alguém o chame de *Ozzy*.

Lizzy inclina a cabeça, concordando.

A Sra. Billingsly baixa os olhos para o livro e diz, com voz trêmula:

— Quanto lhes devo por isto?

Lizzy e eu nos entreolhamos, preocupados. O Sr. Oswald não disse nada sobre receber pagamento.

— Hum, nada? — respondo, incerto.

Mas a Sra. Billingsly parece não estar mais prestando atenção em nós. Ela fica passando a mão pela capa do livro. Em um gesto abrupto, sai da cozinha e se senta no sofá da sala. Lizzy se inclina para perto de mim e sussurra:

— Será que a gente pode ir embora agora?

— Não sei — sussurro de volta. — Não sei bem o que está acontecendo.

— Eu também não. Mas ela com certeza parece ter gostado do livro.

Eu assinto.

— Mas por que ela não se lembra de ter encomendado?

— Porque ela é muito, muito velha? — sugere Lizzy.

— Acho que não é isso.

— Vamos descobrir — diz Lizzy. Passamos para a sala e ocupamos cadeiras na frente da senhora.

— Hum, Sra. Billingsly? — pergunta Lizzy. — Está tudo bem?

A Sra. Billingsly ergue os olhos do livro aberto em cima de seu colo. Reparo no envelope que eu tinha recolhido do chão do escritório para o Sr. Oswald na almofada ao lado dela. Ela sorri e pergunta:

— Vocês querem ouvir minha parte preferida?

Acho difícil acreditar que alguém tenha uma parte preferida em um livro sobre animais do bosque. Sem esperar a resposta, ela começa a ler:

Mais tarde, quando todos tinham dito "Adeus" e "Obrigado" a Christopher, Robin, Puff e Leitão caminharam para casa pensativos, juntos, no anoitecer dourado, e ficaram em silêncio por um longo tempo.

Lizzy salta da cadeira.

— Animais do bosque! — desdenha ela. — Isso aí é *O Ursinho Puff*!

— Shh! — digo e a puxo para trás. — Deixe que ela termine.

A Sra. Billingsly prossegue:

— Quando você acorda de manhã, Puff — disse Leitão, afinal —, qual é a primeira coisa que diz para si mesmo?

— O que tem para o café da manhã? — respondeu Puff. — O que você diz, Leitão?

— Eu digo: o que será que vai acontecer de emocionante hoje? — respondeu Leitão.

Puff assentiu, pensativo.

— É a mesma coisa — disse ele.

A Sra. Billingsly para de ler, mas não ergue a cabeça. Por que o Sr. Oswald não nos disse que o livro era *O Ursinho Puff*? Essa coisa toda não faz sentido. De repente, percebo uma coisa que devia ter ficado óbvia desde o minuto em que ela pegou o livro.

— Sra. Billingsly — digo. — Este livro já *perten-ceu* à senhora?

No começo ela não responde, só passa a mão pela página. Então diz:

— Só era metade meu. A outra metade pertencia à minha melhor amiga, Bitsy.

— Quer dizer Betsy? — sugere Lizzy.

A Sra. Billingsly balança a cabeça.

— Bitsy. Bitsy Solomon.

— As pessoas tinham nomes engraçados naquela época — comenta Lizzy.

Lanço um olhar desaprovador para Lizzy.

— Continue — peço à Sra. Billingsly.

Ela solta um leve suspiro e diz:

— Não falo com Bitsy há mais de sessenta e cinco anos.

— Mas você disse que ela é sua melhor amiga — diz Lizzy.

— Eu me expressei mal — responde a Sra. Billingsly com calma.

Reparo que a mão esquerda dela treme um pouco. Ela percebe que estou olhando e rapidamente coloca a outra mão em cima dela. Com a mesma rapidez, desvio o olhar, arrependido por ter reparado, em primeiro lugar. Sessenta e cinco anos é uma eternidade. O máximo que Lizzy e eu ficamos sem nos

162

falar foi uma semana, e só porque ela disse que as coisas de *Jornada nas estrelas* na verdade não poderiam acontecer.

— Bitsy era minha melhor amiga — explica a Sra. Billingsly. — Até o dia em que vendi este livro para comprar um vestido refinado. Ela me confrontou, mas eu disse que não tinha pegado. Eu sabia que ela sabia que eu tinha feito. Os melhores amigos sempre sabem quando o outro está mentindo. Durante anos eu quis pedir desculpa, mas fiquei envergonhada demais.

— Não entendo — diz Lizzy. — Como é possível comprar um vestido pelo valor desse livro?

A Sra. Billingsly abre o livro e vira a capa para nós. Chegamos perto para ler a escrita à mão desbotada.

Para Bitsy e Mabel, as maiores fãs de Puff
nos Estados Unidos
Atenciosamente, A.A. Milne

— Ah — diz Lizzy.
— Uau — exclamo.
— O velho Ozzy me deu vinte dólares por ele. Naquela época, na década de trinta, era quase uma fortuna para uma criança.

Continuo achando que ela deve estar confusa a respeito do Sr. Oswald, já que não tem como o nosso Sr. Oswald ter comprado aquele livro dela. Mas não tenho coragem de dizer que ela está enganada. Lizzy, como sempre, não tem problema em encontrar algo a dizer.

— Por que a senhora precisava tanto do vestido?
— pergunta ela.

A Sra. Billingsly fecha os olhos. Durante alguns minutos, não responde. Estou começando a ficar preocupado. Será que ela caiu no sono? Lizzy dá um beliscão no meu braço e diz, sem emitir som:

— O que fazemos agora?

Estou quase dizendo que talvez devamos ir embora, quando a Sra. Billingsly abre os olhos e pega o envelope antigo.

— Está tudo aqui — diz ela, colocando a carta de volta dentro do envelope e entregando-a a mim. — Pode fazer o favor de ler mais tarde? Eu gostaria de ficar sozinha.

Coloco o envelope no bolso de trás do short e, pela primeira vez na vida, sinto vontade de ter vestido alguma coisa menos relaxada.

— Seu marido vai chegar em casa logo? — pergunta Lizzy. Ouço uma coisa nada comum na voz dela: preocupação verdadeira.

Ela balança a cabeça e olha para uma foto de casamento desbotada na mesinha de centro.

— Não, Richard não está mais por aqui.

— Como vocês se conheceram? — pergunta Lizzy.

Minha primeira ideia é que eu gostaria que Lizzy parasse de pressioná-la a responder a essas perguntas. Mas logo percebo o que ela está fazendo. Ela quer fazer a Sra. Billingsly falar na esperança de que, quando sairmos, não pareça tão abrupto.

— Eu o conheci na noite em que usei aquele vestido — diz ela, melancólica. — Eu tinha dezesseis anos. —

Ela leva a mão à garganta e esfrega os coraçõezinhos pendurados na corrente. É um gesto totalmente inconsciente. Acho que ela ficaria surpresa se soubesse que estava fazendo isso. Ela prossegue: — Bitsy nunca chegou a conhecê-lo. Ela devia ser minha madrinha.

— Que coisa mais triste — diz Lizzy.

O comentário dela faz com que a Sra. Billingsly desperte de seu devaneio, e ela se levanta do sofá.

— Bem, tenho certeza de que vocês dois têm coisa melhor para fazer do que passar uma tarde de verão com uma velha. — Sem de fato nos empurrar, ela nos conduz até a porta. — Digam a Ozzy que ele está no fundo do meu coração.

— Mas o Sr. Oswald não é... — começa Lizzy.

Eu a interrompo e digo:

— Nós diremos.

Ela fecha a porta atrás de nós e estamos de volta ao corredor chique. Nenhum dos dois diz nada por um instante. James chega por trás de nós e pergunta:

— Então, como foi?

Não consigo pensar em uma palavra que seja uma resposta adequada. Lizzy só diz:

— O Sr. Oswald tem *muitas* explicações a dar amanhã! — E sai pisando firme na direção do elevador.

— James — digo quando saímos atrás dela. — Alguém chama o Sr. Oswald de *Ozzy*?

Ele balança a cabeça e sorri.

— Você acha que ele tem cara de Ozzy?

— Não.

Quando as portas do elevador se fecham, ele diz:

— Velho Ozzy era como chamavam o avô dele.

Capítulo 10: Oswald Oswald

Lizzy e eu não falamos muito no caminho de casa. Ela ainda está louca da vida por causa dos detalhes que o Sr. Oswald "esqueceu" de nos dizer, por isso eu passo o tempo preparando o que vou dizer a minha mãe. Sei que não posso contar tudo a ela. Pelo menos não até compreender o que realmente aconteceu e o que eu acho disso. Abro a porta do apartamento e o cheiro de curry toma meu nariz. Isso significa que a tia Judy está em casa preparando algum dos pratos exóticos dela. Minha mãe e minha tia avançam para cima de mim quando me escutam entrar.

— Então? — perguntam elas em uníssono, enxugando as mãos nos aventais combinando. — Como foi?

— Ouvi dizer que você foi levado em uma limusine! — diz a tia Judi.

Meu discurso ensaiado sai em uma enxurrada de palavras.

— A limusine era demais. Tinha refrigerante e TV! O Sr. Oswald era superlegal. James, o motorista, levou a gente para a primeira entrega. Era um livro para uma senhora no Upper East Side. Ela também era legal. Acho que foi só isso. Tudo bem se eu for para o meu quarto? — Quando termino o discurso,

167

estou um pouco sem fôlego. O sorriso da minha tia Judi continua bem aberto no rosto, mas o da minha mãe parece ter começado a se desfazer nos cantos.

— Dez minutos para o jantar — diz ela e me olha bem com atenção. Mas me deixa ir.

Esvazio a mochila na cama e remexo o conteúdo para encontrar o envelope. Não está ali. Sinto o pânico começar a tomar conta de mim até lembrar que tinha colocado no bolso de trás. A carta está amarelada e já se desfazendo, mas, quando a desdobro, ainda é possível ler a datilografia. Não foi um computador que fez isso, com toda a certeza. Os borrões de tinta e as letras nem sempre se alinham. Com certeza foi feita em uma daquelas máquinas de escrever antigas em que se bate em uma tecla e uma mola de metal com uma letra na ponta sai voando e atinge o papel. Minha avó ainda tem uma, mas sempre que eu tento usar, as teclas ficam todas presas.

Apoiado na parede que compartilho com o quarto de Lizzy, começo a ler.

```
Oswald's Empório de Penhores
Data: 31 de março de 1935
Nome: Mabel Parsons
Idade: 15 anos e 3/4
Local: Brooklyn
Item a ser penhorado: O ursinho Puff. Assina-
do pelo autor.
Declaração pessoal da vendedora: Preciso ven-
der este livro porque preciso de dinheiro
para comprar um vestido para o debute porque
meus pais não têm dinheiro para comprar um
```

novo e eu teria que vestir o velho da minha irmã Janie, mas é grande demais e eu ia flutuar dentro dele e ninguém vai me convidar para dançar, e se ninguém me convidar para dançar, pode ser que eu nunca me case, e esta pode ser minha única chance. Eu não quero, desesperadamente, ficar para titia igual à minha tia-avó Sylvia, que sempre diz que nunca se casou porque nunca tinha as roupas certas. Por favor, não conte para os meus pais.

Uma fotografia em preto e branco está colada embaixo da declaração pessoal. Está em ótimas condições para todo esse tempo que passou. Uma menina com um vestido de bolinha e rabo de cavalo segura o livro à sua frente. A capa tem a imagem de um urso com a cabeça enfiada em um pote de mel. Tento ver se consigo encontrar Mabel no rosto da menina, mas não consigo. Então reparo que ao redor do pescoço dela está o mesmo colar com os dois corações. Eu tinha achado que o marido tinha dado de presente para ela, mas ela já devia tê-lo antes de os dois se conhecerem. Os olhos da jovem Mabel estão voltados um pouco para fora da câmera, e a expressão dela é firme.

Embaixo da foto, diz o seguinte:

Preço: *US$ 20,00 (vinte dólares)*
Assinado por: *Oswald Oswald, proprietário*

Oswald Oswald? Quem colocaria o nome de Oswald Oswald no filho? Isso é simplesmente uma lou-

169

cura. Então parece que o meu Sr. Oswald deve ter herdado o livro do avô. Mas por que ele faria com que devolvêssemos agora? Por que Ozzy não o vendeu? Não é isso que se faz em uma loja de penhores?

Minha mãe bate à minha porta.

— Cinco minutos — diz ela, mas não entra.

Dou mais uma boa olhada na carta e depois a enrolo com cuidado e coloco no tubo para Lizzy. Não sei explicar por que não quero contar a minha mãe os detalhes do que aconteceu hoje. Sinto que, de algum modo, seria desleal com a Sra. Billingsly (e com a Mabel de quinze anos). Pego o dicionário da estante e procuro a palavra *debute*. Significa um baile formal, que com frequência apresenta moças à sociedade. Sorrio para mim mesmo, imaginando Lizzy sendo apresentada à sociedade.

Durante o jantar, não falo muito. Minha mãe e a tia Judi conversam sobre uma exposição de arte alternativa, que minha tia vai organizar na escola de arte dela na semana que vem. Minha mãe diz:

— Achei que a ideia toda de arte alternativa era que os artistas não estavam interessados em coisas como galerias ou escolas, ou museus.

A tia Judi coloca frango ao curry e arroz no prato e diz:

— É verdade que esses artistas estão à margem da sociedade, por assim dizer, mas, sem uma exposição, eles não têm voz.

— Talvez eles não queiram uma voz — argumenta minha mãe. — Talvez só façam isso por prazer pessoal.

Eu agora me desligo oficialmente. Essa é uma discussão comum entre as duas. Minha mãe acha que arte é uma coisa pessoal, e a tia Judi acredita que arte não é arte até ser apreciada pelo público. Eu não tenho opinião. Não entendo de arte. Minha mãe diz que vou entender quando for mais velho.

O cheiro de curry tomou conta de todo o apartamento a ponto de meu sanduíche de dois andares de manteiga de amendoim do jantar ter ficado com um gosto um pouco estranho. Não exatamente ruim. Só diferente. Acho que este é um passo positivo para mim.

Naquela noite, durante a H.D.J., pego o caderno que o policial Polansky nos deu. Abro na primeira página e parece que estou no primeiro dia de aula. Confesso que gosto de um caderno em branco. É a melhor parte da escola. No segundo dia, eu já superei.

Um recapitulador habilidoso como eu não deveria ter problema com isso. Mesmo assim, eu me pego mastigando a ponta do lápis. O gosto metálico de serragem não é totalmente desagradável.

Eu me debruço em cima do caderno e começo a escrever.

SERVIÇO COMUNITÁRIO, DIA UM: OBSERVAÇÕES

1. *Eu poderia me acostumar a andar de limusine. As pessoas acham que limusines são só para astros de cinema e políticos e atletas, mas estão erradas.*

2. *Lizzy nem sempre compartilha. Exemplo em questão: Starburst.*

3. *O Sr. Oswald não <u>mentiu</u> exatamente para nós a respeito do que íamos fazer, mas ele também <u>não</u> não mentiu exatamente. Não sei bem por quê.*

Mordo o lápis de novo e dou uma olhada nos livros empilhados na estante. Não tive tempo de ler desde que a caixa chegou. Isso deve ser um recorde para mim. De repente, me dou conta de que não vi nenhum livro na casa da Sra. Billingsly.

4. Será que a Sra. Billingsly abriu mão de seu amor pelos livros porque perdeu a amiga?

5. Ela disse que conheceu o marido naquele baile e parece sentir falta dele. Imagino se isso significa que ela ficou feliz com a decisão de vender o livro.

6. Deve haver dois tipos de escolha. Aquelas que você faz e que parecem inofensivas, mas podem levar à morte do pai de alguém, como resolver tomar mais uma xícara de café, de modo que você precisou sair para comprar mais naquela manhã e atravessou a rua sem olhar e fez um carro que estava vindo desviar e bater em um orelhão para não atropelar você. E do outro tipo, quando você sabe que aquilo que está fazendo vai levar a algo ruim ou bom. Ou, no caso da Sra. Billingsly, os dois. Ela perdeu a amiga, mas conheceu o marido.

7. Ainda bem que tomo poucas decisões na vida. E se um dia eu resolvesse comer três canudinhos de chocolate em vez de dois, e isso levasse a uma guerra no Canadá?

Quando fecho o caderno, fico imaginando que talvez não seja tarde demais para a Sra. Billingsly recuperar a amiga. E se Bitsy também sente falta dela? Com seis minutos de sobra na H.D.J., entro na internet e digito as palavras "Bitsy Solomon" e "Brooklyn".

Sei que as chances são pequenas, mas quantas Bitsy Solomon pode haver no Brooklyn?

Acontece que só tem uma.

*05/12/2002   O enterro de **Bitsy Solomon Shultz** ocorrerá na Capela Memorial do Brooklyn às 10h da manhã no domingo, dia 08 de dezembro. Em vez de mandar flores, por favor considere fazer uma contribuição para a Fundação pela Difusão da Leitura Dois Corações. A Sra. Shultz iniciou a fundação DLDC em 1950, em homenagem a uma amiga que despertou seu amor pela leitura que durou a vida toda. Ela foi diretora honorária de 1989 a 2000.*

Meu plano grandioso de aparecer à porta da Sra. Billingsly com o telefone de Bitsy obviamente não ia funcionar.

Desço a página até ver uma foto. Ela meio que se parece com a minha avó, mas no pescoço dela está o mesmo colar com dois corações que a Sra. Billingsly estava usando.

Abro o caderno de novo e adiciono mais três itens:

8. *Algumas escolhas são para sempre.*
9. *Fico imaginando se a Sra. Billingsly sabia que Bitsy tinha dado nome à sua fundação inspirada pelo colar que as duas usavam.*
10. *Só porque as pessoas não estão mais na nossa vida, isso não significa que elas param de pensar em nós e vice-versa.*

Vou para a cama e abraço o jacaré de pelúcia com força. Às vezes a internet nos diz mais coisas do que desejamos saber.

Lizzy ainda não desceu quando James chega para nos levar. Jogo a minha mochila no assento e prometo a James que só vou demorar um minuto. Sem fôlego por ter corrido até lá, bato com força na porta do apartamento de Lizzy. Nenhuma resposta. Uso minha chave para abrir e enfio a cabeça lá dentro.

— Lizzy?

Ela continua sem responder. Ouço a água da pia do banheiro do corredor escorrer.

— Lizzy? — chamo bem alto através da porta fechada do banheiro.

— Só um segundo! — responde ela também bem alto, em um tom aborrecido. — Ah, tudo bem, pode entrar.

Empurro a porta para abrir e a encontro na frente do espelho, segurando uma toalha encharcada no olho.

— Qual é o problema? — pergunto, apressado.

— Se quer mesmo saber — diz ela e tira a toalha para revelar o olho vermelho —, eu machuquei o olho.

— Como? — pergunto, olhando ao redor em busca de alguma coisa pontuda.

Ela balbucia uma resposta, mas não consigo escutar.

— O que você disse?

Ela resmunga e repete:

— Eu machuquei o olho com *delineador*!

— O que é delineador?

— Ei — diz ela, reparando pela primeira vez que estou parado em cima do tapetinho do banheiro. — Não pode entrar aqui de sapato.

— Por que não?

Ela fica olhando fixo para mim com o olho bom.

— E se você pisasse em uma minhoca quando estava na rua, e aí entrasse aqui e ficasse em cima do tapetinho do banheiro? Pedaços de minhoca iam passar para ele, e aí eu ia sair do chuveiro e pisar em entranhas de minhoca com os pés descalços. É isso que você quer? *É*?

Saio de ré lentamente para o corredor. É melhor nem responder quando ela está com um humor desses.

— É melhor andar logo — aviso. — James está esperando lá fora. Não quero chegar atrasado no nosso segundo dia.

Ela solta um suspiro alto e larga a toalha.

— Está muito horrível?

Balanço a cabeça, apesar de estar bem feio.

— Ninguém vai reparar.

Lizzy parece duvidar, mas sai do banheiro atrás de mim depois de dar uma última olhada no espelho. Enquanto ela calça os sapatos, desço correndo para avisar a James o que aconteceu.

— Mulheres e sua maquiagem! — diz ele com um ar de quem sabe das coisas e balança a cabeça. — Será que elas acham que os homens reparam se os olhos dela estão contornados ou se as bochechas estão rosadas?

— Lizzy não usa maquiagem — informo a ele.

— Agora usa — diz uma voz de menina atrás de mim. É Samantha, a garota nova.

— Como é que você sabe? — pergunto.

Ela está ocupada demais pressionando o rosto contra a janela da limusine para me responder. Dou uma olhada ao redor, mas não vejo sinal do gêmeo maligno dela.

A porta da frente do prédio se abre de supetão e Lizzy desce a escada correndo. Ela ignora a mim e a James e coloca o cabelo na frente do olho vermelho bem rapidinho, quando Samantha se vira.

Samantha olha de mim para Lizzy e de volta para mim.

— Este carro é para *vocês*? — pergunta ela, incrédula. — Vocês são, tipo, ricos ou algo assim?

Lizzy abre a boca, mas eu respondo rapidamente:

— Tio rico.

Sem esperar por James desta vez, abro logo a porta de trás da limusine. Lizzy se apressa em entrar na minha frente, com o cabelo ainda por cima do rosto. Quando James fecha a porta atrás de nós, escuto Samantha perguntar:

— Esperem! Tio *de quem*?

— Essa foi por pouco — diz Lizzy e estende a mão para dentro da geladeirinha para pegar uma lata de suco de laranja.

— Você pode me dizer o que está acontecendo? — pergunto e desembrulho meu sanduíche de café da manhã.

— Não é nada — diz ela e dá de ombros. — Samantha foi lá em casa um pouquinho ontem à noite, só isso.

Paro no meio da mordida e coloco o sanduíche no colo.

— É mesmo? — pergunto, tentando não parecer surpreso ou, pior ainda, com ciúme.

— É mesmo — diz ela. — Por que é tão difícil de acreditar nisso?

Eu me apresso em dar uma mordida no sanduíche. Quem pode esperar uma resposta se a pessoa está com a boca cheia de manteiga de amendoim?

— Então, o que vocês fizeram? — pergunto quando termino de mastigar.

Ela dá de ombros.

— Coisa de menina. Você não se interessaria.

Agora estamos em terreno desconhecido. Mudo de assunto.

— Você leu a carta da Sra. Billingsly?

Ela assente com a cabeça e pergunta:

— Quem daria ao filho o nome de Oswald Oswald?

— É! — exclamo e nós dois rimos. A tensão no carro se dissolve. Quando estacionamos na frente do prédio do Sr. Oswald, tudo está de volta ao normal. Não quero estragar o clima contando a ela o que descobri a respeito de Bitsy Solomon.

— Como está meu olho? — pergunta Lizzy quando saímos do carro.

— Nem dá mais para perceber — garanto a ela. É quase verdade.

— Que bom — diz ela com firmeza. — Porque eu não quero nada para distrair o Sr. Oswald quando disser a ele o que estou pensando. — Ela passa por James pisando firme e vai direto para a porta do Sr. Oswald. Ela ergue o punho fechado e está prestes a bater quando o Sr. Oswald abre a porta. Lizzy quase bate nele.

— Opa, mocinha — diz ele e recua. — Você deve estar ansiosa para começar.

Lizzy coloca as mãos na cintura e dá sua melhor encarada.

— Tem muita explicação a nos dar, senhor.

— Ah, nossa — responde ele, incapaz de esconder um sorriso. — Vamos até meu escritório para discutir o que a está incomodando neste lindo dia de verão.

— Como se não soubesse — solta Lizzy, e irrompe casa adentro. Lanço um sorriso acanhado para o Sr. Oswald quando entro. Quero respostas tanto quanto Lizzy, mas ainda é possível ser educado. Quando passamos pela sala cheia de caixas, eu respiro fundo. Alguém está assando um bolo!

Mary está à nossa espera na biblioteca com suco de laranja e bolo de chocolate. Se o Sr. Oswald está tentando nos conquistar, já ganhou o meu voto. Mastigo bem feliz enquanto Lizzy espera impacientemente até que o Sr. Oswald se acomode atrás da escrivaninha.

— Tudo correu bem ontem, certo? — pergunta o Sr. Oswald.

— Temos algumas perguntas, como, por exemplo... — começo, mas Lizzy me interrompe.

178

— Por que não nos disse que a Sra. Billingsly não sabia o que nós fomos fazer lá? — exige saber. — Por que nos disse que o livro dela era sobre animais do bosque? Por que seu avô ficou com ele durante mais de sessenta anos? Meu pai disse que crianças com menos de dezoito anos não podem penhorar nada. Que é ilegal. — E abaixa a voz um pouco quando diz *ilegal*.

Antes de responder a Lizzy, ele se volta para mim e pergunta:

— E você, Jeremy? Tem algo a acrescentar a essa lista?

Sinto a tentação de perguntar por que alguém colocaria no filho o nome de Oswald Oswald, mas Ozzy era *de fato* o avô dele, então não seria muito respeitoso. Nego com a cabeça.

— Todas as entregas serão assim? — pergunta Lizzy.

O Sr. Oswald balança a cabeça.

— Não exatamente iguais àquela — diz ele. — Nada nunca é exatamente igual a qualquer outra coisa. Peço desculpas por não ter tido tempo de prepará-los completamente ontem, e espero que me perdoem e me permitam explicar. Jeremy?

— Sim, claro — digo, surpreso e um tanto lisonjeado com o fato de ele pedir meu perdão.

— Lizzy? — pergunta o Sr. Oswald.

Lizzy solta um suspiro ruidoso.

— Tanto faz.

— Que bom! — exclama o Sr. Oswald e se levanta da cadeira de couro. — Vou explicar mostrando outro item. — Ele caminha até as fileiras de prateleiras mais próximas dele e estende o braço para pegar o único objeto na prateleira mais alta: um telescópio de latão. Mesmo na ponta dos pés, ele não consegue alcançar muito bem. Eu de repente tenho uma visão horrível de ele caindo e quebrando a bacia e nós dois sendo obrigados a catar lixo no Central Park. Saio da minha cadeira e ofereço ajuda.

Eu me apoio na prateleira mais baixa e alcanço o telescópio. É mais pesado do que eu pensava, e meu pé perde o apoio na prateleira. Lizzy solta um grito quando começo a tombar para trás. O Sr. Oswald se move com mais rapidez do que eu pensaria ser possível e me segura.

— Ainda bem que você não pesa muito — diz ele e dá um apertão no meu ombro.

— Sinto muito por isso — digo e fico vermelho. Entrego o telescópio a ele com cuidado. Lá estava eu preocupado com *ele* cair e, em vez disso, sou eu que quase o esmago!

— Tudo bem com você? — sussurra Lizzy.

Assinto, acanhado. Acho que eu devia fazer levantamento de peso.

O Sr. Oswald coloca o telescópio na escrivaninha à nossa frente.

— Este — diz ele, com orgulho — é um Broadhurst. Era o telescópio mais poderoso para uso doméstico na sua época.

— Que foi...? — pergunta Lizzy.

— Década de trinta — responde ele. — Não é uma beleza? Em uma noite limpa, dava para ver o sistema solar todo com ele.

Sem conseguir me segurar, eu digo:

— Minha velha, traga meu jantar: sopa, uvas, nozes e pão.

Lizzy fica olhando de queixo caído para mim, como se eu tivesse duas cabeças.

— Ele perdeu a cabeça; ele finalmente perdeu a cabeça. Eu sabia que este dia ia chegar.

O Sr. Oswald ri.

— Jeremy acaba de nos dar um dispositivo mnemônico para lembrar a ordem dos planetas.

Lizzy revira os olhos.

— Está vendo? — diz ela. — Eu falei que ele lê demais.

— Acredito que é impossível ler demais — diz o Sr. Oswald. — Jeremy, talvez seu dispositivo mnemônico precise ser modificado. Andei lendo que Plutão está perdendo sua condição de planeta. Os astrônomos o consideram pequeno demais para se encaixar nesta definição.

Eu concordo. Já tinha lido sobre isso também.

— Claro que eles iam se livrar daquele que tem um nome parecido com o do cachorro do Mickey — resmunga Lizzy.

Eu me inclino para mais perto da mesa e dou uma conferida no telescópio. Ele é obviamente muito velho, porque é feito de algum metal pesado como latão ou cobre em vez de plástico. Venho pedindo (e nunca ganhei) um telescópio de aniversário desde que tenho oito anos. Minha mãe argumenta que é impraticável porque há luz demais na cidade e mal dá para enxergar as estrelas. Havia um garoto na escola que vivia se exibindo porque tinha um, mas não mirava no céu, e sim no prédio de apartamentos do outro lado da rua. Depois de saber disso, resolvi manter as persianas fechadas, para o caso de ter alguns vizinhos xeretas também.

Estendo o braço e passo os dedos pela curva do telescópio. Quem será que olhou por aquele visor? O que será que viu?

— De onde ele veio? — pergunto, cheio de reverência.

— Em 1944, um rapaz chamado Amos Grady se mudou de Kentucky para o Brooklyn. Ele levou isso até a loja do meu avô. Vovô pagou quarenta e cinco dólares a Amos por ele. Era muito dinheiro, naquele tempo. Ele devia ter entregado ao governo para reaproveitar o metal, mas, por motivos pessoais, não entregou.

— Deixe-me adivinhar — diz Lizzy. — Hoje nós vamos devolver este telescópio velho para Amos Grady, certo?

— Não — responde o Sr. Oswald. Ele se volta mais uma vez para as prateleiras e pega um abajur de vidro colorido todo ornamentado, com o fio marrom gasto.

— Hoje vocês vão entregar este abajur ao Sr. Simon Rudolph na Avenue B.

Ele coloca o abajur nas mãos surpresas de Lizzy. Ela o examina.

— Mas esta coisa por acaso funciona?

O Sr. Oswald solta uma risadinha.

— Nunca pensei em tentar ligar.

— Amos Grady tinha menos de dezoito anos? — interrompe Lizzy.

— Tinha exatamente catorze anos — responde o Sr. Oswald.

— Então o que o seu avô fez foi ilegal? — pergunta ela.

Escorrego na cadeira, sem saber muito bem para onde olhar.

O Sr. Oswald assente.

— Ah, sim, foi, sim.

— Eu sabia! — exclama Lizzy. — Eu sabia que tinha alguma coisa suspeita acontecendo aqui. Eu não disse, Jeremy?

Escorrego mais ainda na cadeira. Agora meus olhos estão no nível do tampo da escrivaninha.

O Sr. Oswald retorna à cadeira. Ele ergue a mão.

— Antes que você fique com a ideia errada, permita-me explicar, como prometi antes.

Lizzy coloca o abajur na escrivaninha, ao lado do telescópio, e se recosta na cadeira com os braços cruzados. Quando tenho certeza de que ela não vai mais gritar, escorrego para cima de novo na cadeira.

O Sr. Oswald limpa a garganta.

— Todo mundo na cidade de Nova York conhecia o meu avô, o Velho Ozzy, era como o chamavam, antes mesmo de ele ficar velho. Padres e rabinos e líderes empresariais o procuravam para obter seus conselhos sensatos. Criancinhas o seguiam pelas ruas. Ele sempre tinha um pedaço de bala puxa-puxa ou picles para dar a elas.

— Picles? — Não consigo me segurar e interrompo. — Crianças iam atrás dele para ganhar *picles*?

O Sr. Oswald sorri.

— Por quarteirões e quarteirões. Esses picles eram envelhecidos à perfeição em grandes barris de madeira nas docas. Não existia nada como eles na época, e até hoje não existe.

Estremeço com um calafrio involuntário.

O Sr. Oswald prossegue.

— Mais do que os picles, as crianças sabiam que podiam procurar o meu avô com suas preocupações. E, naquele tempo, nas décadas de 1930 e 1940, havia muitas preocupações a se ter. Então, como a Srta. Muldoun aqui observou com muita correção, era, digamos, incomum e considerado errado aceitar um pertence de uma criança em uma loja de penhores. Mas, como eu disse, as coisas eram muito difíceis naquela época, e todo mundo tinha problemas de dinheiro, até as crianças. Então Ozzy fazia um acordo com as crianças que o procuravam. — Ele faz uma pausa e diz: — Estão me acompanhando até aqui?

Nós assentimos. Na verdade eu estou na beirada da cadeira. Mesmo com a parte a respeito dos picles.

— Ozzy dizia às crianças que ele compraria o que elas tinham a oferecer sob uma condição. Ele criou um formulário especial para elas preencherem, dizendo de onde veio o item e por que eles precisavam vender. Ele colocava as crianças na frente da máquina de escrever e, mesmo que demorasse o dia todo, elas registravam suas histórias. Ozzy nunca julgava os motivos das crianças e sempre pagava um preço justo. Ter que preencher o formulário assustava todas as que não estivessem realmente decididas.

184

— Mas por que Ozzy não pegava e vendia essas coisas para outra pessoa? — pergunto. — Não é assim que as lojas de penhores funcionam?

O Sr. Oswald assente.

— De fato, é, sim. Mas ajudar esses jovens nunca tinha a ver com dinheiro. Ozzy guardava esses itens e as cartas em um armário especial no fundo do armazém dele, e ninguém sabia deles, nem meu próprio pai, que cuidou da loja durante trinta anos.

— Acha que ele queria devolver para as crianças? — pergunto.

— Eu bem que gostaria de saber — responde o Sr. Oswald e dá uma olhada para uma fotografia em preto e branco antiga em cima da escrivaninha dele.

Eu não tinha prestado atenção à foto antes, mas agora me aproximo para examiná-la. Mostra um homem de meia-idade com um peixe e uma vara de pescar nas mãos, fazendo pose ao lado de uma placa de madeira que diz: VOCÊ PRECISAVA VER O QUE ESCAPOU!

— É o Velho Ozzy? — pergunto.

O Sr. Oswald assente.

— Foi um grande pescador na juventude.

— Mas como encontrou essas pessoas depois de tantos anos? — pergunta Lizzy.

— Contratei um bom detetive. Com tanta informação na internet, não foi muito difícil descobrir mais coisas do que queríamos saber.

— Nem me diga — balbucio.

Os dois se viram para olhar para mim. Pego o abajur e digo:

— Então, qual é a história *deste* sujeito?

O Sr. Oswald confere o relógio.

— Eu não tinha planos de passar tanto tempo assim aqui hoje pela manhã. Não tenho tempo de empacotar o abajur. Vocês podem carregar assim, certo?

Sem esperar uma resposta, ele estende o braço até a gaveta de cima e pega um envelope. Ele o estende para mim. Não fico surpreso de ver o nome de Simon Rudolph escrito nele com a mesma caligrafia clara do outro. Coloco no bolso de trás.

Antes que eu possa lembrar a ele de que ainda não nos disse nada a respeito de Simon nem do abajur, James aparece e entrega ao Sr. Oswald seu cachimbo e um jornal.

— O carro está pronto para as crianças lá na frente, senhor — diz James.

— Adolescentes — resmunga Lizzy sem abrir a boca. — Praticamente — completa.

— Muito bem, muito bem — diz o Sr. Oswald a James. Ele tira um post-it de cima da escrivaninha e entrega a ele. — Não tem número na porta da casa do Sr. Rudolph — avisa ele. — O Sr. Rudolph é um pouco, digamos, excêntrico. Tragam seus cadernos na próxima visita. Estarei fora da cidade nos próximos dois dias, então nos vemos na sexta-feira. Agradeço de antemão por um trabalho bem-feito. — O Sr. Oswald sai da sala e James vai atrás dele.

Lizzy e eu ficamos sozinhos. Nenhum de nós faz menção de pegar o abajur.

— Hum, acho que devemos ir também, não? — sugiro.

— Isto aqui é igualzinho à última vez — resmunga ela, mas pega o abajur. — Não sabemos nada a respeito desse sujeito. Não sabemos o que esperar.

Quando nos dirigimos para a porta, eu sussurro:

— Não é *exatamente* como da outra vez.

— Eu sei, eu sei — responde Lizzy, e então faz uma imitação bem fraca da voz do Sr. Oswald. — Porque nada nunca é exatamente igual a qualquer outra coisa.

— Não. Quero dizer que *desta* vez nós sabemos para que serve o envelope.

Lizzy para de andar e fica olhando para mim.

— Será que acabei de ouvir o que acho que ouvi? Será que o honorável Jeremy Fink está sugerindo abrir o envelope antes de chegarmos lá?

— Pode ser que sim — digo com um sorriso de orgulho.

— Ainda existe esperança para você — diz ela em tom de aprovação.

Fico feliz por ela estar satisfeita com minha vontade de desrespeitar as regras, apesar de o Sr. Oswald *não* ter dito especificamente que não deveríamos ler a carta. Mas, sinceramente, estou menos motivado pela curiosidade e mais pelo medo. Não gosto de estar despreparado para nada. E se o Sr. Rudolph for tão "excêntrico" quanto o Sr. Oswald disse, quero saber exatamente onde estamos nos metendo.

Capítulo 11: O abajur

— Você pode abrir — sussurro e empurro o envelope pelo banco para Lizzy.

— Não, você — diz ela, empurrando de volta.

— Você! — Jogo o envelope em cima do colo dela, e ela joga direto em cima do meu.

— Ah, pelo amor de Deus — diz James do assento da frente. — Eu abro.

Cheio de culpa, passo o envelope através da janela divisória parcialmente aberta. Escuto um som de rasgado, que faz com que eu me contorça um pouco, e a carta aparece alguns segundos depois. Não está tão amarelada quanto a outra. Desdobro o papel devagar.

```
Oswald's Empório de Penhores
Data: 11 de agosto de 1958
Nome: Simon Rudolph
Idade: 14 anos (hoje)
Local: Manhattan
Item a ser penhorado: Abajur de vidro colo-
rido
Declaração pessoal do vendedor: Preciso de
dinheiro para comprar um relógio de prata.
Todos os meus amigos têm relógios bons, mas
minha mãe está ocupada demais gastando di-
```

nheiro com coisas para ela na Bergdorf's e na Bloomingdale's para comprar qualquer coisa para mim. Ela tem vinte abajures destes. Não vai reparar se estiver faltando um. Ela não repara em nada. Uma vez, eu fiquei de cabeça para baixo durante vinte minutos, até o meu rosto ficar roxo. Mamãe só ficou tagarelando com a amiga no telefone a respeito do que vestir para o jantar no clube. TODO MUNDO sabe que o telefone não deve ser usado para coisas banais assim. Papai afirma que preciso aprender o valor do dinheiro, mas eu SEI o valor do dinheiro. Algum dia serei ainda mais rico que ele e aí não vou PRECISAR penhorar nada. Vou ter CINQUENTA relógios de prata!

Quando termino de ler, Lizzy diz:

— Uau. Mas que moleque mimado.

Entrego a carta a ela.

— Diz aqui que ele recebeu vinte dólares pelo abajur. Relógios de prata deviam custar muito menos, naquela época.

— Ele parece tão... intenso — diz Lizzy, olhando para a foto presa com um clipe na parte de baixo da carta. — Imagino o que ele estava pensando naquele momento. — Ela inclina o papel para eu poder ver.

— Talvez ele esteja pensando no sentido da vida — sugiro. — O que você acha?

— Por que não? — Lizzy se inclina para a frente e passa a carta pela janela meio aberta para James. — O que você acha, James?

Sem tirar os olhos da rua, James segura a carta à frente e dá uma olhada rápida.

— Acho que ele está se perguntando se devia ter comido todos os picles.

Lizzy e eu rimos quando James joga a carta de volta para nós e ergue a janela da divisória até o fim.

Gotas de chuva começam a bater no carro. Estou muito contente de estar bem aqui, neste carro, neste momento. Ainda assim, encontrar as chaves da caixa é algo que nunca se afasta da minha mente. Cada minuto que passamos fazendo outra coisa me deixa um pouco irrequieto. Lizzy para de observar a chuva escorrendo pela janela de trás e abre um refrigerante.

Eu limpo a garganta. Fazer perguntas sérias a Lizzy geralmente não dá muito certo, mas preciso tentar.

— Hum, Lizzy?

— Hã? — pergunta ela, virando o refrigerante com tanta rapidez que fico com medo que saia tudo pelo nariz dela. Lizzy não tem permissão para tomar refrigerante em casa.

— Você alguma vez... Quero dizer, será que você já... Quero dizer...

Ela olha para o relógio em um gesto teatral.

— Diga logo, estou morrendo aqui.

— Tudo bem. Você alguma vez pensa sobre o sentido da vida? Tipo, você acha que sabe o que é?

Ela nega com a cabeça.

— Tento não pensar em nada que seja muito profundo. Faz meu cérebro doer. — Com isso, ela se vira para a janela a volta a observar a chuva mais uma vez.

* * *

Não há lugar para estacionar sem licença especial na rua do Sr. Rudolph, então James tem que parar em um estacionamento a dois quarteirões de distância. Custa vinte dólares por uma hora! Ele balbucia alguma coisa a respeito de roubo deslavado e justiça, e entrega as chaves ao atendente com relutância. O sujeito olha faminto para o carro quando saímos. Aposto que não é todo dia que ele tem a oportunidade de estacionar uma limusine como esta. Ao caminharmos na direção da rua, sussurro a James que ele devia conferir o odômetro para garantir que o sujeito não vai sair para dar uma volta.

— Você vê filmes demais — diz James, mas volta correndo para o carro, dizendo que esqueceu algo.

Por sorte, a breve tempestade termina tão rápido quanto começou, então não preciso ficar chateado comigo mesmo por não ter me preparado. Faço uma anotação mental para levar sempre um guarda-chuva na mochila a partir de agora.

Uma leve névoa se ergue da calçada quente enquanto descemos o quarteirão. Ela confere à vizinhança um brilho etéreo. Lizzy passou para mim a tarefa de segurar o abajur, e reparo que as pessoas que passam olham para ele com admiração. Realmente é um abajur bonito, e eu nunca prestei atenção em nenhum abajur antes. Apesar de não ter sol, o abajur parece se acender de dentro. Se este abajur fosse meu, eu não ia querer penhorar.

James lê o endereço da rua. Além de o Sr. Rudolph não ter número na porta, a maioria dos vizinhos dele também não tem. Não obtemos resposta na primeira porta que experimentamos. Um menininho com uniforme de jogador de futebol abre a segunda, mas ele só torce o nariz e diz: "Eu não falo com estranhos!", e logo bate a porta na nossa cara. James balbucia alguma coisa sobre este ser o motivo de ele nunca ter tido filhos e então aperta o botão do interfone na porta seguinte.

— Bom dia! — soa uma voz de homem. — Como posso ajudar?

James se inclina para mais perto do interfone e diz:

— Estamos procurando o Sr. Simon Rudolph. Foi o Sr. Oswald que nos enviou.

— Ah, sim — estala a voz através da caixa de metal. — O misterioso Sr. Oswald que não quis revelar a natureza do assunto que tinha a tratar comigo. Não faz mal. Eu sempre fico feliz em receber convidados na minha casa.

Alguns segundos depois, a tranca automática da porta estala e James a abre.

Lizzy e eu não nos mexemos.

— Qual é o problema desta vez? — pergunta James.

— Não acho que seja a pessoa certa — respondo.

Lizzy assente, concordando, e tira a carta do bolso.

— Por que está dizendo uma coisa dessas? — pergunta James.

— Ele não se parece em nada com esta carta — diz Lizzy. — Este sujeito parece ter tomado pílulas de felicidade. O nosso era mimado e insuportável.

— As pessoas mudam — diz James, sem paciência. — Isso faz quase cinquenta anos, pelo amor de Deus. Este é o sujeito certo. Ele está nos esperando.

— Ah, tudo bem — diz Lizzy, passa por ele e entra no prédio. — Mas, se formos sequestrados para algum culto, meu pai vai ficar *muito* bravo com você.

Subimos três lances de escada até chegar à porta certa. Está com uma fresta aberta. James sussurra:

— Vou ficar esperando aqui mesmo.

— Tem certeza? — sussurro de volta e lanço um olhar nervoso para a porta.

— Vai ficar tudo bem — garante ele e se afasta alguns passos.

— É melhor que fique mesmo — resmunga Lizzy.

Sem muita certeza, empurro a porta mais alguns centímetros.

— Sr. Rudolph?

Alguns segundos se passam e não escuto nenhum barulho lá dentro. Dou uma olhada em Lizzy, e ela parece sem jeito também. Então ela passa na minha frente e empurra a porta até abrir totalmente. Nós nos vemos em uma sala grande e vazia, com paredes brancas e piso de madeira. Há uma janela, uma mesa, um abajur de plástico pequeno, uma cadeira de madeira de espaldar reto, uma fotografia grande enquadrada (um pôr do sol em uma praia) e uma fruteira com uma fruta dentro (uma maçã). O cheiro de flores paira no ar, mas não vejo nenhuma.

Enquanto estamos absorvendo a estranheza daquilo tudo, um homem lépido e magricela atravessa uma passagem em forma de arco no fim da sala. Ele tem a pele bem bronzeada, usa chinelo, short marrom e camiseta branca com a mensagem curiosa: QUEM MORRER COM MAIS BRINQUEDOS GA-

NHA. Com base na carta do Sr. Oswald, ele deve ter mais de sessenta anos, mas parece pelo menos dez anos mais novo que isso.

— Hum, o senhor é Simon Rudolph? — pergunto, examinando o rosto dele em vão em busca de uma semelhança com o garoto intenso da foto desbotada.

— A seu serviço — responde ele com uma pequena mesura. — E vocês dois, quem são?

— Eu sou Jeremy Fink, e esta aqui é Lizzy Muldoun.

Lizzy lança um pequeno aceno de cabeça para o homem. O cabelo ruivo dela e suas sardas são as coisas mais coloridas na sala, depois do abajur que eu tenho nas mãos e a imagem de pôr do sol.

— Já ouvi falar de gente que anda com uma lanterna — diz o Sr. Rudolph, com um sorriso. — Mas um abajur inteiro? E um assim tão enfeitado, além do mais.

Estendo o abajur bem rapidinho para ele.

— Isto é seu. O senhor penhorou com Ozzy Oswald em 1958.

Os olhos do Sr. Rudolph se arregalam até eu ficar com medo de que eles possam explodir direto para fora da cabeça dele. Ele dá um passo à frente e pega o abajur das minhas mãos. Passa os dedos pelo vidro e diz, várias vezes seguidas:

— O abajur antigo da minha mãe! Não acredito, simplesmente não posso acreditar. — Finalmente, ele pergunta: — Como conseguiram isto?

— Nós, hum, *trabalhamos*, mais ou menos, para o neto de Ozzy — explico. — Ele queria devolver para o senhor.

Estou meio que inventando, porque na verdade não sei *por que* o Sr. Oswald está devolvendo esses itens, mas pareceu bom.

Ele coloca o abajur na mesa e se vira para nós.

— É um objeto cheio de beleza, não é?

— É sim — eu me apresso em responder.

Dou uma olhada para Lizzy, na esperança de ver que ela está assentindo também. Em vez disso, ela olha ao redor e morde o lábio inferior. Percebo que ela não disse uma única palavra desde que colocamos os pés dentro do apartamento. Ela também parece um pouco pálida.

— Está tudo bem com você? — sussurro enquanto o Sr. Rudolph caminha em círculos ao redor do abajur, admirando-o de todos os ângulos.

Ela cochicha em resposta:

— Não tem nada aqui. É tão vazio. Não tem nada para levar.

— Como assim, não tem nada para levar?

— Minhas mãos estão coçando. Isso significa que preciso pegar alguma coisa, mas não tem *nada para levar*!

Dou uma olhada bem rápida para ter certeza de que o Sr. Rudolph não escutou aquilo, mas ele continua hipnotizado pelo abajur.

— Vamos conversar sobre isso depois — sibilo entredentes e tiro o envelope da mão dela. Caminho até o Sr. Rudolph e estendo para ele. — Isto aqui também é seu. Ele, ah, foi meio aberto.

Ele pega o papel, balançando a cabeça, maravilhado.

— Por que Ozzy não vendeu isto? Eu disse a ele que era um Tiffany genuíno. Ele poderia ter ganhado um bom dinheiro.

— Não sei — digo a ele, com honestidade. — Ele não vendia nenhuma das coisas que as crianças levavam à loja dele.

— É mesmo? — pergunta ele, balançando a cabeça de novo. — O bom e velho Ozzy.

De repente, Lizzy volta à vida e solta:

— Onde está o relógio?

O Sr. Rudolph parece confuso por um minuto, depois sorri.

— Ah, o relógio de prata. Faz décadas que não penso naquele relógio. Eu o usei todos os dias enquanto trabalhei. Todos aqueles longos anos na bolsa de valores. Cada tique do relógio marcava mais uma gota de força vital que eu nunca mais vou recuperar. Dei para um sem-teto na rua no dia em que saí de lá com meu primeiro milhão.

Um silêncio se instala na sala. Então, Lizzy berra:

— Você tem UM MILHÃO DE DÓLARES? E só tem UMA coisa de cada nesta sala?

O Sr. Rudolph ri e diz:

— Não tenho mais um milhão de dólares. Eu doei a maior parte. Olhem, eu fui criado com muito dinheiro. Aí, ganhei mais do que sabia no que gastar. E querem saber? Sou muito mais feliz assim. Todos os problemas da vida vêm do apego. Quando você abre mão do seu apego pelas coisas, uma sensação de paz que eu nem sei descrever toma conta de você.

Lizzy parece duvidosa.

— Então, como é que você paga as contas?

Ele ri de novo.

— Eu não disse que doei *tudo*.

— Não se cansa de olhar sempre para as mesmas coisas? — pergunta ela. Eu também estava pensando a mesma coisa. — Como aquela imagem. É legal e tudo o mais, mas, tipo, é a única coisa que tem para olhar.

Ele balança a cabeça.

— Eu não me canso de olhar para ela. Quando cada objeto está enquadrado no espaço, quando há grandes áreas vazias a seu redor, ele muda, de maneira súbita, todos os dias. Quando você tem vinte da mesma coisa, o objeto individual não pode brilhar. Além do mais, acredito que, quando você encontra uma coisa que ama, algo que funciona, por que continuar procurando mais? As pessoas sempre acham que tem alguma coisa melhor na próxima esquina. Há muito tempo eu resolvi parar de perder tempo procurando algo melhor e aproveitar o que tenho.

— É isso que a sua camiseta significa? — pergunto. — É uma piada, certo? Ou, tipo, sarcasmo?

Ele olha para as palavras na camiseta e sorri.

— Sim, este é um dos meus ditados preferidos. A parte triste é que eu costumava acreditar que era verdade. Mas não se pode levar as coisas quando se vai embora, então de que adianta acumulá-las? Não espero que vocês, crianças, adotem esse modo de vida com sua idade. É algo que a gente tem que descobrir sozinho, quando chegar a hora certa.

Fico feliz por ele ter dito isso, porque não quero me sentir culpado por causa de todos os meus livros, ou minha coleção de doces mutantes, ou minhas revistinhas, ou qualquer uma das minhas outras coisas. Ainda assim, eu meio que entendo o que ele quer dizer.

— Vocês já ouviram a expressão "Deixar levar", certo?

Nós assentimos.

— Bem, foi assim que eu resolvi viver a vida. Se você se deixa levar pelo fluxo da vida, sem tentar mudar os outros, ou mudar as situações que estão além do seu controle, a vida fica muito mais pacífica. — Ele de repente pega o abajur e entrega a Lizzy. — Pronto — diz ele. — Por que você não fica com isto?

O queixo dela literalmente cai.

— Eu? Por quê?

— Eu já tenho um abajur.

Nós todos nos viramos para olhar para o abajur pequeno de plástico na mesa. Parece uma daquelas luminárias que você pode comprar em uma lojinha qualquer por cinco dólares.

— Não prefere ficar com este aqui? — pergunta ela. — Ele é muito mais bonito.

Ele balança a cabeça.

— O meu está perfeitamente adequado. Ele me dá luz. É para isso que um abajur serve. Tudo está em seu melhor estado quando faz exatamente aquilo para que foi criado. Um abajur dá luz. Uma maçã dá sustento e refresca. Uma cadeira é perfeita sendo exatamente o que é: uma cadeira.

— Não faço ideia do que isso significa — diz Lizzy, olhando assombrada para o abajur. — Mas obrigada pelo abajur!

— Posso perguntar uma coisa? — solto.

Ele assente com um sorriso.

— Qualquer coisa para as minhas visitas especiais.

— Este é o sentido da vida? Isso que você acabou de dizer?

— Jeremy! — exclama Lizzy. Eu sabia que ela ia ficar chocada de eu ter perguntado, mas não consegui me segurar. Se nós nunca encontrarmos aquelas chaves, eu ainda quero saber o que tem dentro da caixa. Este homem obviamente sabe muito sobre a vida, e nenhum adulto nunca disse esse tipo de coisa para mim antes. Não posso ir embora antes de saber mais sobre o que ele sabe.

O Sr. Rudolph deixa a cabeça pender e me olha de lado. Então ele ri e faz um gesto para que o sigamos pela passagem em arco até a sala ao lado.

— Esta visita está cheia de surpresas! Acho que precisamos nos sentar para isso.

Dou uma olhada na porta de entrada que ainda está meio aberta e espero que James não se incomode de esperar mais um pouco. A sala para a qual ele nos leva é parecida com aquela da qual saímos, só que é bem menor e tem almofadas coloridas e grandes no meio. Um vaso com a maior flor branca e roxa que eu já vi está no meio do círculo.

— Eu medito aqui — explica ele. — E, quando tenho convidados, é aqui que nos acomodamos. Escolham uma almofada e fiquem à vontade.

Lizzy coloca o abajur com cuidado atrás de si e larga o corpo em cima de uma almofada vermelha. Escolho uma amarela, e o Sr. Rudolph pega a branca.

— Olhem para a flor — diz ele. — O que vocês estão vendo?

— Hum, uma flor? — diz Lizzy, e logo completa: — Uma flor grande branca e roxa que tem um cheiro bom?

Ele se vira para mim.

— Jeremy? E você?

Fico olhando para a flor, imaginando, de maneira inexplicável, se ela de repente vai se transformar em outra coisa, como um gato ou uma caixinha de fósforos. Como isso não acontece, me apresso em dizer:

— A mesma coisa que Lizzy falou.

— Está exatamente certo! — exclama ele, e me surpreende. — É uma flor grande, branca e roxa, com um perfume doce. Uma orquídea, para ser mais exato. Agora, esperem aqui. — Ele descruza as pernas, levanta e sai da sala.

Lizzy se inclina para perto de mim e sussurra:

— O que estamos *fazendo*?

— Este é o próximo plano na nossa lista — explico, na esperança de que ela entenda. — Talvez a gente nunca consiga abrir a caixa do meu pai. Se eu conseguir descobrir o sentido da vida antes do meu aniversário, pelo menos não vai ser tão horrível se eu não conseguir abrir.

Ela não responde, só assente, pensativa.

— Certo, entendi. Mas e se esse sujeito não souber a resposta?

— Então vamos perguntar para todo mundo que for possível.

Naquele momento, o Sr. Rudolph retorna. Ficamos surpresos de ver que ele está com a fotografia do pôr do sol embaixo do braço. Ele a apoia na parede e se recosta na almofada.

— Então, o que esta imagem significa para vocês? Lizzy, você primeiro, mais uma vez.

Lizzy enche as bochechas com ar e solta devagar.

— O que isto significa? — repete ela. — Acho que significa que a pessoa que tirou era um bom fotógrafo. É linda.

— E você, Jeremy?

— Eu realmente não entendo de arte — reconheço. — É bonita? Alegra a sala?

— Como ela faz você se sentir? — provoca o Sr. Rudolph.

— Hum, meio triste. Acho? Como se fosse o fim de alguma coisa, mas também é um pouco relaxante?

— Lizzy?

— Hum, me dá vontade de ir à praia?

O Sr. Rudolph sorri.

— Certo, ótimas respostas. Para mim, esta fotografia me lembra de valorizar cada momento, porque eles são fugidios. Um minuto depois, o céu vai estar escuro. Também me lembra do dia em que tirei a fotografia, e de quem estava comigo. Posso carregar a beleza desse pôr do sol comigo, dentro de mim, de modo que, quando não vejo muita beleza ao redor, posso usar um pouco da que está guardada dentro dele. Então já vimos que essa mesma fotografia de pôr do sol significa uma coisa diferente para cada um de nós três. Mas eis aqui minha verdadeira questão: o que vocês acham que significa para a flor?

Ao mesmo tempo, Lizzy e eu perguntamos:

— Hã?

— Exatamente!

— Hã? — repetimos.

O Sr. Rudolph estende o braço e tira a flor do vaso.

— Para uma flor, esta fotografia não significa nada. Então, quando você pergunta qual é o sentido da vida, não pode haver uma resposta que se aplica a tudo e a todos. O que é uma fotografia, ou um pôr do sol, para uma flor? Todos levamos nossas próprias percepções, necessidades e experiências a tudo que fazemos. Vamos interpretar um acontecimento, ou um pôr do sol, de maneira diferente.

Ele faz uma pausa, e fico tentando acompanhar.

— Basicamente — digo devagar, me concentrando nas palavras —, está dizendo que tudo é relativo. O significado do pôr do sol, ou da vida em si, é diferente para cada pessoa?

— Exatamente — diz ele.

— Que nada! — exclama Lizzy e se levanta. — Essa ideia eu não engulo. Acho que deve ter algum significado que quer dizer a mesma coisa para todo mundo. Se não, nada faz sentido.

O Sr. Rudolph sorri e se levanta.

— Felizmente, você tem muito tempo para descobrir.

— Não tanto quanto você pensa — resmunga Lizzy.

Ao passarmos lentamente para a sala grande, eu me viro para ele e pergunto:

— Mas, mesmo que o pôr do sol tenha um significado diferente para cada pessoa, ele continua tendo significado, certo?

— Essa é uma pergunta difícil de responder — diz o Sr. Rudolph quando para para colocar o quadro de volta na parede. — Aquele pôr do sol vai continuar brilhando com a mesma certeza, com as mesmas cores, independentemente de brilhar sobre um casamento ou uma guerra. Então pode parecer que o pôr do sol em si não tem um significado inerente; ele só está cumprindo sua função. Se o pôr do sol não tem significado além daquele que nós lhe atribuímos, por acaso uma pedra tem? Ou um peixe? Ou a vida em si? Mas só porque um banco de parque, por exemplo, não tem significado, isso não significa que não tem *valor*.

— Estou começando a ficar com dor de cabeça — resmunga Lizzy.

Agora chegamos à porta, e não tenho certeza se estou mais próximo de compreender o que há dentro da caixa. Meus ombros despencam.

— Talvez isto ajude a esclarecer as coisas — diz o Sr. Rudolph. — Você precisa ter certeza sobre a pergunta que está fazendo. Às vezes as pessoas acham que estão procurando o sentido da vida, mas na verdade buscam a compreensão de por que estão aqui. Qual é o seu *motivo*, o motivo da vida em geral. E essa é uma pergunta bem mais fácil de responder que o sentido da vida.

Lizzy já está metade para fora da porta.

— É mesmo? — pergunto e a puxo de volta pela manga. Não tenho certeza, mas acho que estou vendo a ponta de uma pétala branca saindo do bolso dela.

— Você compartilha a mesma coisa que o abajur, a cadeira, a flor — explica o Sr. Rudolph. — Tudo que precisa fazer é ser o *você* mais autêntico possível. Descubra quem você é na verdade, descubra *por que você está aqui*, e vai descobrir seu motivo. E, com isso, o sentido da vida.

Por que estou aqui? Não faço a menor ideia de por que estou aqui. Será que eu devo saber isso? Será que todo mundo sabe isso, menos eu? Qual é o meu problema? Eu sempre soube que havia algo de errado comigo.

— Shhh — sussurra Lizzy. — Você está parecendo louco.

Será que eu disse isso *em voz alta*?

— Você não deve sair de mãos vazias, Jeremy — diz o Sr. Rudolph, gentilmente ignorando meus devaneios. — Isso não seria justo. — Ele vai até a fruteira e pega a maçã. Ele a joga para mim e eu ergo a mão bem a tempo de pegá-la. Algumas pessoas que se importam com essas coisas poderiam ficar com inveja da amiga que ganhou um abajur Tiffany de vidro colorido enquanto você só ganhou uma maçã. Para minha sorte, não sou uma dessas pessoas. Agora, se Lizzy tivesse ganhado uma barra de chocolate e eu só ficasse com uma maçã, *aí* haveria problema.

Lizzy se esgueira porta afora e sai pelo corredor. Sei que preciso agradecer ao Sr. Rudolph por tentar nos ajudar, mas meu cérebro não consegue superar a ideia de que não sei por que estou aqui neste planeta. Por que eu existo?

— Hum, obrigado por tudo, seu tempo e tudo o mais, mas ainda estou um pouco confuso, acho.

Ele sorri e dá alguns tapinhas no meu ombro. Ele aponta para a maçã na minha mão e diz:

— Um homem sábio certa vez observou que é possível contar quantas sementes estão na maçã, mas não quantas maçãs estão na semente. Sabe o que quero dizer com isso?

Balanço a cabeça.

— Antes de uma semente de maçã ser plantada, ninguém pode saber quantas maçãs um dia vão brotar dela. Tudo tem a ver com o potencial, e o potencial está escondido de todos nós até o abraçarmos, encontrarmos nosso motivo, plantarmos a nós mesmos para podermos crescer. Tenho certeza de que você vai encontrar o que procura, Jeremy. Muitas bênçãos sobre a sua cabeça.

Com isso, ele fecha a porta e me deixa lá segurando a maçã com tanta força que minhas unhas furam a casca.

Capítulo 12: A crise existencial

Lizzy puxa as persianas com força e a luz invade meu quarto. Solto um gemido. Parece que tem elefantes sentados em cima do meu peito. Eu só quero ficar invisível. Se eu não consigo entender por que estou aqui, então só estou tomando espaço.

— Vamos lá — diz ela, puxando meu cobertor. — Já são onze horas.

Sacudo a cabeça e agarro a beirada do cobertor com mais força.

— Eu não vou me levantar. — Se eu fosse invisível, talvez pudesse ver por que as outras pessoas estão aqui, e isso ajudaria. Mas, como as únicas pessoas que eu conheço que são invisíveis são personagens de quadrinhos ou têm uma capa da invisibilidade, como Harry Potter, eu provavelmente não tenho muita esperança nesse departamento.

— Tenho um Vitamuffin de chocolate para você — cantarola Lizzy e agita o bolinho na frente do meu nariz.

— Não quero.

Lizzy dá uma olhada na minha escrivaninha, depois para a cama de novo.

— Aquele calombo do seu lado é a caixa do seu pai?

Não respondo.

Ela estende a mão e tateia ao redor.

— É a caixa MESMO! Agora você está dormindo com ela?

Como posso explicar que estava seguindo o contorno das letras com os dedos e caí no sono? Conheço tão bem as curvas daquelas letras a esta altura que seria capaz de copiá-las perfeitamente.

— Vou ligar para sua mãe no trabalho — ameaça ela. — Você não está agindo de um jeito normal.

— Pode ligar.

— Certo, vou ligar mesmo. — Ela sai do quarto pisando firme e volta um minuto depois com o telefone sem fio colado na orelha.

— Ele simplesmente não quer sair da cama, Sra. Fink — diz ela. — Não, eu não sei por quê. Ele não quer me falar. — Ela estende o telefone para mim. — Ela quer falar com você.

Balanço a cabeça e coloco o jacaré de pelúcia em cima do rosto.

— Ele não quer pegar o telefone. Certo, eu pergunto a ele. Jeremy, sua mãe quer saber se você está doente.

Faço que não com a cabeça.

— Não, ele não está doente — diz ela. Então levanta o jacaré e berra no meu ouvido: — Sua mãe quer saber por que você se recusa a sair da cama; se não sair, ela vai vir para casa para arrastar você para fora da cama pessoalmente!

Olho para ela com um ar de dúvida.

— Tudo bem, talvez ela não tenha dito a última parte, mas é melhor você me dizer.

Tão baixinho que Lizzy precisa se debruçar em cima de mim para escutar, eu digo:

— Eu só vou poder encarar o mundo quando souber por que estou aqui.

— Está de brincadeira.

Sacudo a cabeça com veemência.

— Não. Eu preciso descobrir meu motivo. Se não, de que adianta levantar?

Lizzy repete minhas palavras ao telefone e, depois de uma longa pausa, diz:

— Certo, vou dizer a ele. Tchau. — Ela coloca o telefone na minha escrivaninha e diz: — Sua mãe falou para dizer a você que você pode ter sua crise existencial... seja lá o que isso queira dizer... depois que sair da cama. Tenho certeza de que você não vai encontrar seu motivo aqui deitado com um jacaré em cima do rosto. Levante!

— Tudo bem! — digo a ela, jogo o cobertor para longe e me sento ereto. Estou usando a mesma roupa de ontem. Quando fico deprimido, coisas pequenas como vestir um pijama parecem me escapar. — Mas você promete me deixar em paz hoje? Quero ficar sozinho.

— Desculpe — diz Lizzy e coloca o bolinho no meu colo. — Precisamos estar no corredor em dez minutos.

— Hã? Aonde nós vamos?

— Ao apartamento da Samantha. Agora, levante! — Ela me arrasta para fora da cama e mal me dá tempo de pegar o bolinho antes que ele caia no chão.

— Eu não vou ao apartamento da Samantha! — informo a ela. — Vou passar o dia tentando entender por que estou aqui neste planeta. Você talvez queira fazer a mesma coisa.

— Eu já sei por que estou aqui — diz Lizzy e para à porta.

— É mesmo? Sabe? — Isso não me parece justo. Tudo é muito mais fácil para Lizzy do que para mim.

— Estou aqui para pegar você porque Samantha e Rick estão esperando por nós!

Eu a empurro para o corredor e tranco a porta. Ela bate com força.

— Vamos lá, Jeremy, escute o que eu tenho a dizer.

Coloco a mão em cima das orelhas, mas não ajuda. Agora estou preso aqui, e preciso muito mesmo usar o banheiro. É melhor eu comer o bolinho também.

A voz dela é só um pouquinho abafada pela porta.

— Hoje de manhã, como você não respondeu nenhum dos bilhetes que eu mandei, eu desci e fiquei sentada na escadinha do prédio.

Dou uma olhada e vejo que meu pôster do sistema solar de fato está afastado alguns centímetros da parede. Não devo ter escutado quando ela bateu para avisar dos bilhetes.

Ela prossegue.

— Os gêmeos estavam lá fora também, então começamos a conversar. Uma coisa levou à outra, e eu contei a eles sobre a sua caixa e que não conseguimos encontrar as chaves.

Com isso, eu abro a porta com um puxão e fico olhando furioso para ela. Pedaços de bolinho voam da minha boca quando eu berro:

— Você fez O QUÊ?

Lizzy recua um passo para não ser atingida pelos pedacinhos de bolinho meio mastigados.

— Achei que você não se importaria — argumenta ela. — Bem, na verdade eu não pensei no que você ia achar até depois de ter contado a eles, mas fico feliz de ter contado, porque Samantha teve uma ideia ótima de verdade.

Antes que eu possa responder, ela diz:

— Samantha disse que, se precisamos saber onde estão as chaves, precisamos ir direto à fonte e perguntar para o seu pai!

Meu estômago se contorce um pouco.

— Do que você está falando? Não contou a ela sobre o acidente?

— Claro que contei — responde ela, toda apressada. — Samantha disse que podemos fazer uma sessão espírita, e aí perguntar a ele. Ela tem uma tábua Ouija, para fazer tipo um jogo do copo, e tal.

— Você está brincando, certo?

Lizzy balança a cabeça.

— Vale a pena experimentar, não é mesmo? Já tentamos todas as outras opções.

— Mas Rick é tão insuportável. Você realmente quer passar seu tempo com ele?

— Talvez ele só tenha essa atitude de idiota porque se sente sozinho. O Sr. Rudolph ficou bem diferente do que a gente achava que ele seria. Talvez aconteça a mesma coisa com Rick. Vamos lá, está bem?

Eu me apoio na parede do corredor. E se Samantha estiver certa? E se eu puder mesmo voltar a falar com meu pai? Por isso valeria a pena ter que passar um tempo com os gêmeos. E, para ser sincero, eu não tinha me dado muito bem com o enigma todo de "por que estou aqui". Depois de ficar contemplando a questão desde que James nos deixou aqui ontem, cheguei a três possíveis respostas. Estou aqui para ser filho da minha mãe, para ser o melhor amigo de Lizzy e para comer muito doce. De algum modo, isso não inspira grandiosidade.

— Certo, encontro você na escadinha do prédio daqui a cinco minutos e entramos juntos.

— Legal — diz ela e sai apressada. — Você não vai se arrepender.

Por que eu duvido disso?

Encontro Lizzy no degrau mais alto, com o rosto voltado para o sol. O pequeno Bobby e a mãe dele também estão lá, sentados na parte com sombra.

— Jeremy — diz Lizzy —, por que não faz à Sra. Sanchez a pergunta que resolveu fazer a todo mundo?

Agora que estamos de volta à nossa vida sem passeio de limusine e sem devolução de itens penhorados, perguntar às pessoas qual é o sentido da vida parece uma coisa meio sem jeito.

— Ande logo! E depois precisamos ir embora.

A Sra. Sanchez ergue os olhos do cabelo de Bobby, que ela estava penteando. Em vez de perguntar qual é o sentido da vida, eu pergunto:

— Por que estamos aqui? Sabe como é, aqui neste planeta. Não, tipo, aqui nesta escadinha.

Ela sorri e parece que não fica surpresa com a pergunta.

— Você não sabe? — pergunta ela.

Nego com a cabeça.

— É simples — responde ela. — Estamos aqui para ajudar os outros.

Bobby ergue os olhos.

— Então, por que os outros estão aqui?

— Quieto, menino — diz ela e dá um tapinha de brincadeira na cabeça dele com o pente. — Cada coisa que sai da sua boca!

Lizzy ri, mas eu realmente achei que foi uma pergunta válida. Será que pode mesmo ser assim tão simples? Se todo mundo ajudasse todo mundo, haveria paz mundial. Talvez *seja* assim tão simples. Mas, de algum modo, não acho que esteja bem certo. Sou totalmente a favor de ajudar os outros, mas isso parece mais uma *boa ideia* do que o motivo para estarmos aqui, em primeiro lugar.

Apesar de não estar assim tão quente hoje, estou me sentindo todo suado e grudento. Quando foi a última vez que tomei banho?

Eu agradeço à Sra. Sanchez e sigo Lizzy até o apartamento dos gêmeos. Samantha abre a porta, vestida de preto dos pés à cabeça. "Para entrar no clima", explica quando vê que estamos analisando a roupa dela. Até os olhos estão contornados de preto.

De repente, uma lâmpada se acende no meu cérebro.

— Ei, delineador! Isso que é delineador!

Samantha me olha de um jeito estranho, e Lizzy me chuta na canela. Estou tentando entender as questões mais importantes de toda a humanidade e minha melhor descoberta é a respeito de maquiagem de menina? Eu sou mesmo ridículo.

— Vamos lá — diz Samantha e nos conduz pelo corredor. — A tábua Ouija está montada na sala. — Sem se virar para trás, ela diz: — Por que estou sentindo cheiro de manteiga de amendoim?

Dou uma conferida rápida embaixo do braço. É, sou eu. Eu realmente preciso cuidar melhor da minha agenda de banho.

Rick está à nossa espera. Ele não está vestido de preto. Mas está usando uma capa.

— Nem pergunte — diz ele. — Samantha me obrigou. Ela disse que, se eu não usasse isto, não conseguiríamos contatar o seu pai, e a culpa seria toda minha. É pressão demais, então estou vestindo. É de uma fantasia velha de Dia das Bruxas. Não é que eu tivesse uma capa à mão *por acaso*.

Esse foi o maior discurso que Rick já fez para mim. E nem foi tão desagradável. Talvez Lizzy tenha razão a respeito dele.

As cortinas estão todas fechadas, e Samantha apaga as luzes antes de se sentar de pernas cruzadas no tapete. Nunca daria para saber que faz sol lá fora. Lizzy, Rick e eu nos juntamos a ela no chão. A tábua Ouija está montada no centro. A peça pontuda de plástico está no canto da tábua. Não uso uma tábua Ouija desde a festa de aniversário do meu parceiro de laboratório da sexta série. Estávamos tentando entrar em contato com o espírito de George Washington, porque ele foi a única pessoa morta com que todos conseguimos concordar. Todo mundo acusou os outros de empurrar a peça pontuda. Duas crianças foram para casa chorando. Espero que desta vez acabe melhor.

— Estamos prontos para começar — diz Samantha em tom baixo. — Todo mundo deve dar as mãos. — Com relutância, pego a mão de Rick de um lado e a de Samantha do outro. — Vamos invocar o espírito de... — Com o canto da boca, ela sussurra: — Qual é o nome do seu pai?

— Daniel Fink — sussurro em resposta.

— Vamos invocar o espírito de Daniel Fink — prossegue Samantha. — Sr. Fink, se puder escutar o som da minha voz, por favor, envie um sinal para nós.

Escuto o som da minha própria respiração, junto com o som abafado do trânsito. Uma buzina toca lá fora, e Samantha diz:

— Obrigada! Vamos considerar isso como um sinal da sua presença e da sua disponibilidade para falar conosco.

Abro a boca para reclamar, mas Lizzy me olha feio do outro lado da tábua Ouija. Samantha solta minha mão, então eu solto a de Rick. Ele e Lizzy continuam de mãos dadas até eu limpar a garganta, e ela largar apressada.

— Certo, pessoal — diz Samantha. — Agora, coloquem de leve os dois primeiros dedos da mão direita no ponteiro.

215

Todos nos aproximamos um pouco mais da tábua e fazemos o que ela manda. Ela fecha os olhos e começa a balançar de leve de um lado para o outro.

— Ó grande espírito de Daniel Fink, nós o invocamos para atender ao nosso pedido. Por favor, diga onde podemos encontrar as chaves da caixa que deixou para Jeremy.

Durante alguns minutos, nada acontece. É mais difícil do que se pode imaginar deixar a mão tocando de leve uma peça de plástico. Começo a ficar com cãibra na perna esquerda. Estendo com muito cuidado, para não fazer o ponteiro mexer e ser acusado de trapacear. Se meu pai realmente estivesse aqui, eu sentiria a presença dele, não?

— Está sentindo alguma coisa? — sussurra Lizzy, lendo a minha mente.

— Estou sim — respondo. — Estou me sentindo um idiota.

Rick dá uma gargalhada de desdém. Pela primeira vez ele está rindo comigo, não *de* mim ou de Lizzy.

— Shh! — faz Samantha. — Agora, concentrem-se!

— E se o pai de Jeremy já reencarnou? — pergunta Rick. — Ele já pode ter cinco anos. Ele pode ser o pequeno Bobby Sanchez!

— Fique quieto! — diz Samantha, olhando brava para ele. — O pai de Jeremy *não* é Bobby Sanchez!

— Como você sabe? — pergunta Rick.

Lizzy se mete:

— Ele e Jeremy *realmente* se dão muito bem...

— Isso é ridículo — digo e afasto a mão do ponteiro. — Eu sabia que devia ter passado o dia tentando descobrir como ficar invisível! — Assim que as palavras saem da minha boca, eu me arrependo. Qual é o meu *problema*? Por que eu simplesmente dou às pessoas razões para fazerem piada comigo?

Mas em vez de rir de mim, Rick diz:

— Você quer aprender a ficar invisível? Eu posso mostrar como se faz, sem problema.

Samantha resmunga.

— De novo, não! Achei que você queria começar do zero aqui. Você sabe, ser *normal*.

— Não escute o que ela diz — fala Rick e se levanta de um pulo. — Ela só tem inveja porque não consegue fazer. — Ele dispara pelo corredor e a capa esvoaça atrás dele.

Como não tenho opção, olho para Lizzy em busca de orientação. Ela dá de ombros.

— Mal não pode fazer.

— Foi o que você disse a respeito *disso*! — Aponto para a tábua.

— A culpa não é dela — diz Samantha. — Talvez eu tenha feito alguma coisa errada. — Ela parece tão decepcionada que eu me sinto mal no mesmo instante.

— Não, você foi ótima — digo, tentando parecer sincero. — Não sei bem se eu realmente acredito que seja possível entrar em contato com meu pai. Mas obrigado por tentar. Sei que você só queria ajudar.

— Saio correndo atrás de Rick antes que ela possa responder.

Quando saio da sala, ouço quando ela diz a Lizzy:

— Ele é tão fofo! Tem certeza de que vocês não estão namorando?

— Tenho certeza *absoluta*! — responde Lizzy sem hesitar.

Eu ficaria vermelho por ser chamado de "fofo", se ainda não estivesse sob a nuvem negra da minha crise existencial. Aliás, procurei existencialismo no dicionário, e a definição é a seguinte: *uma análise da existência individual em um universo insondável e a luta do indivíduo que deve assumir responsabilidade máxima por seus atos de livre-arbítrio sem qualquer conhecimento certeiro do que é certo ou errado ou bom ou ruim.* Tive que ler a definição duas vezes antes de conseguir entender. Uma palavra realmente é capaz de abranger muitos significados!

O quarto de Rick é fácil de identificar pelo adesivo grande de uma caveira e dois ossos cruzados. Bato à porta, meio que torcendo para ele ter desaparecido e não estar lá. O que estou fazendo? Por que resolvi confiar nele?

— Entre e tire os tênis — orienta ele.

Empurro a porta com um pouco de hesitação e o encontro no chão, rodeado por livros. Quando tiro os tênis, reparo em um pôster colorido com um monte de linhas e formas pendurado em cima da cama dele.

— Este é um diagrama Sri Yantra — explica Rick. — Os triângulos interconectados supostamente conduzem a um estado hipnótico. Vai ser parte do nosso treinamento.

Eu me junto a ele no chão e dou uma olhada nos títulos dos livros. *Guia de misticismo para dummies*, *O universo holográfico* e *Nova física: Não é a física do seu pai*. Meu coração se acelera. São os tipos de livro que *eu* leria! Bem, talvez não o do misticismo. Sou mais um sujeito da ciência.

— Você leu todos esses? — pergunto.

— Duas vezes! E, para ficar invisível, você precisa entender a natureza da realidade. Bem, você sabe que não existe algo como realidade objetiva, certo? Tipo uma realidade verdadeira e tangível?

Primeiro, o Sr. Rudolph me diz que a palavra *significado* não tem significado, e agora isso? Duvidoso, pergunto:

— Como é que a realidade não é real?

— Tudo que pensamos que sabemos na verdade só é percebido pelos nossos sentidos — explica ele, com paciência. — Os sons que escutamos são apenas ondas no ar; as cores são radiação eletromagnética; sua noção de paladar vem de moléculas que se combinam com uma região específica da sua língua. E, se seus olhos pudessem acessar a parte infravermelha do espectro de luz, o céu seria verde e as árvores, vermelhas. Alguns animais enxergam de maneiras completamente diferentes, então vai saber como são as cores para eles. Nada é realmente como percebemos. Entendeu?

Assinto mais uma vez, estupefato com o que ele está me dizendo. Se não posso confiar que o céu é azul, que esperança eu tenho de encontrar o sentido da vida? Como vou poder encontrar o sentido da vida em um mundo em que o céu na verdade pode ser verde? Ou cor de laranja?

Ele prossegue:

— Matéria, a coisa de que todos somos feitos, na verdade é uma onda de energia, só que de forma diferente. Os elétrons que se agitam de um lado para o outro dentro de nós estão em todo lugar e em lugar nenhum ao mesmo tempo. Olhe para sua mão.

Viro minha mão direita e fico olhando para a palma.

— Se você tivesse um microscópio atômico, seria capaz de ver os átomos que formam a pele da sua mão. No centro de cada átomo fica um núcleo com nêutrons e prótons e elétrons, certo?

— Na verdade, eu não sei — reconheço. — Só vamos ter química no ano que vem.

— Pode confiar em mim, é assim. Mas a coisa mais esquisita de todas é que o resto do átomo, os outros noventa e nove vírgula noventa e nove por cento dele, é vazio. Entre cada átomo existe um vazio. Na verdade, não há nada nos mantendo inteiros; nem nós nem nada mais, aliás.

Olho com tanta concentração para minha mão que meus olhos começam a arder.

— Quando você percebe que é só uma onda de energia — diz ele, com o ar de alguém chegando ao X da questão —, você pode desaparecer.

Meus olhos se arregalam.

— Quando posso começar?

— Agora mesmo — diz Rick. — Fique mais ou menos meio metro à frente daquele pôster. Olhe diretamente para o centro do desenho, mas relaxe os olhos para eles poderem ficar um pouco vesgos. Faça um sinal com a cabeça quando conseguir.

Tento relaxar os olhos, mas cada vez que faço isso, eles começam a fechar. Finalmente, fico olhando para o pôster como se estivesse olhando para algo muito mais distante, e parece dar certo. Faço um sinal para Rick.

— Ótimo — diz ele. — Agora visualize uma luz branca e se imagine dentro da luz. A luz branca está ficando muito forte. Está começando a absorver os objetos no quarto.

— Está? — pergunto.

— Está. Não fale! Agora, veja a si mesmo ficando fora de foco dentro da luz, até não conseguir mais enxergar a luz.

Minha cabeça fica leve quando imagino a luz branca ao meu redor. Parece que o mundo inteiro está dentro daquele pôster, e as beiradas do desenho se desfazem.

— Está dando certo? — pergunto, animado. — Estou invisível?

Rick balança a cabeça.

— Não. Ainda estou enxergando você. Continue tentando.

Fico olhando fixamente durante mais alguns minutos, até ficar com medo de ficar vesgo para sempre. Solto um suspiro profundo e, com relutância, viro de costas para o pôster.

— Quanto tempo demorou para você conseguir fazer isso?

— Eu? — pergunta ele, surpreso. — Na verdade, nunca tentei.

Fico olhando para ele, desconfiado.

— Ei, eu nunca disse que conseguia fazer, só disse que podia ensinar *como*.

— Aposto que você nunca nem leu aqueles livros!

Ele dá de ombros.

— Ler, folhear, passar os olhos, é tudo a mesma coisa.

Calço meus tênis bem rápido, nos pés errados, mas não paro para arrumar. Mesmo com medo de escutar a resposta, pergunto:

— Você inventou todas as coisas que me disse sobre a natureza da realidade?

— Não — responde ele com sinceridade. — Juro. É tudo verdade.

Fico aliviado por ouvir isso. Mas continuo irritado com o fato de que ele me fez acreditar, ainda que por um minuto, que era capaz de me tornar invisível. Sem me despedir, saio do quarto dele e quase tropeço nos pés ao disparar pelo corredor. Quando passo pelo quarto de Samantha, percebo que ela e Lizzy estão ouvindo música e rindo.

Rick me alcança quando já estou saindo pela porta.

— Por que *eu* ia precisar ser invisível? Isso é só para garotinhos!

Sou só um ano mais novo que ele, mas não me viro para lembrá-lo disso. Só posso culpar a mim mesmo por confiar nele.

E talvez a Lizzy. Com certeza Lizzy.

Capítulo 13: O telescópio

Mary coloca um copo alto de limonada na frente de cada um de nós e um prato de biscoitos com pedacinhos de chocolate no meio da mesa branca do pátio. Ela derreteu um mini Reese de manteiga de amendoim no meio de cada biscoito. Quando vê minha expressão de alegria, pisca para mim. E eu achando que nada ia acabar com o meu mau humor.

Estamos no jardim dos fundos do Sr. Oswald porque estão empacotando as gavetas da escrivaninha dele. Eu não fazia ideia de que havia jardins em Manhattan, a não ser nos parques. Os sons da rua ficam abafados aqui, e tem até um ou dois passarinhos cantando nas pequenas árvores. É muito sossegado.

— Posso ver o caderno de vocês? — pergunta o Sr. Oswald e estende a mão. Abro o zíper da mochila e entrego o meu a ele. Lizzy tira o dela do bolso da frente e pede desculpas por estar amassado.

Eu tinha levado toda a H.D.J. ontem à noite para escrever minhas observações a respeito da experiência na casa do Sr. Rudolph. Eu ficava confundindo o que ele tinha nos dito com o que Rick tinha dito a respeito de que, na camada mais profunda, nada está conectado. Durante a noite toda senti que, se eu fechasse os olhos, sairia flutuando para um vazio de nada. Eu sei que devia ter registrado a visita logo depois de chegar em casa, mas estava ocupado demais curtindo a fossa da minha crise de identidade. Da qual, apesar de ser muito pacífico ficar observando o voo das borboletas, eu ainda não saí por inteiro.

Observo o rosto do Sr. Oswald enquanto lê o caderno de Lizzy. De vez em quando ele sorri, ou assente, ou parece confuso. Dou uma olhada em Lizzy, e ela está se contorcendo um pouco, colando e descolando as pernas nuas na cadeira de plástico.

— Muito bem, Srta. Muldoun — diz ele, fechando o caderno e devolvendo-o para ela. — Você tem um olho e tanto para observar os menores detalhes do entorno das pessoas. — Lizzy está radiante quando pega o caderno dele. — Quem sabe da próxima vez — completa ele — você possa falar um pouco mais a respeito do que as pessoas que você conheceu tinham a dizer, e como isso fez você se sentir. Pode ser?

Lizzy assente, meio incerta, ainda obviamente contente com o elogio anterior.

— E espero que esteja aproveitando seu abajur novo — completa ele, com um sorriso.

— Ah, sim — diz Lizzy, toda feliz. — Meu pai colocou uma lâmpada e um fio novo, e ele funciona superbem! Deixa nossa sala bem mais colorida — Então ela se apressa em completar: — Eu disse ao Sr. Rudolph para não dar para mim, de verdade.

O Sr. Oswald dá um sorriso caloroso.

— Eu sei. Ele me disse.

— O senhor falou com o Sr. Rudolph? — pergunto, surpreso.

Ele assente.

— Por acaso ele, hum, disse alguma coisa sobre nós?

— Só que gostou muito da visita de vocês.

— Ah, certo, que bom — respondo, aliviado. Talvez o Sr. Oswald não gostasse de saber que perguntamos a ele sobre o sentido da vida. Isso não está exatamente na descrição do nosso trabalho. Não é culpa dele se estamos fazendo isso em vez de procurar as chaves para a caixa do meu pai e aprender o sentido da vida com ela.

Quando ele abre meu caderno e começa a ler do início, não posso deixar de pedir desculpas com antecedência.

— Desculpe, mas o que escrevi é meio aleatório, Sr. Oswald. Foi muita coisa para absorver.

Sem erguer os olhos, ele diz:

— Nunca peça desculpa por escrever a sua verdade, Sr. Fink. Não existem respostas certas ou erradas.

Acho que ele deve estar errado a esse respeito. Se não existissem respostas certas ou erradas, todo mundo na escola só tiraria nota dez.

Lizzy toma um pouco de limonada com o canudo e diz:

— Eu estava preocupada que Jeremy não fosse escrever nada. Sabe, ele anda tendo uma crise existencial.

Eu daria um chute em Lizzy, mas ela está do outro lado da mesa.

O Sr. Oswald ergue as sobrancelhas.

— É mesmo?

Lizzy assente.

— Ele tentou ficar invisível.

Minha vontade é jogar limonada em cima dela, mas violência nunca resolveu nada.

O Sr. Oswald olha para mim.

— Você tem andado ocupado mesmo. Agora, vamos ver o que temos aqui. — Na medida em que vai lendo, o Sr. Oswald balbucia: — Um ponto muito interessante, este. E este aqui também. Não sei muito bem o que você quer dizer com isso, mas estou acompanhando seu raciocínio. Hum, sim, não tinha pensado nisso dessa forma. Muito bom. Muito astuto.

Fico vermelho quando ele me devolve o caderno. Eu me apresso em enfiá-lo bem no fundo da mochila. O Sr. Oswald se volta para Lizzy.

— Srta. Muldoun, por que está aqui?

Lizzy coloca as mãos nos braços da cadeira de plástico como se estivesse prestes a se levantar.

— Hum, quer que eu vá embora?

O Sr. Oswald dá risada.

— Não, é claro que não. Quero dizer, por que você está *aqui*?

Lizzy tenta mais uma vez.

— Por causa de um pequeno mal-entendido em um prédio de escritórios?

— Não, não, isso não — diz o Sr. Oswald. — Eu quis dizer por que você acha que está aqui na Terra, neste ponto da história?

— Ah — diz Lizzy. — Não sei. Não pensei a respeito disso.

— Jeremy pensou muito nisso. Como melhor amiga dele, está me dizendo que não pensou nem um pouco no assunto por conta própria?

Lizzy se remexe na cadeira, pouco à vontade. Ela pega o canudo do copo, agora vazio.

— Não sei mesmo — balbucia ela. Então de repente para de se agitar e diz: — Se sabe tanta coisa, por que não nos diz por que estamos aqui?

Eu me encolho todo por Lizzy falar de uma maneira assim tão direta, mas o Sr. Oswald ri e diz:

— No meu tempo, Lizzy, você seria conhecida como uma matraca.

— Obrigada — diz ela e infla o peito. — Acho.

— Mas acredito que não possa responder a essa pergunta para você. Aliás, eu não tenho certeza se essa é a pergunta certa, para começo de conversa.

Faz sentido. Quando perguntei ao Sr. Rudolph a respeito do sentido da vida, ele disse a mesma coisa. Que eu tinha feito a pergunta errada. Como vou descobrir a resposta se vivo bagunçando as perguntas? É em momentos assim que eu venderia o meu pé esquerdo por um saquinho de Sour Patch Kids.

O Sr. Oswald espera com paciência enquanto uma abelha chega voando, zune ao redor do copo dele e vai embora.

— Se eu fosse você — diz ele —, estaria mais interessado em saber *como* estamos aqui. Por que existe alguma coisa em vez de nada? Talvez, se entendêssemos *isso*, nós saberíamos o porquê.

Eu relaxo um pouco na cadeira.

— Mas como eu vou descobrir *isso*?

Ele faz um gesto para trás de si, para que James se aproxime com o pequeno telescópio de latão. Fico imaginando há quanto tempo ele estava lá parado.

— Acontece — diz o Sr. Oswald, pega o telescópio e estende para mim — que hoje vocês vão conhecer alguém que talvez saiba a resposta.

Lizzy resmunga.

— Será que é tarde demais para catar lixo no Central Park?

Estamos no carro há menos de dez minutos quando James para na frente do Museu de História Natural e entra de ré com habilidade em uma vaga.

— Todo mundo para fora — diz ele por cima do ombro.

— Mas não vamos devolver o telescópio para... — Dou uma olhada no envelope no meu colo. Nós ainda não tínhamos tido oportunidade de abrir. — Para Amos Grady? O garoto do Kentucky?

James assente.

— Ele agora é o Dr. Amos Grady, um astrônomo de renome. Vocês vão levar o telescópio para ele no escritório dele, no museu.

— Ei, eu me lembro deste lugar — diz Lizzy, dando uma olhada na faixa grande pendurada no telhado do prédio. — Viemos aqui no sexto ano para ver aquela apresentação no planetário. Eu caí no sono, e você me beliscou com tanta força que ficou roxo! Lembra, Jeremy?

Tudo me voltou em uma enxurrada.

— Você estava roncando! Ainda não consigo entender como alguém pode cair no sono assistindo ao nascimento de uma estrela em uma galáxia distante!

— Como alguém pode *não* cair? — retruca ela.

— Fico cansada só de olhar para o museu daqui!

Antes que eu diga qualquer coisa de que possa me arrepender, pego o telescópio, que embalamos com plástico-bolha, e saio do carro. James coloca oito moedas de vinte e cinco centavos no parquímetro. Lizzy sai do carro e abre um bocejo dramático.

— Ela não tem jeito — reclamo para James enquanto subimos a escada até a entrada da frente.

James balança a cabeça.

— Se todo mundo se interessasse pelas mesmas coisas, imagine como a vida seria chata. E se todo mundo quisesse ser chef de cozinha? Haveria muita gente para fazer comida, mas ninguém para plantar os alimentos, entregar ao mercado, colocar nas prateleiras. Certo?

— Ainda assim — resmungo. — Era uma *estrela nova*.

O museu está cheio de pais arrastando os filhos pela mão ou correndo para alcançá-los. Um menino está sentado de pernas cruzadas no chão, choramingando e dizendo que, se não puder ver os dinossauros de novo, não vai sair daquele lugar. James vai até o balcão da segurança, e nós ficamos esperando, olhando ao redor.

Uma mãe arrasta o garoto dos dinossauros aos berros por nós. Com o telescópio pesado equilibrado nos braços, digo a Lizzy:

— Está vendo? *Aquele* garoto demonstra a quantidade de entusiasmo certa.

Ela coloca as mãos em cima das orelhas.

— Se eu fosse a mãe dele, ia deixá-lo aqui.

— As mães não abandonam os filhos em um lugar qualquer só porque eles choram.

— Ah, é mesmo? — pergunta ela, sem olhar para mim. — Por que então elas *abandonam*?

Eu devia ter visto essa pergunta se aproximando de longe. Eu raramente penso na mãe de Lizzy, e Lizzy quase nunca fala dela. Eu me sinto um idiota.

— Desculpe — balbucio e estico o pé para encostar no dedão do tênis dela.

— Não se preocupe com isso — resmunga ela em resposta.

James volta marchando.

— Usei o telefone do segurança para falar com o Dr. Grady. Ele está nos esperando no laboratório de astrofísica no andar de baixo. Sigam-me. — James consulta um mapa que tem na mão e atravessa o piso principal na direção do arco que diz CENTRO ROSE em cima.

Meu coração dá um salto, e eu quase tropeço nos meus próprios pés na pressa de ir atrás dele. Vamos a um laboratório de ciência de verdade! No museu mais maravilhoso do mundo!

— Opa, calma aí, seu nerd — diz Lizzy, se aproximando por trás. Ela pega o telescópio dos meus braços. — Você está tão agitado que quase deixou isso cair.

Não sei o que me incomoda mais: ser chamado de nerd ou de agitado.

— Todos os grandes cientistas foram nerds — digo a ela. — Se Albert Einstein tivesse jogado futebol, você acha que ele teria criado a teoria da relatividade?

— E por acaso eu devo saber o que é isso?

— Não posso explicar agora — respondo. — Mas é muito importante!

Passamos pelo arco e entramos em um espaço amplo e aberto, com uma rampa em caracol alta, cheia de quadros e gráficos a respeito do universo. O teto e as paredes do salão são todos de vidro. É completamente diferente do resto do museu.

— Ei, você está com o envelope desse sujeito? — pergunta Lizzy enquanto seguimos James pelo salão.

Dou batidinhas nos bolsos do short até encontrar.

— Não acredito que quase nos esquecemos de ver isto. — Rasgo a parte de cima, por pouco não corto a mão com o envelope, e rapidamente desdobro o pedaço de papel. Leio os detalhes em voz alta, com cuidado de não dar um encontrão em ninguém enquanto leio.

```
Oswald's Empório de Penhores
Data: 3 de abril de 1944
Nome: Amos Grady
Idade: 15 anos
Local: Brooklyn
Item a ser penhorado: Telescópio
Declaração pessoal do vendedor: Este telescó-
pio pertenceu ao meu avô. Olhar nele era a
coisa que ele mais gostava de fazer no mundo.
Ele deixou para mim no testamento dele. Preci-
so do dinheiro para o meu uniforme da equi-
```

pe de corrida. Os sapatos especiais são muito caros, e meus pais não têm dinheiro para comprar. Preciso participar da equipe para ganhar minha bolsa de estudos no MIT no ano que vem. Meu avô entenderia. Eu sei que' sim. Tenho quase certeza.

A foto mostra um menino com cabelo muito encaracolado segurando o telescópio nos braços. Dou uma olhada mais de perto. Acho que ele tem lágrimas nos olhos.

Embaixo da foto, diz:

Preço: *US$ 45,00 (quarenta e cinco dólares)*
Assinado por: *Oswald Oswald, proprietário*

Volto a dobrar a carta e coloco no envelope. Não quero que Lizzy veja que o jovem Amos estava chorando.

— Como é a foto? — pergunta Lizzy. — Ele é fofo?

Paro onde estou. James já está na metade da exposição, mas fico achando que ele não vai muito longe sem nós.

— Por que você quer saber?

Ela dá de ombros.

— Garotos que estão na equipe de corrida geralmente são fofos. Corrida e beisebol têm os garotos mais fofos. Futebol americano e hóquei, nem tanto. Todo mundo sabe disso.

— Tenha em mente — digo a ela — que esse corredor específico vai estar com uns setenta anos agora.

Lizzy desdenha.

— Eu não disse que queria namorar o cara. — Depois diz: — Não se mexa e olhe para baixo.

Eu congelo no lugar e olho lentamente para baixo, sem ter certeza do que vou encontrar. No começo, só vejo números piscando para mim em vermelho: 8kg. Acontece que estou parado em cima de uma balança embutida no chão. Ah-ha! Então dá para embutir balanças no chão. Eu sabia!

— Uau — diz Lizzy. — Eu sabia que você era magrinho, mas não achei que fosse *tanto*!

Olho ao redor em busca de uma explicação para a balança, mas não vejo nenhuma.

Um homem de cabelo branco todo despenteado, avental de laboratório branco e óculos grandes redondos se aproxima. Ele anda dando leves pulinhos. Ele me lembra um pôster de Albert Einstein que meu ex-professor de ciências tinha pendurado na parede. Para minha surpresa, James está com ele.

O senhor aponta para a balança e diz:

— Este seria o seu peso se você estivesse na lua. Menos força gravitacional.

Meus olhos se arregalam.

— Legal!

— Deixe-me experimentar — diz Lizzy, colocando o telescópio nos meus braços e pisando em cima da balança. — Sete quilos e setecentos gramas! — anuncia ela.

— Se estivesse no sol, você pesaria mais de uma tonelada.

— Uau — diz Lizzy e assente. — Aí ninguém ia mexer comigo!

James limpa a garganta.

— Este aqui é o Dr. Grady — anuncia ele. — Dr. Grady, estes são Jeremy Fink e Lizzy Muldoun. Parece que o bom doutor não aguentou esperar até que chegássemos a seu laboratório.

Dr. Grady dá um sorriso acanhado.

— Precisam desculpar minha impaciência. Nós, os cientistas, somos uma turma curiosa. Um homem recebe um telefonema misterioso dizendo que dois jovens estão com algo que lhe pertencem e, bem, ele não pode simplesmente ficar sentado em seu escritório, esperando.

— Vocês já sabem o que fazer — diz James a Lizzy e a mim. — Vou esperar na exposição dos dinossauros. Venham me encontrar quando terminarem.

— A gente se vê, James — responde Lizzy.

Não digo nada. Estou ocupado demais olhando fixamente para o Dr. Grady com seu avental branco de laboratório. Um cientista de verdade! Quanta coisa ele deve saber sobre o mundo!

— É isso? — pergunta o Dr. Grady.

Devo estar com uma expressão confusa, porque ele estende a mão e dá um toquinho no telescópio nos meus braços.

— Ah! — exclamo e fico vermelho. — Sim, é isto.

Passo o telescópio para ele, que se senta em um banco próximo para desembalar. Ele para depois de revelar a metade de cima. Para minha surpresa e meu horror, ele apoia a cabeça nas mãos e começa a chorar. Os olhos de Lizzy parecem que vão sair das órbitas.

— O que a gente faz agora? — sussurra ela bem baixinho.

Balanço a cabeça, totalmente perdido. A única vez em que vi um homem chorar foi o meu pai, durante um episódio do programa sobre antiguidades *Antiques Roadshow*, quando um bule de cobre que um sujeito tinha comprado em um família vende tudo acabou sendo revelado como pertencente a Benjamin Franklin.

Isso aqui é muito diferente.

Com um tremor final dos ombros, o Dr. Grady enxuga os olhos com as costas da mão.

— Desculpem, crianças — diz ele. — Sempre fui chorão. Os garotos da escola viviam fazendo piadas impiedosas comigo.

Estendo o envelope para o Dr. Grady, e ele o alcança bem devagar. Enquanto lê a carta, um choramingo ou outro escapa dele.

Culpo minha inabilidade de reconfortá-lo ao fato de minha mãe não me deixar ter um bicho de estimação de verdade.

O Dr. Grady enfia a carta no bolso do casaco e volta a atenção para o telescópio.

— Nunca sonhei que voltaria a ver isto — diz ele, olhando para o objeto com amor. — Vocês precisam me contar como chegou às suas mãos.

Abro a boca para responder quando Lizzy diz:

— Contamos sob uma condição.

Olho furioso para ela. O que ela acha que está fazendo?

O Dr. Grady parece surpreso.

— E qual seria?

— Que o senhor nos diga qual é o sentido da vida — diz ela, com simplicidade.

Balanço a cabeça para ela.

— Não, espere — diz ela. — Quero dizer o *motivo* da vida. É isso que eu quero dizer, certo?

Balanço a cabeça de novo. O Dr. Grady vira a cabeça para ela e para mim várias vezes.

— Ah, certo. Dã! — diz Lizzy. — Quero dizer, *por que* estamos aqui? É *isso* que eu quero saber.

Eu suspiro.

— O que ela quer dizer é: *Como* estamos aqui? Por que existe alguma coisa em vez de nada? O Sr. Oswald achou que talvez o senhor soubesse.

Os olhos dele se arregalam.

— O Velho Ozzy ainda está vivo? Impossível! Ele era velhíssimo quando eu era menino!

— Não, não — garanto a ele. — O nosso Sr. Oswald é neto dele.

Dr. Grady dá um impulso e se levanta do banco.

— Bem, isso é um alívio — diz ele. — Por um segundo, fiquei achando que o Velho Ozzy tinha construído uma máquina do tempo.

Minhas orelhas se aprumam. Se alguém pode saber como construir uma máquina do tempo deve ser o Dr. Grady.

— Ande logo — diz Lizzy, lendo minha mente, como sempre. — Pergunte. Você sabe que quer perguntar.

— Perguntar o quê? — diz o Dr. Grady, erguendo o telescópio com cuidado. — Algo mais importante do que como todos chegamos a esta beiradinha da Via Láctea?

Não consigo fazer a pergunta. De repente, parece uma bobagem.

— Ele quer saber como construir uma máquina do tempo — revela Lizzy. — Faz cinco anos que ele tenta.

— Não estou tentando, exatamente — eu me apresso em explicar. — Eu leio muito sobre o assunto. Sobre voltar no tempo, quero dizer. Não sobre ir para o futuro nem nada assim. Não acho que isso seja possível.

Ele sorri.

— Sinto dizer que a viagem no tempo ainda é teórica, a esta altura. Mas você tem razão, todas as leis da física conhecidas indicam que a viagem ao futuro provavelmente é impossível. A viagem ao passado, no entanto, bem, eu não eliminaria a possibilidade. Mas, como não haveria maneira de retornar ao futuro, haveria dois de você no passado e nenhum aqui no presente. Teoricamente, é claro. Muito confuso. Bastante impraticável. Mas, então, por que um garoto como você quer fazer uma coisa dessas?

Minha garganta se aperta. Felizmente, Lizzy não tenta responder por mim.

— Por que vocês dois não esperam um pouco? — diz o Dr. Grady, com gentileza. — Vou guardar isto na minha sala e posso levar vocês para dar uma volta. Podemos conversar mais.

Eu assinto, mudo, e nos sentamos em um banco. Fico olhando fixamente para a enorme bola de metal

pendurada no teto, com a palavra SOL escrita nela
Uma bolinha minúscula está ao lado dela. TERRA.
Como eu não tinha visto isso antes? Se a corrente se
partisse, elas nos esmagariam. A placa ao lado delas
diz: NOSSA TERRA CABERIA DENTRO DO SOL MAIS DE UM
MILHÃO DE VEZES.

Eu me sinto muito pequeno.

Capítulo 14: A vida, o universo e tudo o mais

— Está tudo bem? — pergunta Lizzy. — Você parece um pouco atordoado. Mais atordoado que o normal, quero dizer. Espero que não tenha se incomodado por eu ter perguntado sobre a máquina do tempo. Você entendeu todo aquele blá-blá-blá?

Tiro os olhos dos modelos do Sol e da Terra e respiro fundo.

— Basicamente, ele me disse que, mesmo que eu encontrasse um jeito de voltar no tempo para salvar meu pai, na verdade eu não poderia salvá-lo. Eu não poderia trazê-lo de volta comigo. E, se eu nunca conseguisse voltar, deixaria minha mãe sem meu pai *e* sem mim.

— Mas, ei, haveria dois Jeremy Fink no passado. Isso não seria tão ruim, certo?

Balanço a cabeça.

— Um de mim já basta.

— Mas talvez o outro Jeremy pudesse fazer sua lição de matemática enquanto você, o Jeremy de verdade, ficava comigo. Dois Jeremys significaria que haveria mais uma pessoa na Terra que suportaria ficar perto de mim.

— Em primeiro lugar — respondo —, eu gosto de matemática. Mas obrigado por tentar fazer com que

239

eu me sinta melhor. E não sou a única pessoa que gosta de você. Seu pai também gosta.

— Ele *tem* que gostar, eu sou filha dele.

— Bem, parece que Samantha gosta de você.

Lizzy dá de ombros.

— Ouvi quando ela disse a Rick que eu sou "divertida".

— Bem, isso não me parece tão ruim.

Lizzy faz uma careta.

— *Cachorros* são divertidos.

Eu dou de ombros.

— Nem todos.

Lizzy sorri. Neste momento, o Dr. Grady aparece. Ele tirou o avental branco de laboratório, mas continua parecido com Einstein.

— Vamos lá — diz Lizzy e faz com que eu me levante. — Vamos descobrir como chegamos a esta... Como foi que ele disse? Beiradinha da Via Láctea.

— Reconsiderei sua pergunta, Sr. Fink — diz o Dr. Grady e coloca a mão no meu ombro. — Existe, de fato, uma maneira de se olhar o passado sempre que se desejar. Creio que não seja exatamente o que você está procurando, mas é um lugar tão bom quanto qualquer outro para começar a encontrar a resposta para sua primeira pergunta: como chegamos até aqui, e talvez até responda *por quê*. Siga-me e tenha em mente que esta é apenas a explicação científica, com base no que podemos observar e medir com o equipamento que temos disponível hoje.

Ele nos conduz até o alto da rampa em caracol. A maioria das pessoas caminha na direção oposta, então precisamos abrir caminho.

— Você já ouviu falar em ano-luz, certo? — pergunta ele.

Concordo. Lizzy também, mas acho que ela diria que sim para qualquer coisa, se isso significasse que não precisava escutar a explicação. Acho que o Dr. Grady também não se convence, porque ele explica:

— Se um objeto, uma estrela, por exemplo, como nosso próprio sol, está a oitocentos anos-luz de distância da Terra, demoraria vinte milhões de anos para a luz que sai daquele objeto chegar até os nossos olhos. Então, quando você olha para aquele objeto, está vendo sua aparência de oitocentos anos-luz atrás, não o que é hoje. Talvez nem exista mais. Cada vez que você olha para as estrelas — prossegue o Dr. Grady —, está olhando para o passado.

Ele aponta para um mapa do céu noturno, e reconheço algumas das constelações sobre as quais aprendemos na escola. Ele pega Lizzy examinando os próprios dentes em uma das vitrines reluzentes.

— Não estou deixando vocês entediados, estou? Podemos ficar na loja de suvenires, se vocês quiserem.

Tento dar um chute em Lizzy, mas ela se afasta rápido demais. Ela quase cai em cima de um modelo do sistema solar.

— Por favor, continue, Dr. Grady — insisto.

— Tudo bem, então. Arregacem as mangas, e eu vou dar uma pequena aula a respeito da história do universo. Estão prontos?

— Hum, estamos de manga curta — observa Lizzy.

— É uma expressão, minha cara. Como: "O que conta é a jornada, não o destino." Posso continuar?

— De que jornada está falando? — pergunta Lizzy.

— Ah, da vida, claro.

— Ah — diz Lizzy. — Certo.

O Dr. Grady dá alguns passos para baixo na rampa e aponta para uma citação gravada na parede. Ele lê em voz alta:

— "O universo é mais estranho do que supomos, e mais estranho do que *podemos* supor." Isso nos leva de volta à sua pergunta original: Como viemos parar neste lugar esquisito, impossível de conhecer em sua maioria? Para responder a isso, precisamos começar pelo começo. Há cerca de 13,7 bilhões de anos, não havia nada que possamos medir. Não havia espaço. Não havia tempo. Então, de repente, algo passou a existir. Esse algo se chama singularidade: um ponto tão denso e quente que continha toda a matéria que viria a preencher todo o universo. Ninguém sabe de onde veio. Talvez um ser supremo o tenha colocado ali, até onde sabemos, ou veio de algum outro universo a respeito do qual não sabemos nada. Mas sabemos, *sim*, o que aconteceu depois.

Antes que eu consiga me segurar, minha mão dispara para cima. Lizzy ri, e eu logo a abaixo.

— O Big Bang?

— Exatamente! — diz o Dr. Grady, esfregando as mãos, todo animado. — Mas não penso nele como um "bang" ou uma explosão; na verdade foi uma enorme *expansão*, como se você inflasse um balão tão minúsculo que nem dá para imaginar até ele se transformar em um balão tão enorme que também nem dá para imaginar e que continua se expandindo.

O Dr. Grady faz uma pausa e passa os dedos pelo cabelo. Não adianta nada, porque ele volta a ficar arrepiado imediatamente. Lizzy começa a cantarolar baixinho para si mesma. Dou uma cotovelada nas costelas dela. Ela me lança um olhar feio, mas para de cantarolar. O Dr. Grady parece nem notar.

— Toda a matéria e energia no universo — explica ele, todo animado —, incluindo nós, estão dentro desse balão. Os planetas, as estrelas, vocês e eu, todos viemos exatamente da mesma coisa, no mesmo ponto no tempo, 13,7 bilhões de anos atrás. O universo se desdobrou muitas vezes com a velocidade da luz, cuspindo para fora partículas subatômicas e criando coisas como gravidade e eletromagnetismo. As estrelas se formaram a partir de gases e de nuvens de poeira, e os destroços e o gelo se combinaram para criar os planetas. Estão me acompanhando até agora?

Eu assinto, com o cérebro girando. Então, na verdade, eu não nasci há doze (quase treze anos)? Na verdade eu nasci há 13,7 bilhões de anos? Minha mãe me deve muitos presentes de aniversário!

— Vamos trazer isso para mais perto de nós agora — diz o Dr. Grady, contente. É maravilhoso observar uma pessoa que ama o que faz. Meu pai era assim, na loja de quadrinhos. Minha mãe adora a biblioteca, e o pai de Lizzy adora o correio. Fico imaginando se algum dia vou achar algo que adore tanto assim. Vol-

243

to a prestar atenção e ouço o Dr. Grady dizer: — Nosso sistema solar foi formado há 4,5 bilhões de anos. Demorou mais cerca de um bilhão de anos até a superfície da terra esfriar. Praticamente logo que a vida pôde surgir, ela surgiu. Da sopa primordial, que é composta de alguns elementos químicos básicos e gases misturados com radiação UV e relâmpagos, surgiram os blocos de construção da vida: os aminoácidos. Estes foram seguidos pelas bactérias, depois por organismos unicelulares, organismos multicelulares, plantas, invertebrados, vertebrados, répteis e mamíferos, todos adaptados a seu ambiente sempre em mutação ao longo de bilhões de anos.

Um grupo de adolescentes usando aventais de laboratório brancos se aproxima, atrás de uma mulher mais velha que parece a versão feminina do Dr. Grady. Cada um dos garotos tem uma prancheta nas mãos. Lizzy me cutuca e sussurra:

— Você vai ser assim daqui a cinco anos!

— Muito engraçado — sussurro em resposta. Mas fico olhando para o rosto deles quando passam. Os olhos deles parecem curiosos e brilhantes. Não seria tão ruim ficar desse jeito.

O Dr. Grady espera o grupo passar e prossegue.

— Talvez não seja muito agradável pensar que viemos do mesmo cozido que produziu a ameba, mas todos temos um ancestral comum; nosso DNA compartilha a mesma estrutura química. Você, eu e a mosca da fruta partimos do mesmo projeto da vida. Toda a vida neste planeta está conectada: algumas pessoas sentem isso mais do que outras, em nível espiritual. Se existe vida em outros planetas, é bem provável que tenha evoluído de maneira bem diferente da nossa. A chance de reproduzir o que aconteceu aqui está próxima do zero.

— Como assim? — Não posso deixar de perguntar.

— Acredite — diz o Dr. Grady. — Estamos aqui porque, ao longo de bilhões de anos, inúmeras variáveis entraram em ação, sendo que qualquer uma delas poderia ter seguido outro caminho. Somos essencialmente uma bela falha, como também o são os milhões de outras espécies com que compartilhamos este planeta. Nossas células se compõem de átomos e partículas de poeira de galáxias distantes, e dos bilhões de organismos vivos que habitaram este planeta antes de nós.

Ele faz uma pausa e enxuga uma pequena lágrima. Para sermos educados, Lizzy e eu desviamos o olhar.

— Então, agora vocês conhecem a explicação científica de *como* estamos aqui — diz o Dr. Grady, limpando a garganta. — Como podem ver, isso também responde à pergunta de *por que* estamos aqui. A física nos diz que estamos aqui porque a gravidade impede que flutuemos para o espaço. Nos termos biológicos mais básicos, estamos aqui porque alguns dos primeiros habitantes deste planeta, as bactérias, permitiram que estivéssemos. Nosso corpo não conseguiria funcionar sem o trabalho que elas fazem em nós... no ar ao nosso redor, na nossa pele e dentro dos nossos órgãos. Achamos que somos a espécie mais poderosa do

245

planeta, mas estamos longe disso. Não viveríamos nem um dia sem elas, mas as bactérias são muito adaptáveis, elas ainda estarão aqui quando o sol se apagar. As bactérias e as baratas!

Olho para Lizzy, que começou a ter espasmos. Não tenho dúvida de que ela está pensando nas bactérias que vivem no corpo dela. De algum modo, achei que a resposta a respeito de por que estamos aqui seria um pouco mais, não sei, glamourosa?

Lizzy começa a se coçar. Vergões compridos aparecem nos braços dela.

— Acredito que tenha falado demais — diz o Dr. Grady, consultando o relógio. — Espero não ter confundido vocês.

— Não, foi ótimo — digo a ele, com honestidade. Tenho um milhão de perguntas para fazer, mas tenho certeza de que Lizzy vai me matar se eu fizer. — Ah! — digo, quando de repente me lembro do acordo que Lizzy fez. — Seu telescópio veio de...

Ele levanta a mão para me interromper.

— Mudei de ideia. Vamos deixar que seja um mistério o motivo por que ele voltou para mim depois de cinquenta anos. Passei a vida toda tentando encontrar explicações racionais para os mistérios da vida.

— Certo — digo com um sorriso. Abaixo a voz e pergunto: — Quem sabe um dia eu possa... voltar?

— Claro que sim — diz ele e me dá um tapinha nas costas, sorrindo. — E nem precisa me trazer nada.

Apertamos as mãos e eu me viro para Lizzy.

— Podemos ir?

Ela assente, enlouquecida.

— Você está bem, Lizzy? — pergunta o Dr. Grady e franze a testa de preocupação.

Lizzy assente de novo.

— Vou ficar bem assim que puder entrar em um chuveiro *bem* quente.

Ele ri.

— Lembre-se de que as bactérias são nossas amigas, em grande parte. É melhor não se lavar nem se arranhar a ponto de excluir todas elas.

Lizzy enfia rapidamente as mãos nos bolsos do short para parar de se coçar. Sei que ela não está convencida. Nós nos dirigimos ao arco que vai nos levar de volta à exposição de dinossauros e a James.

— Nunca se esqueçam — diz o Dr. Grady quando entramos na exposição — de que, por mais imenso que seja o universo, e por mais que haja tanta coisa que nunca vamos conhecer, só existe um Jeremy Fink, uma Lizzy Muldoun. Um Amos Grady. Isso faz com que cada um de nós seja especial e único, além da compreensão. Por que estamos aqui? Na minha opinião, porque ganhamos a loteria evolucionária. Estamos aqui porque, até onde sabemos, este é o único lugar em que *podemos* estar.

— Então, basicamente, o que você está dizendo é que — diz Lizzy, coçando as coxas de dentro dos bolsos — estamos aqui porque estamos aqui?

— Precisamente! — diz o Dr. Grady.

Lizzy me dá um beliscão no braço.

— Isso serve para você, Jeremy? Ou sua crise existencial vai continuar?

Meu cérebro continua girando por causa de tudo que o Dr. Grady disse. Mas gira de um jeito bom.

— Você sabe que demoro um bom tempo para peneirar as coisas — respondo. — Não posso tomar decisões em um piscar de olhos, como você.

— Ah, mas como isso é verdade. Uma vez — começa Lizzy, agora coçando a barriga enquanto caminhamos —, quando a gente tinha seis anos, os pais de Jeremy nos levaram para tomar sorvete. Ele demorou tanto tempo para decidir entre chocolate e baunilha que o cara teve que fechar a loja e ele ficou sem nada.

Eu suspiro. Estava bem melhor quando Lizzy estava ocupada arrancando camadas da própria pele. O Dr. Grady ri e diz:

— Chegar a uma conclusão a respeito de por que estamos aqui e qual o significado disso tudo pode ser uma busca para a vida toda. Algum dia, quando vocês dois forem mais velhos e estiverem casados, vão olhar para trás...

— AAAAH!! — berramos em uníssono.

— Nós não vamos nos *casar*! — exclamo.

— Pelo menos não um com o outro! — completa Lizzy.

Naquele momento, o esqueleto de dinossauro em tamanho natural aparece a nossa vista. Sem dúvida ansioso para mudar de assunto, o Dr. Grady diz:

— Se um meteoro não tivesse atingido a Terra e feito aquele carinha entrar em extinção, os mamíferos não teriam crescido além do tamanho de uma ratazana grande ou de um porco pequeno. Vocês e eu não estaríamos aqui. Então, deu muito certo para nós. — Ele ergue os olhos para o dinossauro com carinho. — Mas não deu muito certo para ele. Ali está o amigo de vocês — diz o Dr. Grady, apontando para James.

James está atrás de uma das imensas patas dianteiras do dinossauro, apoiado na grade e olhando tão de perto que seu nariz quase encosta nele.

— Não é de verdade — diz o Dr. Grady quando nos aproximamos.

— Não é? — diz James, obviamente decepcionado.

O Dr. Grady balança cabeça.

— Mas a outra pata é.

James imediatamente corre para essa pata e examina de perto mais uma vez. Eu o sigo.

— Não achei que você fosse do tipo que gostasse de dinossauro.

James assente.

— Meu pai tinha o costume de colecionar fósseis e ossos. Uma vez, ele encontrou um molusco que tinha mais de um milhão de anos.

— Uau! — digo, impressionado de verdade. — A maior descoberta que meu pai fez foi um bilhete de raspadinha que valia vinte e cinco dólares dentro de um livro que ele achou na rua!

— Ei — diz James e inclina a cabeça. — Qual é o problema de Lizzy?

Eu me viro e vejo Lizzy no canto da exposição, coçando a cabeça feito louca. Ela soltou o rabo de cavalo e agora o cabelo dela está espetado em todas as direções.

— Ah. Isso é porque o Dr. Grady nos disse que as bactérias basicamente nos cobrem da cabeça aos pés, por dentro e por fora.

— É melhor ir para casa, então — diz James.

249

Procuro o Dr. Grady para me despedir e o vejo envolvido em uma conversa com um pai e os dois filhos. Ele acena e faz um gesto com a cabeça quando nos vê sair.

No carro a caminho de casa, Lizzy se encolhe no assento, tremendo de vez em quando, e percebo que estou me sentindo bem melhor. A nuvem negra que fazia pressão sobre mim não está mais aqui. O Sr. Oswald tinha razão. Saber como chegamos aqui ajuda. Apesar de ser totalmente estonteante pensar como o universo é enorme e como somos uma parte tão pequena dele, é reconfortante, de algum modo, compreender onde nos encaixamos. E é emocionante pensar em quantas H.D.J.s vou poder usar aprendendo mais a esse respeito. Sinto a tentação de torturar Lizzy obrigando-a a recapitular comigo tudo que aprendemos hoje, mas resolvo poupá-la.

Por mais que eu tenha aprendido nesta semana sobre a vida, o universo e tudo o mais, não tenho muita certeza se estou mais perto de saber o que tem dentro da caixa do meu pai. Estendo a mão para a geladeirinha e pego um refrigerante. Estou prestes a abrir a tampa quando uma ideia me bate... algo em que eu devia ter pensado no dia em que minha mãe me entregou a caixa. É tão óbvio!

Eu me inclino para a frente e sacudo a perna de Lizzy. Ela resmunga. Tomo isso como sinal de que ela está ouvindo.

— O que você acha de ir até Atlantic City?

Ela abre um olho.

— Tem bactérias em Atlantic City?

— Não — minto.

— Certo — diz ela e volta a fechar os olhos. Um segundo depois, ela os abre. — Como vamos chegar a Atlantic City?

— Vou pensar em alguma coisa — respondo. Fico esperando que ela me pergunte *por que* vamos a Atlantic City, mas ela não faz isso.

Quando minha mãe chega em casa do trabalho, eu ainda não tinha pensado em um plano. Eu havia passado a maior parte da tarde observando o Ferret perseguir o Gato pelo aquário. O Cachorro e o Hamster só ficaram nadando lá, despreocupados, parecendo surpresos. Nem é preciso dizer que eles não me deram nenhuma ideia. Muitas vezes, pensei em bater à porta do apartamento de Lizzy e pedir ajuda, mas ela estava tomando o banho mais longo da história. E é sempre ela que inventa os planos. Eu devia ser capaz de fazer *um* sozinho.

Minha mãe bate à porta e depois empurra para abrir. Ela está usando um broche que diz: LER É PARA OS VENCEDORES.

— Como foi seu dia? — pergunta ela e toma um gole de chá gelado.

— Foi muito bom — respondo. — Fomos ao Museu de História Natural!

— Mas que serviço comunitário difícil vocês são obrigados a suportar.

Eu sorrio.

— Mas não é só diversão. Hoje na limusine acabou a Coca. Tive que tomar Pepsi.

251

— Mas você gosta mais de Pepsi, de qualquer jeito.

— É verdade, mas eu não tive *escolha*.

Ela balança a cabeça para mim.

— Antes que eu me esqueça, a tia Judi vai fazer uma exposição de arte em Atlantic City no domingo. Será que você e Lizzy querem ir?

Ouço quando ela diz as palavras, mas não consigo absorvê-las. Eu *nunca* tenho tanta sorte assim.

— Você disse Atlantic City? — pergunto, segurando a respiração.

— Disse. A mostra é em um dos cassinos no calçadão. Estão tentando melhorar a imagem do lugar com o apoio a artistas locais.

Ainda sem conseguir acreditar, digo:

— Você disse que é no calçadão?

Ela caminha até onde estou, levanta um cacho do meu cabelo e chega bem pertinho da minha orelha.

— Você está ficando surdo?

Balanço a cabeça, e meu cabelo volta para o lugar.

— Está interessado ou não?

Assinto, todo entusiasmado.

— Então é assim que vai ser viver com um adolescente — diz ela com um suspiro. Depois, faz um cafuné no meu cabelo como se eu tivesse cinco anos e fecha a porta do meu quarto.

Capítulo 15: O calçadão

Lizzy empurrou para o lado a mesinha de centro e está treinando para a apresentação de bambolê.

Jogo uma banana da fruteira em cima da mesa. Ela pega com facilidade.

— Ainda não consigo acreditar que você conseguiu — diz Lizzy e começa a descascar a banana.

A música de acompanhamento dela está tocando no CD player. Ela demorou horas para escolher a música certa para girar o bambolê: *"You spin me right round baby right round. Like a record baby right round, round, round."**

— Sinceramente, não posso ficar com o crédito — respondo. — Devemos isso à tia Judi e à exposição de arte.

Lizzy balança a cabeça.

— De algum jeito, você fez acontecer. Não sei como, mas você conseguiu.

Por mais que eu quisesse acreditar que consigo realizar feitos mágicos de verdade, desisti há alguns anos, quando fiquei olhando para uma colher durante duas horas, tentando fazer com que entortasse. A

---

* Tradução livre: "Você me roda girando, querido, girando. Igual a um disco, querido, girando, girando, girando."

única coisa que aconteceu foi eu ficar com uma dor de cabeça monstruosa e me sentir muito idiota.

Lizzy joga a casca de banana por cima do ombro e sem querer esbarra o braço no bambolê. Ele cai na mesma hora.

— Droga — diz ela, pega o bambolê de volta e coloca ao redor da cintura mais uma vez. — Eu nunca vou estar pronta. E não estamos nada perto de abrir aquela caixa. Mas talvez estejamos, depois de amanhã.

— Como?

Lizzy pega o bambolê e coloca na cintura.

— Nós simplesmente vamos perguntar à vidente quando a encontrarmos.

— Se a encontrarmos — respondo, percebendo que Lizzy sempre soube por que eu queria ir até lá. A coisa toda realmente tem muito pouca chance de dar certo. Afinal de contas, a vidente já era bem velha quando meu pai falou com ela. Vai estar trinta anos mais velha, agora. Jogo a bola de futebol para Lizzy, mas a bola escorrega das mãos dela. Vamos ter que treinar mais se quisermos ganhar aquelas barras de chocolate Snickers.

Na manhã seguinte, minha mãe me acorda assim que o sol sai.

— Tia Judi vai chegar a qualquer momento — diz ela e abre as persianas. Resmungo e coloco o jacaré em cima dos olhos. Quem diria que o sol estaria *brilhando* a esta hora?

Ela pega o jacaré e coloca na minha escrivaninha, ao lado da caixa do meu pai. Depois pega um short e uma camiseta da cômoda e joga em cima da cama.

— Já faz um tempo que eu me visto sozinho, mãe — digo a ela e me forço a sentar.

— Desculpe — diz ela, sem parecer muito arrependida, se quer saber minha opinião. — Estamos com pressa. — Ela se inclina e bate com força na parede, com o punho fechado. Então ergue o pôster do sistema solar. — Levante, Lizzy! — berra ela pelo buraco.

Fico olhando para ela chocado, agora totalmente acordado.

— Você *sabia* disso?

Ela ri.

— Eu sou mãe. Mães sabem tudo.

— Sabem? — Isso é novidade para mim.

— Claro — diz ela e estende a camiseta e o short, na esperança de me apressar. — Do mesmo jeito que sei que, quando chegarmos a Atlantic City, você e Lizzy vão inventar alguma desculpa para sair da exposição e procurar a vidente com quem seu pai falou no aniversário de treze anos dele.

Meu queixo cai. Ela se inclina para a frente e fecha minha boca.

— Você tem poderes sobrenaturais ou algo assim? — pergunto quando finalmente consigo falar.

Ela dá um sorriso misterioso e não responde. Então ela bate na parede de novo e puxa o pôster de lado.

A voz abafada de Lizzy chega até o quarto.

— Estou acordada! Estou acordada! Caramba!

Vinte minutos depois, Lizzy e eu estamos apertados no banco de trás da perua da tia Judi. Dividimos o assento com dez esculturas embrulhadas em espuma. O carro cheira a uma mistura de café velho com chulé.

— Sinto falta de James — sussurra Lizzy. Eu concordo com a cabeça. O carro nem é da minha tia. Todos os artistas que trabalham no prédio dela o compartilham. É tão velho que, juro, tem um toca-fitas de oito canais. Estamos falando de velho da década de *1960*. Vai ser um milagre se conseguirmos chegar a Nova Jersey sem que o motor ferva ou sem que cada um dos quatro pneus saia rolando para o lado. Fico um pouco surpreso por minha mãe arriscar nossa vida nessa coisa. Mas ela não parece muito preocupada. Está com o braço para fora da janela e o cabelo dela voa para todos os lados. Diferentemente de mim, ela gosta de se aventurar para longe da cidade. Eu sempre tenho medo de que a água do rio Hudson alague o túnel. Eu realmente devia passar uma H.D.J. descobrindo como os túneis são construídos.

— Querem que eu coloque uma música? — pergunta a tia Judi para nós.

Tenho um calafrio só de pensar. Qualquer coisa que exista em fita cassete provavelmente não é algo que eu queira ouvir. Mesmo assim, se não tiver música, teremos que escutar a conversa da minha mãe com a tia Judi sobre "o papel do artista na sociedade". Eu me inclino para a frente e pergunto:

— Quais são as opções?

Tia Judi examina as fitas que tem no colo.

— Bread, KC and the Sunshine Band ou Jackson 5.

Lizzy e eu trocamos olhares duvidosos.

— Só para esclarecer — digo. — Essas são bandas musicais?

Ela e a minha mãe riem.

— Claro que são — diz tia Judi.

— Surpreenda-nos — diz Lizzy e revira os olhos.

Alguns segundos depois, os sons de música disco estalam pelos alto-falantes antigos. *I want to put on my my my my my boogie shoes.** Eu me afundo bem no banco para me preparar para a viagem que, sem dúvida, vai ser muito longa.

— Como assim, eles não podem entrar?

Lizzy e eu nos encolhemos contra a parede. Quando minha mãe ergue a voz, coisa que é rara, as pessoas se encolhem. Mas o segurança do cassino não está se encolhendo. Ele cruzou os braços por cima do peito largo.

— Ninguém com menos de dezoito anos pode entrar no salão do cassino — troveja ele.

— Eles não vão *jogar* — insiste ela. — Minha irmã está participando de uma exposição de arte. Nós só precisamos atravessar o cassino para chegar lá!

Ele balança a cabeça e olha ao redor.

— Não estou vendo arte nenhuma.

---

* Tradução livre: "Eu quero calçar meus meus meus meus meus sapatos de dança."

— Ela entrou pela zona de carga — diz minha mãe, obviamente ficando exasperada. — Temos que nos encontrar com ela agora.

Ele balança a cabeça de novo. Ocorre a mim que se minha mãe já sabe que vamos dar alguma desculpa para sair, pode muito bem ser agora. Estendo a mão e puxo a manga da blusa dela.

— Hum, Lizzy e eu podemos passear pelo calçadão e ficar na praia. Encontramos você aqui de novo daqui a algumas horas?

Ela suspira e nos lança olhares demorados.

— Tudo bem — diz ela finalmente. — Mas tomem cuidado. Fiquem juntos. Vocês estão com os sanduíches?

Dou alguns tapinhas na mochila e assinto.

— Nós nos encontramos aqui de novo para almoçar ao meio-dia, certo?

— Não se preocupe, Sra. Fink — diz Lizzy e coloca o braço por cima dos meus ombros. Ela precisa ficar na ponta dos pés. — Não vou deixar ele se meter em confusão.

— E quem vai impedir que *você* se meta em confusão? — pergunta ela em tom cansado.

— Quem, eu? — pergunta Lizzy. — Meus dias de causar confusão ficaram para trás.

Enquanto minha mãe pensa em uma resposta, Lizzy e eu nos apressamos até a porta de saída e irrompemos no calçadão. Como ainda nem são nove horas, não tem quase ninguém por lá. Passamos por um cassino atrás do outro, e várias barraquinhas de cachorro-quente e de camisetas. A maioria ainda está fechada.

— Onde está todo mundo? — pergunta Lizzy.

— Dormindo — respondo.

— Ou na igreja.

Dou de ombros.

— Acho que sim.

— Talvez a gente deva ir.

Eu paro de andar.

— À igreja?

Lizzy aponta para um prédio de madeira antigo logo no fim da praia. IGREJA ESPIRITUALISTA DE ATLANTIC CITY. TODOS SÃO BEM-VINDOS. O CULTO COMEÇA ÀS 9H30.

— Estamos bem na hora — diz ela e me puxa na direção do prédio. Pela aparência, a igreja provavelmente já foi uma loja de camisetas!

Eu recuo.

— Está falando sério? Eu não posso entrar aí!

— Por que não?

— Em primeiro lugar, sou parcialmente judeu. Nós não vamos à igreja.

— *Todos são bem-vindos* — diz Lizzy, batendo na placa com o dedo. — Isso significa que você também é.

— Por que você quer tanto ir? — pergunto, desconfiado. — Tem algo de que se arrepender?

— Muito engraçadinho. Só quero experimentar. Aprender todas aquelas coisas a respeito do universo me deixou curiosa, só isso. Qual é a pior coisa que pode acontecer?

— Não sei. Eles podem nos expulsar com tridentes e tochas.

Atrás de nós, uma mulher diz:

— Nós nos livramos dos tridentes há muitos anos, não é mesmo, Henry?

— Claro que sim — responde uma voz de homem.

— Menos naquela vez. Mas o sujeito realmente mereceu.

Arrepiado, eu me viro para trás bem devagar. Um casal de idade está a alguns passos de distância, de mãos dadas e sorrindo.

— Desculpem pelo meu amigo — diz Lizzy e se aproxima deles. — Ele não sai muito de casa.

— Não se preocupe — diz a mulher. — Nós não queríamos fazer piada. Somos um grupo maluco. Se vocês quiserem experimentar o culto, não fiquem acanhados. Podem se sentar no fundo, assim, não vão ficar sem jeito de sair no meio.

— O que você acha? — pergunta Lizzy.

A expressão dela é tão cheia de esperança que eu não tenho como dizer não.

— Tudo bem — enfio as mãos nos bolsos do short —, mas você tem que prometer que vamos embora se eu pedir.

— Prometo — diz Lizzy e me puxa na direção da porta aberta. Assim que passo pelo batente, relaxo um pouco. Realmente não parece muito ameaçador. Janelas compridas nos fundos dão para a praia larga com o mar por trás. Cerca de vinte fileiras de cadeiras de dobrar estão arranjadas à frente de um palco pequeno. Talvez umas quinze pessoas já estejam sentadas. Não vejo nenhuma cruz, nem nada que seja realmente religioso. Então, do nada, uma mulher com um vestido branco esvoaçante coloca uma Bíblia na minha mão. Ergo os olhos, surpreso, mas ela já passou para outra pessoa.

— Por que ela não deu uma para você? — pergunto a Lizzy quando vejo que ela está de mãos vazias.

— Ela disse que devemos compartilhar — responde ela, apontando para duas cadeiras na última fileira. — Venha, vamos nos sentar.

Vou atrás dela, meio tonto.

— Quando ela disse isso?

Lizzy revira os olhos.

— Logo antes de entregar a você.

Balanço a cabeça e me sento em uma das cadeiras de plástico duras. Os assentos estão começando a encher com pessoas de todos os tipos. Algumas usam vestidos e ternos, tem um sujeito com a calça toda furada e sem sapato, um surfista completo com a prancha de surfe e alguns adolescentes góticos. Todo mundo se cumprimenta como se fossem velhos amigos. Alguns sorriem para nós e sorrimos de volta, como se fizéssemos isso o tempo todo. Abro a Bíblia e fico surpreso ao descobrir que não é uma Bíblia coisa nenhuma. É um livro com músicas!

Eu me viro para Lizzy.

— Mas que tipo de igreja *é* esta?

Ela dá de ombros.

— Sei lá.

Escorrego na cadeira. Alguns minutos depois, o pastor, ou seja lá quem for, orienta todos nós a ficarmos de pé e abrir na página três do livro. Fico achando que vou encontrar algum hino religioso, mas, em vez disso, a página três tem a letra de uma música normal, "The Wind Beneath My Wings".* Olho outra vez, e inclino a página para Lizzy ver. Minha mãe é uma grande fã de Bette Midler, então já assisti ao filme *Amigas para sempre* mais vezes que qualquer garoto deveria ser forçado a assistir.

Lizzy dá uma risadinha e cita uma frase da música:

— Eu já disse que você é o meu herói?

Respondo com a frase seguinte:

— Você é tudo, tudo que eu gostaria de ser.

— Mesmo? — diz ela, e ergue os olhos da página.

Digo *Não* sem emitir som, balançando a cabeça.

Enquanto a congregação toda canta a respeito de voar mais alto que uma águia, eu realmente me sinto comovido. Ouvir a música cantada por este grupo, nesta igreja, em uma praia, realmente é de elevar o espírito. Ninguém pensaria que, a dez metros dali, tem gente jogando pôquer e apostando em máquinas de caça-níqueis enquanto oxigênio extra circula pelo sistema de ar-condicionado para os jogadores não se sentirem cansados.

Talvez seja por isso que as pessoas vão à igreja. Para ter uma noção de pertencimento, de fugir da rotina do dia a dia em que geralmente não cantam juntas. Só faz dez minutos que estou aqui, e já estou sentindo. Também sinto Lizzy puxando minha camiseta. Só demora um segundo para perceber que sou a única pessoa de pé. Eu me apresso em sentar.

O pastor começa a falar. Ele dá as boas-vindas a todos os rostos antigos e aos novos. Depois, diz:

---

* "O vento sob as minhas asas."

— A humanidade e o olho através do qual o espírito de Deus enxerga sua criação. Que nós hoje, nesta linda manhã de domingo, sejamos recipientes por meio dos quais possamos enxergar o infinito. Afinal, é lá que repousa nossa verdadeira natureza. Somos seres espirituais que têm uma vida terrena. Quando nossa vida aqui estiver terminada, retornamos à fonte. O que é a vida? A vida é amor. Não cometa o erro de pensar que amar é fácil; não é. Precisamos amar a nós mesmos, não apenas aos outros. Precisamos estar despertos. Não andem como sonâmbulos pela vida. Aproveitem totalmente, porque nenhum de nós sai daqui vivo.

As pessoas dão uma risadinha com a última parte. Lizzy se inclina para perto de mim e sussurra:

— Uau, isso foi profundo.

Eu assinto. Estou pensando a respeito do que ele disse sobre retornar à fonte. Será que é lá que meu pai está agora? Na fonte? Do mesmo jeito que eu nunca tinha pensado a respeito do sentido da vida antes disso tudo, eu nunca tinha pensado de verdade sobre o que acontece com a gente depois da morte. Mesmo quando Lizzy me obrigou a participar daquela sessão espírita na semana passada, eu realmente não pensei sobre o assunto. Será que nós de fato reencarnamos, como Rick disse? Será que o céu e o inferno são de verdade, e não apenas uma coisa que usam para assustar a gente na aula de catecismo? Ou será que o fim é só o fim, como uma tela em branco, acaba e pronto, valeu pela carona? Aposto que o significado da morte está ligado ao sentido da vida. Isso é algo em que eu realmente devia ter pensado antes.

O tal pastor continua falando.

— Agora chegou a hora da cura. Quem quiser participar, por favor, sente em uma das cadeiras da esquerda. Nossos curandeiros acessam a força de cura vital do universo. Eles podem ajudar qualquer pessoa que esteja sofrendo perturbações físicas, mentais ou emocionais. Eles estão esperando para ajudá-lo. — Ele aponta para um grupo de cerca de dez cadeiras separadas das outras. Cada cadeira tem um homem ou uma mulher em pé atrás. As pessoas estão começando a se levantar do lugar para ir até onde eles estão.

Observo enquanto as cadeiras se enchem, uma a uma. Eu me viro para Lizzy para ver o que ela acha de tudo isso, mas, para minha descrença absoluta, ela não está na cadeira dela! Será que essa coisa de cura passou do limite dela e ela foi embora sem me dizer? Olho ao redor enlouquecido, e finalmente a avisto no último lugar que tinha pensado em olhar: em uma das cadeiras na frente de uma curandeira. Meu queixo cai. A curandeira parece ter uns sessenta anos, com cabelo grisalho e castanho que vai até a cintura. Ela está com as mãos nos ombros de Lizzy e sussurra alguma coisa no ouvido dela. Os olhos de Lizzy estão fechados, as mãos cruzadas no colo. Pisco duas vezes para garantir que não estou vendo coisas.

Em um minuto, a mulher passa as mãos dos ombros de Lizzy para o alto da cabeça dela e depois de volta aos ombros. Por toda a fileira, os curandeiros estão fazendo a mesma coisa. Alguns também estão com os olhos fechados. Uma fila de gente espera sua vez. Um por um, alguém se levanta de uma cadeira, agradece ao curandeiro, e outra pessoa ocupa o assento. Estou louco para saber o que Lizzy está sentindo ali. Isso sem falar em por que ela foi lá, para começo de conversa! Tentando não fazer barulho, abro com cuidado o cantinho dos meus sanduíches de manteiga de amendoim e fico dando mordidinhas enquanto assisto, fascinado.

Finalmente, é a vez de Lizzy abrir os olhos e agradecer à curandeira. Ela volta rapidinho pelo meio das fileiras de cadeiras até me alcançar.

— Vamos — diz ela, agarra meu braço e faz meu sanduíche cair. Por sorte, ainda está quase todo embrulhado. Eu me abaixo para pegá-lo do chão.

— Venha! Vamos embora! — diz Lizzy, com uma noção de urgência bem clara na voz.

— Hã? Por quê? Que negócio foi aquele que aconteceu ali?

— Deixe para lá — diz ela. Então, sem esperar mais por mim, ela sai pela porta da frente. Enfio o sanduíche rapidinho de volta na mochila e escapo atrás dela, deixando o livro de músicas na cadeira. Eu me sinto um pouco mal-educado por sair no meio do culto, mas talvez pouca gente tenha notado.

Do lado de fora, Lizzy anda de um lado para o outro. Não consigo desvendar a expressão dela. Não parece aborrecida nem irritada nem calma nem contemplativa nem nada, para falar a verdade.

— Lizzy?

Ela para de andar de um lado para o outro.

— Por que você quis ir embora? Por que foi até lá?

Ela não responde.

— Está tudo bem? — pergunto, começando a ficar preocupado. — Por que você precisava de cura? O que você sentiu?

— Estou bem — diz ela. — Não se preocupe. Eu realmente não quero falar sobre isso, tá?

— Mas...

Ela faz que não com a cabeça.

Caminhamos em silêncio na mesma direção em que estávamos andando antes. De poucos em poucos passos, dou uma olhada em Lizzy, mas ela só olha fixamente para a frente. Agora a maioria das lojas está aberta, e tem bem mais gente no calçadão. Um grupo de profissionais com crachá no pescoço passa apressado por nós. Há algumas famílias e alguns casais de mãos dadas. Nós nos aproximamos de uma mulher sentada atrás de uma mesa, mas ela oferece tatuagens temporárias por cinco dólares, e não leitura da sorte.

— Quer uma? — pergunta Lizzy, rompendo o silêncio.

— Hoje é uma surpresa atrás da outra com você.

— Eu vou fazer.

— Por quê?

— Por que não? Sai em uma semana.

Acho que com isso não dá para discutir. Caminhamos até o mostruário com os vários desenhos.

— Que tal este aqui? — diz ela e aponta para um conjunto de símbolos chineses. Por baixo está a tradução. Eu me aproximo para ler. VIDA.

— Você não acha que é apropriado? — pergunta ela. — Sabe como é, já que estamos nessa busca toda pelo sentido da vida.

— Onde você colocaria?

— No braço, acho.

— Igual a um marinheiro?

— Acredite — diz ela e arregaça a manga curta até o ombro. — Não vai dizer "MÃE" dentro de um coração bem grande.

— Estão prontos? — pergunta a mulher da tatuagem e masca o chiclete. Acho que as tatuagens que cobrem os braços dela não são temporárias.

— É só ela. — Eu me apresso em dizer, recuo e aponto para Lizzy.

— Qual você escolheu? — pergunta ela.

Lizzy aponta para a escolhida.

— Ah, vida — diz a mulher com seu sotaque arrastado do Texas. — É uma bela escolha. — Ela direciona Lizzy para se sentar na banqueta. Então limpa o braço de Lizzy com um lencinho. — Para tirar o suor — explica ela. — A superfície tem que estar bem limpinha. — Ela pega um pincel bem fininho e um potinho de henna. Olha para o desenho durante alguns segundos e começa a pintá-lo com pinceladas minúsculas.

Limpo a garganta.

— Você por acaso não, hum, conhece alguma vidente por aqui?

— Que tipo de vidente? — pergunta ela. — Temos o tipo que lê o futuro nas cartas, e uma que pega um objeto seu e diz com quem você vai se casar. E temos algumas normais, que leem as mãos, também.

— As que leem as mãos — digo.

— Jeremy! — grita Lizzy. — Não incomode enquanto ela está fazendo minha tatuagem!

A mulher ri.

— Não se preocupe, querida. Faz tantos anos que eu faço isso que poderia sapatear e fritar um ovo e mesmo assim não ia errar. Então, que tipo de vidente que lê as mãos vocês estão procurando?

Eu me dou conta de que não sei quase nada sobre ela.

— Bem, ela deve ser muito velha. Muito, muito velha.

A mulher ri de novo, e desta vez o pincel de fato escorrega um pouco. Bem rapidamente, ela umedece o canto de uma toalha de papel e conserta. Lizzy olha com raiva para mim.

— Velha comparada comigo? — pergunta ela. — Ou comparada com vocês? Crianças da sua idade acham que qualquer pessoa com mais de quarenta é velha!

— Velha comparada com qualquer pessoa — digo. — E ela tem sotaque. Tipo russa, ou algo assim.

A mulher termina a tatuagem de Lizzy e se afasta um pouco para dar uma olhada final.

— Você disse russa? Cabelão? Pei... — Faz uma pausa e diz: — Dentão. Ela tem dentes grandes. Parece com ela?

— Não sei — respondo com honestidade. — Meu pai nunca falou nos dentes dela.

Ela solta uma risadinha.

— Dê uma olhada na lojinha logo depois do Tropicana, alguns cassinos ali para baixo. Acho que falam algo diferente como russo ali.

Começo a agradecer pela informação, mas ao mesmo tempo Lizzy diz:

— Ei, você deve saber muito sobre a vida por trabalhar aqui, não?

Sinto meu rosto ficar vermelho, mas não impeço que Lizzy pergunte o que ela vai perguntar.

— Eu já vi de tudo, querida. Por que está perguntando?

— Estamos em busca do sentido da vida — explica Lizzy. — Nós meio que temos um prazo.

A mulher faz um floreio final no braço de Lizzy com o pincelzinho e então se afasta para admirar seu trabalho. Acena com a cabeça em um gesto satisfeito e diz:

— Cinco dólares, por favor.

Lizzy se levanta da banqueta e vira o ombro para poder ver a tatuagem.

— Legal. — Ela enfia a mão no bolso e entrega uma nota de cinco dólares amassada.

— O sentido da vida — diz a mulher ao enfiar a nota na frente da blusa. — Essa é fácil. O amor de Deus dá sentido à vida. Eu simplesmente sigo o caminho que Ele mostra no Bom Livro. É só isso que preciso saber. Você segue as diretrizes d'Ele e é quase como se fosse um mapa para o Céu. Você nem precisa se preocupar em fazer as escolhas certas ou não, porque está tudo bem ali para você.

Ela está com jeito de que vai falar mais, mas uma família de seis pessoas com câmeras enormes ao redor do pescoço se juntou em cima da mesa dela.

— Mas como você sabe que está seguindo a religião certa? — pergunta Lizzy. — O caminho certo?

A mulher ergue as sobrancelhas, como se ninguém nunca tivesse perguntado isso a ela antes. Então ela sorri. — Eu não sei na cabeça, querida. Eu sinto no coração.

— Mas... — Lizzy é interrompida por uma multidão de universitários barulhentos que enxamearam para cima da barraquinha de tatuagem e desafiam uns aos outros a fazer as mais feias.

— Hã, obrigado por tudo — digo à mulher bem alto e agarro Lizzy pelo braço antes que ela possa xeretar mais.

A mulher tira os olhos dos novos clientes e acena com a cabeça para nós.

— O prazer é todo meu, querido. Espero que o futuro de vocês seja bom.

Quando nos afastamos, Lizzy diz:

— Eu simplesmente não compreendo como pode haver tantas religiões com todo mundo pensando que a sua é a certa.

— Não sei. Acho que é por isso que existem tantas guerras.

Lizzy não responde. A cabeça dela está virada e ela está ocupada admirando sua tatuagem. Preciso guiá-la para não dar encontrões nas pessoas.

— Você se incomoda com o fato de que ninguém vai conseguir ler isso? — pergunto. — A menos que a pessoa seja chinesa, quero dizer.

Ela balança a cabeça.

— Eu sei o que significa; isso basta. Mal posso esperar para ver meu pai ter um ataque até eu dizer que é temporária.

Passamos pelo Tropicana e, bem como a mulher tinha dito, estamos bem na frente de uma loja que diz: LEITURA DE MÃOS, CINCO DÓLARES.

Nenhum de nós toma a iniciativa de entrar.

— Acho que tudo no calçadão custa cinco dólares — brinca Lizzy.

Continuo sem me mexer.

— E se ela não estiver lá? Ou, pior ainda, e se estiver? O que eu vou dizer? Que se ela não tivesse feito aquela previsão para o meu pai, ele poderia tomar mais cuidado?

— Você acredita mesmo nisso?

Dou de ombros.

— Talvez um pouquinho.

— Achei que você ia perguntar a ela onde estão as chaves.

— É, isso também.

— Não precisamos entrar, se você não quiser.

Respiro fundo e empurro a porta antes que mude de ideia.

— Eu nunca vou saber se não tentar.

Entramos em uma sala coberta de tapeçarias de seda cor-de-rosa e laranja. Incenso queima em uma mesa no meio da sala. Bolas de cristal de todos os tamanhos enchem as prateleiras. Uma cortina de contas separa a sala principal de outra atrás dela.

— Certo, este lugar é esquisito — diz Lizzy. — Vamos manter a coisa rápida e tranquila.

Vou até a cortina de contas.

— Hum, olá? Tem alguém aí?

Ouço um barulho de pés se arrastando no fundo. Uma mão com unhas compridas pintadas de rosa-shocking abre a cortina. Dou um salto para trás e quase derrubo uma bola de cristal da mão de Lizzy. A mulher acoplada à mão não tem mais de trinta anos de idade. Ela também não tem cara de quem tem dentes grandes.

— Izo non é bringuedo — diz a mulher, tira a peça de Lizzy e devolve à prateleira. — Inton, quer zaber o futuro? — Ela olha para nós cheia de expectativa.

Sacudimos a cabeça.

— Acho que viemos ao lugar errado — digo a ela e me viro para a porta.

— Bobagi! — exclama ela. — Ninguém bem na Casa de Ler Mão da Madame Zaleski porr inganu. Forças maior, elas trazem vozê aqui.

O nome dela, Madame Zaleski, lembra alguma coisa. Pode ser que meu pai tenha dito o nome dela uma vez.

— A *senhora* é Madame Zaleski? — pergunto.

Ela faz uma pequena mesura.

— Ao zeu servizo. Enton, quem vai primeiro?

— Mas você não pode ser ela — diz Lizzy, examinando a mulher com atenção. — Você tinha que ter pelo menos noventa anos de idade!

A mulher aperta os olhos.

— Vozê acha que eu parezo noventa anos?

— Não, não, claro que não — digo e olho irritado para Lizzy. — Existe alguma outra Madame Zaleski que costumava trabalhar no calçadão? Tipo, há uns trinta anos?

O rosto da mulher se suaviza.

— Ah, vovozinha. Ela me enzinô tudo que zei. Uma pena o que fez com ela.

Lizzy e eu nos entreolhamos.

— Hum, o que fizeram com ela? — pergunto.

— Ispusaram do calzadão, foi izo que eles fez! Depois de vinte ano!

— Por quê? — pergunta Lizzy.

A mulher despreza a questão com um movimento da mão.

— Pur causa di nada! Um nadina! Dizeron que ela azustava as pezoa. Que falava a mezma coisa zempre.

Um calafrio começa a subir pela minha espinha. Eu me forço a perguntar:

— O que ela dizia?

Ela faz o mesmo gesto com a mão de novo.

— Falaron que ela dizia pra todu mundu que ia morrê cum quarenta ano.

O calafrio agora se estende pelas minhas pernas e meus braços. Lizzy agarra o meu braço. Com força. Com tanta força que está prendendo minha circulação. Escolho minhas palavras com cuidado.

— Então você está dizendo que sua avó era uma fraude? Nem todo mundo para quem ela disse isso morreu com quarenta anos ou, digamos, trinta e nove?

— Claro que não! — diz ela. — Minha vovozinha não era exatamente uma fraude. Ela só gostava de agitar as coisas um pouco. Fica chato dizer sempre as mesmas coisas: "Você vai encontrar o homem dos seus sonhos em um trem!" "Você vai ter dois filhos, um menino e uma menina." "Você vai viajar muito." Leiam as letras pequenas. — Ela tira dois cartões de visitas do bolso da saia comprida e entrega um para cada um de nós. O cartão diz: APENAS PARA DIVERSÃO.

273

— Ei! — berra Lizzy, erguendo os olhos do cartão. — O que aconteceu com seu sotaque?

A mulher dá de ombros.

— Vocês querem a leitura ou não? Tenho hora na manicure daqui a alguns minutos.

— Sabe, acho que desta vez vamos dispensar — diz Lizzy. — Venha, Jeremy. Vamos sair daqui.

Eu sinceramente não acredito que meus pés vão se mover. Estou com vontade de berrar. Meus olhos começam a arder de segurar as lágrimas que me recuso a derramar na frente da mulher. Olho para ela bem no olho e digo:

— Desde que tinha treze anos, meu pai achava que ia morrer aos quarenta anos. Ele viveu a vida toda assim. Ele morreu alguns meses antes de completar quarenta anos. — Lizzy coloca a mão de novo no meu braço, mas eu tiro. — Sua avó lançou uma maldição sobre ele!

A mulher se encolhe. Depois, ela diz:

— Sinto muito pela perda tão terrível. Mas minha vovozinha não lançou maldição alguma. Se é que ela fez alguma coisa, foi dar uma bênção a ele.

— Como você pode dizer uma coisa dessas? — rosna Lizzy.

— Nós todos vivemos a vida como se fôssemos viver para sempre. Quando você sabe que não vai, a vida fica diferente.

— É, fica mais curta! — diz Lizzy. — Jeremy, podemos ir agora?

— Só mais uma coisa — digo. — Onde estão as chaves da caixa que meu pai deixou para mim?

— Jeremy! — diz Lizzy. — Como você pode acreditar em qualquer coisa que ela disser agora?

Não respondo. A mulher fecha os olhos. Naquele segundo, Lizzy pega um pauzinho de incenso e enfia no bolso. Eu nem me incomodo.

Os olhos de Madame Zaleski se abrem de repente. Em voz de transe, ela diz:

— Vozê já esteve muito perto das chaves que buzca. Vai encontrá, mas vai dá trabalio. — Ela sacode a cabeça, como se quisesse clarear as ideias, então estende a mão e diz: — Cinco dólares, por favor.

— Você *só* pode estar de brincadeira! — diz Lizzy. — Tem sorte por não processarmos você! Vamos, Jeremy.

Deixo Lizzy me puxar porta afora. A mulher não tenta nos deter. Atravessamos o calçadão, descemos alguns degraus de madeira e chegamos à praia. Durante todo o tempo, Lizzy fica resmungando:

— Mas que coragem! E aquele sotaque ridículo voltou no fim! E *mesmo assim* a gente tinha que processar!

Mais ou menos a meio caminho da água, eu me jogo na areia. Sinto a quentura embaixo das mãos. Lizzy se senta ao meu lado.

— Está tudo bem? Você não falou nada.

A areia começa a nadar na frente dos meus olhos e eu rapidamente enxugo as lágrimas.

— Foi só um acidente — digo baixinho.

— O que foi só um acidente?

— A morte do meu pai. Não era o destino dele morrer cedo. Foi só um acidente.

275

Lizzy não responde. Observo quando ela pega uma mão cheia de areia e deixa escorrer por entre os dedos.

— Assim fica mais fácil ou mais difícil?

— Não sei. Diferente, acho. Faz com que eu queira saber ainda mais o que tem dentro daquela caixa. Espero que, seja lá o que for, tenha pelo menos uma parte em forma de carta. Quero saber o que ele estava pensando quando a fez para mim.

— Você já sabe. Mesmo que a gente nunca encontre as chaves, você já sabe o que ele estava pensando.

— Sei?

Ela assente.

— Você sabe o que eu não sei? — pergunto.

Ela nega com a cabeça.

— Eu não sei por que você foi lá para ser curada.

— Eu também não — responde ela.

— Mesmo?

Ela assente.

— Você sempre sabe por que faz uma coisa?

— Sei.

— Bem, eu não sei.

— Então, como foi?

— Foi... diferente. Eu me senti... quieta. Tipo, por um minuto, meu cérebro ficou quieto.

Passamos um minuto sem dizer nada. Observo duas crianças construindo um castelo de areia perto da água. Alguns segundos depois, uma onda leva metade dele embora. Mas as crianças parecem não se importar. Simplesmente começam tudo de novo.

— O que você acha do que a vidente disse? — pergunto. — Que nós já estivemos muito perto das

chaves? O que isso significa? O meu ou o seu apartamento? A feirinha de antiguidades? A loja? Se realmente estivessem no escritório de Harold, nós com
certeza não podemos voltar lá.

— Nós não podemos acreditar em nada que sai da
boca daquela mulher. Ela só queria os cinco dólares.
Agora, vamos — diz Lizzy, levanta e limpa a areia das
pernas. — Vamos ver se conseguimos entrar em um
cassino sem ninguém ver para ganhar um dinheirinho!

— Você não disse à minha mãe que seus dias de
causar confusão tinham ficado para trás?

— Ei, na Europa as pessoas mais novas podem
jogar. Eu vi na TV.

— Estamos em Nova Jersey, está lembrada?

Ela dá de ombros.

— Então vamos falar com um sotaque estrangeiro.

— Qualquer coisa menos russo!

— Nem acho que aquilo *era* russo — diz Lizzy.
— Ande. Vamos apostar corrida.

Antes que eu possa responder, ela sai correndo na
direção do calçadão. Não acredito que ela conseguiu
fazer com que eu me sentisse melhor. Observo enquanto ela corre, com o rabo de cavalo pulando atrás.
Sei que minhas pernas compridas descomunais podiam ganhar dela, mesmo com ela saindo na frente.
Mas não ganho. Porque é isso que os melhores amigos fazem uns pelos outros.

Capítulo 16: Cracas e crecas

Nem é preciso dizer que não conseguimos entrar em nenhum cassino. Lizzy basicamente tentou a única coisa de que ela se lembrava da aula de francês do ano passado: "*Bonjour. Je ne comprend pas anglais*", disse ela ao segurança no Bally, mas ele só riu da cara dela. Depois de fatias de pizza de almoço, minha mãe nos levou à exposição da tia Judi; entramos escondidos pela zona de carga. Se eu achava o trabalho da minha tia esquisito, as esculturas dela eram praticamente normais em comparação com as outras à mostra.

A viagem de volta para casa foi muito mais confortável, já que a tia Judi tinha vendido quatro esculturas para algum grande apostador que havia ganhado cinco mil na roleta.

— Sempre aposte no seu aniversário — aconselhou o homem enquanto tragava um charuto. — É o seu número de mais sorte. — Eu disse a ele que me lembraria disso.

Agora estou de volta ao meu quarto, tentando registrar minhas observações do museu. Esta é a terceira H.D.J. em que trabalho nisso. O Dr. Grady nos disse tanta coisa que eu quero ter certeza de fazer justiça a tudo no meu caderno. Depois de encher minha lata

279

de lixo com folhas amassadas, eu finalmente me contento com o seguinte:

No museu, aprendi que o universo é muito maior do que eu pensava. Todos os dias, sóis nascem e morrem. O nosso também vai morrer um dia. Nos desígnios do tempo, somos recém-chegados neste lugar e temos sorte de estar aqui. Em toda a história, só vai haver um Jeremy Fink (a menos que eu faça aquela coisa da máquina do tempo, e aí vai ter dois de mim, mas já não acho que isso possa acontecer), e só uma de todas as outras pessoas também. Agora eu me sinto mais próximo do Cachorro e do Gato e do Hamster e do Ferret, apesar de eles serem peixes e eu ser humano. Estamos todos conectados em nível profundo, químico. Estamos dentro do universo, e o universo está dentro de nós. Mesmo que só estejamos aqui porque estamos aqui, não acho que isso nos livre da decisão de saber qual é o nosso motivo aqui. Ainda preciso descobrir isso, mas já não acho mais que preciso saber neste exato momento. Acho que posso esperar para descobrir quantas maçãs existem dentro de mim. (Esta última parte veio do Sr. Rudolph no outro dia.)

Na manhã seguinte, estou me vestindo quando o telefone toca. Minha mãe atende. Um minuto depois, ela vem falar comigo no banheiro, enquanto estou escovando os dentes.

— Era o James — diz ela. — O Sr. Oswald não está se sentindo bem. James disse que ele vai nos ligar daqui a alguns dias para dizer se o Sr. Oswald está pronto para que vocês retornem ao trabalho.

Largo a escova de dentes, com a boca ainda cheia de espuma.

— Está tudo bem com ele?

— Ele disse que não é nada sério. Tenho certeza de que você não precisa se preocupar. Assim você vai ter tempo de treinar para a feira. Vamos para lá daqui a uma semana.

Meus olhos se arregalam.

— Só falta uma semana?

Ela assente.

— A feira é mais cedo este ano, então sua avó e eu planejamos a viagem de acordo com isso. Sinto muito, achei que você sabia as datas.

Balanço a cabeça.

— Mas isso significa que estarei lá no meu aniversário.

— Isso é ruim? — pergunta ela e me entrega uma toalha para eu limpar a boca.

— Significa que tenho menos tempo para encontrar as chaves da caixa do papai.

— Você ainda está com isso na cabeça? — pergunta ela, preocupada. — Espero que não esteja estragando seu verão. Seu pai não ia querer isso.

Balanço a cabeça de novo, mais rápido dessa vez.

— Não, não está estragando meu verão. Só está fazendo com que seja... diferente. Só isso.

— Preciso sair para o trabalho, agora — diz ela.

— Lembre-se, as coisas acabam se resolvendo. Nem tudo está sob nosso controle.

— Eu sei, mãe. Pode acreditar que eu sei.

— Que bom, porque hoje você vai comer mingau de aveia no café da manhã. Eu não me esqueci do nosso acordo de que você vai comer uma coisa nova a cada semana. Está esquentando no fogão. Integral com pêssego. Você vai adorar!

Meu estômago ronca em protesto.

— E eu vou saber se você jogar fora.

Reviro os olhos.

— Porque as mães sabem tudo.

— Isso mesmo — diz ela e olha no espelho para prender o broche de hoje, que diz: LER NÃO É SÓ FUNDAMENTAL, É DIVERTIDO. — E nem pense em dar para os peixes comerem.

Depois que ela sai, eu me forço a sentar e comer algumas colheradas da gororoba na panela. Mordo um pedaço de pêssego e quase vomito. Tenho que tirar da boca. Pêssego é um dos meus sabores preferidos de Mentos. Por que não consigo comer um pêssego de verdade? Determinado a não me dar por vencido, pego outro pedaço de pêssego, uso o guardanapo para tirar os pedaços de aveia dele e enfio na boca.

Dez segundos depois, meu estômago se rebela e estou ajoelhado por cima da privada, dando adeus à minha primeira tigela de aveia. Na privada, tem exatamente a mesma aparência que tinha antes de eu comer. Isso simplesmente não é certo.

Volto para o quarto e encontro um bilhete de Lizzy.

Vamos nos encontrar lá fora para treinar? Meu pai não me deixa mais rodar o bambolê na sala, desde que eu quebrei o vaso da tia-avó dele.

Rabisco *Tudo bem* e enfio de volta no buraco. Eu me jogo na cama com uma revistinha, mas, antes de abri-la, as palavras da vidente começam a passar pela minha cabeça. E se as chaves estiverem aqui mesmo, embaixo do meu nariz? Afinal de contas, eu não procurei de verdade no apartamento. Minha mãe disse que não estavam aqui, e eu acreditei nela, mas e se ela estiver enganada? Só tem um jeito de descobrir. Deixo o quadrinho de lado.

Começando pela cozinha, abro todas as gavetas o máximo possível. Por baixo de todos os cardápios de entrega de comida, encontro vários broches de clipes de papel e bloquinhos de post-it. Contas até não poder mais. Bolinhas de gude, selos (não velhos), um cartão-postal antigo que minha avó mandou de uma viagem até a maior bola de lã do mundo e um monte de Tic Tacs de vários sabores. Encontro três chaves, mas as identifico como as chaves da porta da frente da loja do meu pai.

Não tem nenhuma gaveta na sala, mas olho atrás das cortinas, embaixo da mesinha de centro e atrás das estantes de livros. Enfio a mão embaixo do Mongo e encosto em alguma coisa mole. Pego e tiro de lá um marshmallow Peep no formato de um coelho laranja de alguma Páscoa há muito tempo. Nem *eu* tenho coragem de comer aquilo agora. O mais assustador é que ele ainda parece perfeitamente normal. Empoeirado, mas normal. Acho que o Dr. Grady estava errado. No fim do mundo vão sobrar bactérias, baratas e Peeps.

Eu me sinto estranho procurando no quarto da minha mãe. Entro, mas saio apressado. Não posso fazer isso. Vou acreditar nela se disse que simplesmente não estão aqui.

Passo um bilhete pela parede e peço a Lizzy que procure no apartamento dela. Afinal de contas, minha mãe disse que a caixa ficou lá um tempo. Ela escreve de volta dizendo que vai procurar. Vinte minutos depois, pego um bilhete e encontro duas chaves embrulhadas nele.

Estas duas estavam na penteadeira do meu pai. O que você acha?

Viro as chaves na mão. São um pouco menores que as que eu acho que precisamos, mas vale tentar. Levo as duas até minha escrivaninha e me sento na cadeira. Puxo a caixa na minha direção, mas dá para ver, sem nem tentar, que são pequenas demais, com toda a certeza. Experimento de todo modo, então volto a embrulhá-las e mando pela parede. Não preciso escrever nada.

* * *

Ao meio-dia, eu me encontro com Lizzy na calçada. Ela usa uma saia velha de havaiana e está com o bambolê em volta da cintura. Está muito mais curta agora do que quando Lizzy tinha oito anos. Ela melhorou muito na última semana. Os apetrechos estão em uma toalha ao lado dela. Pego a bola de futebol e jogo para ela. Desta vez, ela pega bem direitinho.

— A multidão aplaude — diz ela e ergue a bola acima da cabeça ao mesmo tempo em que mexe os quadris.

Caminhando na nossa direção, com uma sacola de compras em cada mão, vem Rick. Eu não o vejo desde a coisa toda da invisibilidade. Lizzy não repara nele, já que está virada para o outro lado, e não quero que ela se distraia. Lizzy joga a bola de volta para mim e eu pego. Talvez ele passe sem falar nada, e ela nem repare. Não tenho tanta sorte.

— Mas que diabo você está fazendo? — pergunta Rick, abafando uma risada.

— O que parece? — responde Lizzy.

— Parece que você está brincando de bambolê. E usando um tipo de saia de havaiana.

— E daí se eu estiver? — argumenta Lizzy e arrebita o queixo. — Bambolê é um esporte nacional no Havaí.

— Da última vez que conferi, estávamos nos Estados Unidos — diz Rick.

— O Havaí *faz parte* dos Estados Unidos — observo.

— Você sabe o que eu quero dizer — fala ele, mas dá as costas para Lizzy e começa a subir a escadinha.

Antes de desaparecer dentro do prédio, ele grita: —
Boa sorte puxando tratores!

— Pela última vez — berra Lizzy —, nós NÃO
vamos puxar trator nenhum! — O bambolê dela cai
no chão e se agita um pouquinho antes de parar totalmente.

— Quando ganharmos o primeiro lugar — diz
ela, com as mãos na cintura —, ele vai parar de rir.

— E nós não vamos deixar que ele coma nenhum
dos nossos Snickers — respondo, recolho o bambolê
e entrego a ela. — Agora, vamos ver você descascar
aquela banana de novo.

Treinamos a apresentação mais ou menos sem parar
durante os dois dias seguintes, até Lizzy afirmar que
ficou com uma marca vermelha permanente ao redor
da cintura. Quando James liga na quinta-feira de manhã para dizer que vai nos buscar, a apresentação já
está bem ensaiada.

— James! — diz Lizzy quando entramos no assento traseiro bacana. — Estávamos com saudade de
você!

— A limusine não tem sido a mesma sem vocês
dois — responde ele e dá a partida.

— Está tudo bem com o Sr. Oswald? — pergunto.

— Ele gosta de dizer que é "osso velho". Às vezes
é difícil para ele sair muito de casa. Mas ele está melhor. E ansioso para ver vocês dois.

Ouvir isso faz com que eu me sinta bem. Lizzy também sorri. Nenhum de nós falou nada sobre o assunto, mas eu, pelo menos, comecei a pensar no Sr. Oswald como um tipo de avô.

— Então, o que vamos devolver hoje? — pergunta Lizzy.

James dá de ombros.

— Eu fico sabendo qual é a minha tarefa junto com vocês. — E, com isso, ele ergue a janela da divisória.

Eu me recosto e aproveito a vista. Geralmente, as pessoas de ruas movimentadas como a Quinta Avenida me deixam meio atordoado, mas hoje elas não me incomodam. Depois de toda aquela coisa de todo mundo estar conectado, eu me sinto mais caloroso em relação aos outros seres humanos. Mastigo um sanduíche, bem contente.

— Jeremy? — diz Lizzy e me sobressalta. — Fiz uma coisa que nunca contei para você.

Deixo o sanduíche cair no colo. Minha mente dispara com todas as coisas que Lizzy pode ter feito. Abriu a caixa de algum jeito? Roubou alguma coisa grande de verdade? Beijou um menino? Rick! Aposto que ela beijou Rick! Quando? Depois da sessão espírita? Ou do comentário do trator?

— Tem a ver com Mabel Billingsly — diz ela. — A senhora do livro do *Ursinho Puff*, sabe?

Solto um suspiro de alívio.

— O que tem ela?

— Lembra que o Sr. Oswald disse que eu precisava prestar mais atenção ao que as pessoas dizem e como isso faz com que eu me sinta?

Eu assinto, incapaz de imaginar aonde esta história vai chegar, mas feliz porque não vai terminar com ela beijando Rick. Não que eu me importasse se ela beijasse alguém, só não pode ser ele.

— Então, naquela noite eu procurei o número de telefone da Sra. Billingsly e liguei para ela.

— Ligou?

Ela assente.

— E perguntei qual ela achava que era o sentido da vida.

— Não acredito.

— Pode acreditar.

— O que ela disse?

— Essa é a parte estranha — diz Lizzy, toma um gole de refrigerante e coloca a lata de volta no porta-copo. — Ela disse que o sentido da vida é a amizade. Mas o negócio é que ela perdeu a melhor amiga dela há sessenta anos, quando vendeu aquele livro, e durante todo esse tempo, essa foi a coisa mais importante para ela.

— Uau.

— É. Então, fiquei pensando: e se a gente tentasse achar a amiga dela, aquela com o nome engraçado, e conseguisse unir as duas?

— Bitsy — digo. — O nome dela era Bitsy Solomon.

— Certo! Bitsy! Então, o que você acha?

— Ela morreu há alguns anos — digo baixinho.

— Ah — diz Lizzy e franze a testa. Depois: — Como você sabe?

Contei a ela o que tinha descoberto na internet, e que Bitsy havia colocado o nome de sua fundação pensando no colar que as duas usavam.

— Uau — diz Lizzy. — Você acha que a Sra. Billingsly sabe?

— Provavelmente.

Nenhum de nós fala durante um minuto, depois Lizzy diz:

— Você sabe o que tudo isso significa, certo?

Balanço a cabeça.

— Significa que, se você me deixar louca da vida, e nós deixarmos de ser amigos, daqui a sessenta anos você vai se arrepender de ter me deixado louca da vida.

Abro uma lata de 7-Up.

— Vou tentar me lembrar disso.

— É melhor mesmo — diz ela e se vira para a janela. Fica olhando para fora durante o resto do trajeto.

O Sr. Oswald abre a porta para nós. Pela primeira vez, ele está usando uma calça normal, uma camisa de abotoar e um chapéu de aba branca. Apesar de parecer um pouco mais frágil do que da última vez em que o vimos, ele fica bem melhor com essas roupas do que com o terno de sempre. Mais natural ou algo assim. Lizzy surpreende a todos quando sai correndo na direção dele e lhe dá um abraço.

Ele ri.

— O que foi isso?

Lizzy não responde e não o larga.

— De verdade — diz ele. — Eu não estou morrendo! Só precisava descansar estes ossos velhos por alguns dias.

Puxo Lizzy para longe dele e o Sr. Oswald ajeita a camisa. Quando entramos, dá para ver que a casa está quase toda encaixotada. Mas as prateleiras do escritório dele ainda estão cheias. Fico imaginando o que vamos entregar hoje. O globo antigo? Uma luva de beisebol?

— Cadernos? — pede ele.

Pegamos nossos cadernos e entregamos. Ele os pega e se senta em sua cadeira grande de couro. Para minha surpresa, ele abre a capa de cada um deles, rabisca alguma coisa e devolve. Abro o meu e vejo que ele escreveu o nome dele e a data.

— Não vai ler? — pergunto.

Ele balança a cabeça e junta as mãos.

— Suas observações sobre a vida são só suas. Não precisam mais de mim nem de ninguém para dizer como se faz.

— Não precisamos? — diz Lizzy. — E se as pessoas do serviço comunitário quiserem ficar com eles?

— Provavelmente não vão querer — diz o Sr. Oswald. — Mas foi por isso que eu assinei, só para garantir.

— Sr. Oswald? — pergunto ao guardar o caderno na mochila.

— Pois não, Jeremy?

— Minha mãe lhe disse que vamos viajar para Nova Jersey no sábado? Espero que não haja problema. Sinto muito por perdermos trabalho.

Ele sorri, mas é um sorriso triste.

— Este é o nosso último dia juntos.

— Hã? — dizemos Lizzy e eu juntos.

— Minha mudança vai acontecer mais cedo do que eu pensava. Preciso acertar várias coisas antes de ir embora.

Meu estômago se aperta. Sei que eu devia ficar feliz por termos nossa liberdade de volta, mas tudo que percebo é uma sensação de perda.

— Não vamos mais passear de limusine? — diz Lizzy.

— Acredito que não — responde o Sr. Oswald. — Mas, para mostrar minha apreciação pelo que vocês dois fizeram, eu gostaria que escolhessem alguma coisa das minhas prateleiras. Qualquer coisa que quiserem.

Lizzy já está meio fora da cadeira.

Também começo a me levantar, mas hesito.

— Mas essas coisas não precisam ser devolvidas às pessoas que as penhoraram quando eram crianças?

O Sr. Oswald balança a cabeça.

— O telescópio era o último. O resto dessas coisas chegou até mim ao longo dos anos da maneira tradicional. Vá, dê uma olhada.

Lizzy vai direto para a boneca assustadora de olhos azuis. Acho que é isso que acontece quando seu pai dá caminhões em vez de bonecas para você brincar quando é bebê. O Sr. Muldoun jura que tentou fazer com que ela brincasse com uma Barbie, mas ela a jogou pela janela.

Examino as prateleiras, mas não consigo encontrar nada de que realmente precise. O toca-discos antigo até que é bacana, e tem um dicionário enorme em um pedestal, que é bem tentador.

— Está com dificuldade? — pergunta o Sr. Oswald e se aproxima de mim por trás.

— Não consigo escolher.

291

— Que tal aquela mala? — sugere ele e aponta para uma mala rígida na prateleira de baixo. — Você pode usar na sua viagem.

Eu não tinha reparado nela antes. Eu me abaixo para dar uma olhada. É uma daquelas malas antigas, coberta com adesivos de portos exóticos no mundo todo. No começo, fico achando que só foi feita para parecer assim, mas, quando examino mais de perto, vejo que são todos de verdade. Os selos têm datas que vão da década de 1920 a de 1950. Na verdade, ela é muito, muito legal. Posso colocar livros ou revistinhas dentro dela. Ou qualquer coisa, na verdade.

— Obrigado! — digo a ele. — É ótima. — Fecho a mão ao redor da alça e fico achando que vou conseguir erguê-la com facilidade da prateleira. Em vez disso, quase caio para a frente quando tento levantar.

— Ah, certo! — diz o Sr. Oswald. — Desculpe por isso. Esqueci que era aí que eu guardava as cracas e crecas que as pessoas deixaram em todos os móveis antigos que eu comprei ao longo dos anos.

Lizzy pergunta:

— Que diabo quer dizer cracas e crecas?

— Coisinhas como alfinetes, lápis, broches, chaves. Coisas que ficam presas no fundo das gavetas. Não consigo jogar quase nada fora. — Lizzy e eu trocamos um olhar animado enquanto o Sr. Oswald dá uma risadinha e diz: — Mas é claro que, só de olhar a minha casa, já dá para saber disso. Vou pedir para James esvaziar a mala para você, e aí você pode...

— Não! — berramos Lizzy e eu ao mesmo tempo.

O Sr. Oswald dá um passo atrás.

Eu me apresso em explicar:

— Se o senhor não se importar, será que posso levar as cracas e crecas dentro?

— Claro que sim, mas por quê?

Abro a boca para explicar, mas dou uma olhada para Lizzy primeiro. Ela assente, então eu digo:

— Está lembrado daquela caixa que eu mostrei? Que tem um monte de fechaduras?

— Claro que sim. Uma caixa interessante. Fora do comum.

— Bem, nós meio que só temos mais uma semana para encontrar as chaves para abri-la.

— E vocês acham que a chave pode estar aí dentro? — Ele lança um olhar duvidoso para a mala.

— Nós já experimentamos metade das chaves desta cidade — diz Lizzy. — Então, vale a pena tentar.

— Ah, mas é claro, podem levar tudo. Como colecionador, eu sempre admiro uma boa busca. Aposto que seu pai também gostava, Jeremy, pelo que você me disse a respeito dele. — Ele me dá um tapinha no ombro. — Eu admiro tanta dedicação. Passar a vida toda procurando um selo. Pessoas normais podem achar que uma coisa dessas pode ser frustrante, mas não é. Existe alegria na busca em si. É emocionante.

Eu assinto.

— Foi isso que pensamos. Está lembrada, Lizzy?

Ela sorri.

— Foi por isso que ele quis que começássemos nossas próprias coleções.

O Sr. Oswald aperta o botão do interfone e pede para James trazer um carrinho. Enquanto esperamos, ele diz:

— Não me entendam mal, encontrar o que se procura também é maravilhoso. Quanto mais difícil é achar uma coisa, mais satisfatório ainda é quando a gente finalmente a encontra.

James chega e o Sr. Oswald pede a ele que leve a mala para o carro. James a coloca no carrinho.

— Quer que eu leve a boneca também? — pergunta ele a Lizzy, tentando esconder um sorriso.

— Tudo bem — diz ela. Então, quando vê que todos estamos olhando para ela com aquela cara de "ah, mas como ela está fofa abraçada à boneca", ela se apressa em jogá-la por cima da mala. — Estava ficando pesada mesmo.

— Obrigado por tudo, Sr. Oswald — digo e estendo a mão.

Ele a aperta com firmeza.

— O prazer foi meu de trabalhar com vocês dois. Espero que encontrem o que estão procurando. Em mais de um aspecto.

Lizzy aperta a mão dele também.

— Espero que goste da Flórida. Talvez encontre uma senhora bacana para lhe fazer companhia.

— Lizzy! — exclamo.

O Sr. Oswald só ri.

— Vamos ver, vamos ver.

O trajeto até em casa é silencioso. Nós nos asseguramos de apertar todos os botões que ainda não tínhamos experimentado e ligamos a TV pela primeira vez. Só recebemos estática. Eu me viro para Lizzy.

— Você sabia que uma parte da radiação do Big Bang está dentro da estática da sua TV?

294

— Onde foi que você aprendeu essa?

— Tenho lido um pouco a respeito do universo ultimamente. Durante a H.D.J.

— Isso é bem interessante — diz ela.

Meus olhos se arregalam.

— É mesmo? — Lizzy nunca, que eu me lembre, disse que qualquer uma das minhas informações eram interessantes. James estaciona na frente do prédio, mas nenhum de nós dois desce. Fico abrindo e fechando a porta da geladeirinha. Lizzy brinca com o descanso de braço. Finalmente, James abre as duas portas de trás e nós não temos mais opção.

Ficamos esperando no meio-fio enquanto ele tira a mala e coloca na calçada. Ele entrega a boneca a Lizzy. Antes de pegá-la, ela dá uma olhada ao redor para garantir que ninguém está olhando.

— Vamos ficar com saudade, James — diz ela. — Você é um homem de poucas palavras.

Ele dá uma risadinha.

— Nunca aprendi a escutar o som da minha própria voz.

— Você vai para a Flórida com o Sr. Oswald? — pergunto.

— Por um tempo. Vou ajudá-lo a se acomodar. Ele não vai precisar de mim lá. Garanto que, em um mês, ele já vai ter montado uma barraquinha em alguma feirinha de antiguidades. Ele não consegue ficar longe dessas coisas. Adora conhecer outros colecionadores. Está no sangue dele.

— Sei do que você está falando — digo a ele. — Está no meu também.

— Seja boazinha — diz James a Lizzy. Ele estende a mão, mas, em vez disso, ela dá um grande abraço nele. A boneca fica presa entre os dois. Eles riem.

Aperto a mão dele.

— Obrigado por tudo, James. Fique de olho aberto para achar os fósseis de moluscos.

— Sempre fico — diz ele e dá um toquinho no quepe.

Observamos a limusine até chegar ao fim do quarteirão e desaparecer na esquina. Olho para a mala. Não tem como eu conseguir levá-la para cima.

— Que tal examinarmos as coisas aqui mesmo? Assim podemos ficar só com as chaves. Tenho certeza de que assim vamos conseguir carregá-la.

— Você quer dizer separar as cracas das crecas? — pergunta ela, já se ajoelhando ao lado da mala.

— Você fica com as cracas — digo a ela. — Eu cuido das crecas.

— Você *sempre* fica com a melhor parte — diz ela, fingindo fazer bico.

— Você se preocupa com o fato de que, se as pessoas ouvissem nossas conversas, nos mandariam para o hospício?

— O tempo todo — responde ela e acomoda a boneca grande com cuidado no degrau mais baixo, de modo que parece que ela está cuidando de nós. — O tempo todo.

Capítulo 17: Marcos

No tempo que demora até examinarmos todo o conteúdo da mala, metade do prédio passa por nós. A Sra. Sanchez diz que estamos com cara de fome e nos traz tacos. Eu finjo comer o meu, mas coloco na mochila e, em vez disso, como um dos meus sanduíches de manteiga de amendoim. Bobby pergunta se pode brincar com a boneca de Lizzy e ela deixa que ele a leve para dentro com relutância. Acho que é uma demonstração da minha força de caráter o fato de eu não ter feito piada com ela por causa da boneca. Não está sendo fácil.

Além das coisas que o Sr. Oswald tinha dito que estariam lá, encontramos seis dólares e trinta e dois centavos em moedas de um e de dez centavos, dois dedais, dezoito pregos enferrujados, um relógio velho com o mostrador rachado, dezenas de anéis de latinhas de refrigerante, várias bolinhas de papel-alumínio, três pilhas vazando o fluido e vários besouros mortos.

Quando só sobram as chaves na mala, ela fica leve o suficiente para eu carregar sozinho.

— Quantas você acha que temos? — pergunto eu, parando a alguns passos da porta do meu apartamento para descansar.

— Duzentas? — chuta ela.

Eu assinto.

— Pelo menos. Vai demorar horas. Dias.

— Vamos ter que levar para a casa da sua avó.

— Se começarmos hoje, talvez consigamos terminar amanhã.

Lizzy balança a cabeça.

— Não estou me sentindo muito bem. Aquele taco não caiu bem, se é que você me entende. Mas pode começar sem mim.

Balanço a cabeça.

— Podemos esperar até amanhã. Ou as chaves estão aqui ou não estão. — Pego a mala mais uma vez e arrasto pelo resto do caminho, batendo em cada degrau na subida. — Se precisar de alguma coisa, minha mãe tem uma farmácia inteira para coisas de estômago no armarinho do banheiro.

— Obrigada — diz ela com um pequeno gemido. — Só vou me deitar um pouco.

Algumas horas depois, minha mãe e eu estamos jogando cartas na cozinha quando Lizzy bate à porta. Ela segura a barriga e parece pálida.

— Sra. Fink? Acho que preciso da sua ajuda.

Minha mãe se levanta da mesa de um salto e leva Lizzy para o banheiro. Ouço as duas conversando, mas não consigo escutar o que estão dizendo. Não quero me intrometer, mas estou preocupado. Lizzy nunca passa mal. Ela é igual a mim no quesito estômago de ferro. Faço a curva para o banheiro a tempo de ver minha mãe dar um tapa na bochecha de Lizzy. Quando ela afasta a mão, dá para ver a marca vermelha. Então minha mãe a puxa para um abraço e as duas começam a rir. A rir!

Meu queixo literalmente cai de choque. Minha mãe nunca bateu em mim, e sei que o Sr. Muldoun nunca bateu em Lizzy.

— Mãe! O que você está fazendo? Qualquer coisa que Lizzy tenha feito, não pode ser assim *tão* ruim! Além do mais, ela está doente!

— Jeremy, está tudo bem — diz Lizzy e enxuga uma lágrima.

Sinto o sangue subir às minhas bochechas.

— Como pode estar tudo bem? Mãe, por que você bateu nela?

— Ah, querido — diz minha mãe, gentil. — É um velho costume quando uma menina fica, hum, quando ela, hã... — A voz da minha mãe vai sumindo e ela olha para Lizzy, sem saber se deve continuar.

— Eu fiquei menstruada! — grita Lizzy. — Pode me dar os parabéns. Agora eu sou uma mulher!

Sinceramente, se o chão se abrisse e me engolisse, eu ficaria bem feliz. Não sei para onde olhar. Eu sabia que todas as meninas na escola viam um filme especial no quinto ano sobre "se tornar mulher" enquanto os meninos ficavam no pátio jogando queimado. E tinha ouvido boatos no ano passado de meninas que haviam tido "acidentes" durante a aula e precisaram amarrar o blusão na cintura. Mas realmente não posso dizer que compreendo alguma dessas coisas. Lizzy está vivendo esse marco tão importante, e eu não faço parte dele. Começo a sentir que estou sobrando, recuo e balbucio:

299

— Hum, parabéns, que maravilha, hã, tudo bem, tchau!

Minha mãe fecha a porta do banheiro e eu ouço o som de caixas sendo abertas. Eu sabia que minha mãe guardava as coisas de "mulher" dela embaixo da pia, mas nunca olhei as caixas para ver o que tinha lá dentro. Estou no meu quarto quando escuto a porta da frente se fechar. Um minuto depois, minha mãe bate à minha porta.

— Quero saber se você está bem — diz ela e se junta a mim na cama.

Largo a revistinha que estou lendo e assinto, meio incerto.

— É só esquisito, acho.

Ela assente.

— Eu sei que é. Vocês dois estão crescendo muito rápido. Você já está mais alto que eu, e agora isso com Lizzy. — Os olhos dela se enchem de lágrimas. — Onde o tempo foi parar? Daqui a pouco vocês vão para a faculdade.

Não tem como conversar com ela quando fica assim toda sentimental. Fico olhando para a revista no meu colo enquanto ela discorre sobre o tempo que voa. Finalmente, ela se liga. Rabisco um bilhete para Lizzy, pedindo desculpa por ter agido de um jeito estranho, mas, quando vou colocar o bilhete no buraco, ele não atravessa. Tento enfiar de novo, mas não vai. Tiro o papel e coloco o olho no buraco. Não é para menos que não passa. Em vez da parte de trás do pôster que normalmente fica ali, vejo um monte de papel-alumínio. Bato duas vezes na parede, mas ela não responde. Considero a possibilidade de mandar um e-mail, mas nós nunca trocamos e-mails.

Parece que a mala perto da porta está me chamando. Se Lizzy está me deixando de lado, é melhor eu começar logo com as chaves. Eu me ajoelho e abro a mala. Mas, assim que ergo a tampa, sei que não vou em frente. Estamos nisso juntos desde o começo. Simplesmente não seria certo. Em vez disso, começo a arrumar as coisas para a viagem.

É quase meio-dia do dia seguinte quando Lizzy aparece.

— Ei — diz ela e se recosta na minha mesa. Ela não parece nada diferente.

— Ei.

Ela repara na minha bolsa de mão pronta no pé da cama.

— Já está com tudo arrumado?

— Estou. E você?

— Não.

Não estou acostumado com as coisas ficarem esquisitas entre nós, e espero que isso vá embora bem rápido.

— Hum, sinto muito pelo papel-alumínio — diz ela.

— Tudo bem.

— Só preciso de um pouco de, sei lá, privacidade, acho. Só por um tempo.

— Eu entendo.

— Que bom.

De repente, eu me sinto acanhado de novo, igual a ontem à noite. Preciso me redimir, de algum modo, por ter simplesmente sumido.

— Você está, hum, se sentindo melhor?

Ela assente.

— Com um pouco de cólica, mas estou melhor. Sua mãe me ajudou de verdade. Meu pai estava tendo um chilique. Ele começou a correr pela sala em círculos. Foi meio engraçado.

— É, minha mãe também está um pouco atordoada. A gente está ficando mais velho e tal.

— Chega de conversa séria — diz ela e se senta no chão ao lado da mala. — Vamos ao trabalho.

Aliviado por não ter mais que falar sobre o assunto, pego a caixa da escrivaninha e me junto a ela. Todo tipo imaginável de chave olha para nós do fundo da mala. De latão e de cobre e prateadas e amarelas e até algumas transparentes. Grandes e pequenas, gordas e magras. Algumas estão tão enferrujadas que quase se desfazem nas nossas mãos, enquanto outras parecem ter sido feitas há um ano. Ficamos batendo um no outro enquanto tentamos enfiar as chaves nas fechaduras, mas demoraria demais se um experimentasse de cada vez. Logo entramos em um ritmo, e agora só batemos os cotovelos uma vez a cada quatro ou cinco chaves. Minha mãe, que está de folga do trabalho hoje, traz queijo quente de almoço para nós. Só paramos para ir ao banheiro.

Às quatro horas, o milagre acontece. Uma das minhas chaves entra inteira no buraco. Agarro o braço de Lizzy e ela paralisa.

— Tente — diz ela. — Vire a chave.

Respiro fundo e viro para a direita. Nada acontece.

— Para o outro lado — diz ela. — Vire para o outro lado.

— Isso me soa familiar — balbucio, lembrando da porta do escritório de Harold Folgard, mas viro, de todo jeito.

E ela vira! Ela vira com facilidade. Ouço um *clique* quando algum mecanismo se encaixa no lugár. Nós nos entreolhamos, chocados e animadíssimos. Então começamos a pular e a berrar. Corremos em círculos ao redor da pilha de chaves descartadas, berrando. Minha mãe chega e se junta a nós no círculo. Não dá para acreditar que realmente achamos uma depois de procurar em tantos lugares. Nossa teoria estava certa: se experimentássemos um número suficiente de chaves, talvez encontrássemos uma que funcionasse. E encontramos!

Depois que os pulos e os berros terminam, voltamos ansiosos para a mala.

— Cuidado para não se apressar demais e deixar uma passar — aviso.

— Não se preocupe, estou sendo muito cuidadosa. Procure as que se parecem com a que funcionou.

A que funcionou era comprida e prateada. Experimentamos todas que se parecem, ainda que de longe, com ela, mas não acontece nada.

Às seis horas, minha mãe nos faz ir à cozinha para comer. Um hambúrguer normal para mim, um hambúrguer vegetariano para Lizzy. O Sr. Muldoun se junta a nós. Ele e minha mãe comem coisas de adulto. Um pimentão verde recheado com algum tipo de meleca feita de arroz e tomate e carne picada.

— Então, o que você vai fazer enquanto Lizzy estiver fora? — pergunto ao pai de Lizzy.

— Ah, o de sempre — diz ele entre bocados do jantar que eu tenho certeza de que ele só está fingindo gostar. — Festas alucinantes, dançar até o amanhecer, esse tipo de coisa.

— E eu achando que você ia ficar com saudade de mim — diz Lizzy.

— Claro que vou ficar com saudade de você — diz ele. — Mas fico feliz por você viajar para o interior. Todos nós precisamos respirar um pouco de ar puro de vez em quando.

— Todas aquelas vacas não deixam o ar com um cheiro muito puro — reclama Lizzy.

— Não tem vaca nenhuma na pousada da minha avó!

— Tem algum tipo de cheiro ruim lá.

— São os gatos! Você adora gatos!

— Eu adoro o *meu* gato — corrige ela. — Não todos os gatos. Sua avó tem o quê: uns doze?

Eu assinto.

— Doze gatos, doze quartos. Só quem adora gato se hospeda lá.

— Ei, pai, adivinha só? — diz Lizzy, aparentemente já sem interesse nos gatos.

— Desisto.

— Encontramos uma chave da caixa de Jeremy!

Ele olha para mim e sorri.

— Mas que maravilha.

— Não é? E ainda temos muitas para experimentar!

— Vocês dois podem voltar para as chaves se quiserem — diz minha mãe. — Assim que terminarem os hambúrgueres.

Cinco minutos depois, estamos ajoelhados mais uma vez na frente da mala aberta. Cinquenta minutos depois disso, encontramos a segunda chave. A mão de Lizzy treme quando ela a vira e a chave se move com um clique. Desta vez, ficamos sentados com muita calma, apesar de o meu coração estar disparado. A segunda chave é curta e atarracada. Nada a ver com a primeira.

— Talvez todas estejam aqui — diz ela, com a voz falhando. — Talvez você consiga abrir a caixa no seu aniversário, no final das contas.

— Eu sei — sussurro, percebendo que eu nunca tinha me permitido acreditar que talvez acontecesse mesmo.

— Então o que estamos esperando?

Duas horas depois, estou com os olhos cansados e pronto para desmaiar. Mas, ainda assim, prossigo. Logo minha mãe bate à porta e sugere a Lizzy que talvez esteja na hora de ir para casa.

— Só faltam umas vinte, mãe.

— Certo, mas o trem sai de Penn Station às nove da manhã, então vamos acordar cedo.

Quando faltam oito chaves, eu encontro a terceira. Ela entra direto. Depois disso, é uma loucura não experimentar as oito últimas. Mas nenhuma entra na última fechadura, nem até a metade.

Acabou. Não posso acreditar que acabou. Fico olhando desolado para o monte de chaves rejeitadas.

— Que decepção — diz Lizzy.

Não falo nada. Pego a caixa com as três chaves enfiadas e sacudo, como se isso fosse ajudar. Tento abrir a tampa. Puxo e empurro, mas nada se mexe.

— O que vamos fazer? — pergunta Lizzy.

Olho para a pilha das rejeitadas e cerro os dentes até doer.

— Podíamos experimentar todas outra vez. Seria mais fácil, porque agora só sobrou um buraco.

— Não aguento mais olhar para nenhuma chave hoje à noite — diz Lizzy. — Mas quem sabe você possa fazer isso durante a H.D.J.?

Estou tão cansado que não quero fazer nada durante a H.D.J., a não ser dormir. Mas concordo.

— Certo, tudo bem.

— Eu ainda preciso fazer a mala — diz Lizzy e se levanta devagar. — A gente se vê bem cedinho.

Resmungo e me forço a experimentar de novo todas as chaves na fechadura que sobrou. Nenhuma funciona. A esta altura, estou praticamente delirante de exaustão.

Como último recurso, experimento as três chaves que funcionaram na fechadura restante. Nada.

Estou tão decepcionado que me sinto vazio. Rabisco um bilhete e coloco no buraco. O papel-alumínio não está mais lá. Faltar uma chave no dia antes de a gente viajar é quase pior que estar sem as quatro chaves. Talvez *seja* pior. Foram vinte e quatro horas cheias de altos e baixos. Eu gostaria de sair da montanha-russa.

De manhã, passo todas as coisas da bolsa para a mala nova. Parece muito mais adulta que a bolsa de lona velha. Um táxi buzina lá embaixo para nos levar à estação. Dou um tchau rápido para os peixes e minha mãe me apressa porta afora. Lizzy já está na escada do prédio. Ela está com o bilhete que mandei para ela ontem à noite, dizendo que não achei a última chave. Ela ergue os olhos e dá para ver preocupação neles.

— Está tudo bem com você?

Eu assinto e me forço a dar um sorriso corajoso. O que mais posso fazer? Se eu não sorrir, vou chorar. Observo o taxista colocar nossas coisas no porta-malas.

— Fizemos tudo que pudemos, certo?

Lizzy amassa o bilhete e o enfia no bolso.

— Fizemos, sim, com certeza. Isso tem que contar para algo. Venha, vamos tentar nos divertir com a sua avó. Sabe como é, nos deixar levar, como disse o Sr. Rudolph.

— Não sei se consigo — respondo, com sinceridade.

— Vai ter churros — diz ela.

Eu sorrio, desta vez de verdade.

— E comida em palitos. A comida sempre fica mais gostosa em um palito.

— É assim que se fala — diz ela quando minha mãe faz a gente entrar no banco de trás do táxi.

Quando chegamos à estação, minha mãe nos leva até o enorme placar eletrônico que lista o local de embarque de todos os trens. Nosso trem segue para Dover, Nova Jersey, e vai demorar cerca de uma hora e meia. Tem um para Chicago, um para Miami, e até um para Los Angeles. Nosso trem sai daqui a seis minutos, e temos que correr por praticamente toda a estação. Lizzy está com o bambolê em cima de um ombro, e ele sai voando para todos os lados e acerta as pessoas. A cada poucos passos, ela exclama: "Desculpe!" ou "Ops, perdão, desculpe!".

Chegamos ao trem com dois minutos de sobra. Colocamos as malas na grade em cima da nossa cabeça, mas o bambolê é largo demais. Lizzy coloca no chão embaixo do nosso assento, e todos temos que ficar com os pés dentro dele para que não saia deslizando para a fileira atrás de nós. Lizzy resmunga que, quando isso tudo terminar, ela vai queimar essa porcaria. Lembro a ela que é de plástico e, por isso, não vai queimar bem e provavelmente vai soltar gases tóxicos.

Ela resmunga alguma coisa que não consigo escutar e chuta o bambolê.

Minha avó está à nossa espera na estação. Faz meses que não a vejo, mas ela não parece mais velha. Depois do acidente do meu pai, ela envelheceu uns dez anos da noite para o dia. De lá para cá, ficou igual. Minha avó é igual àquele Peep de Páscoa que encontrei. Ela vai estar aqui para sempre.

Antes que possamos detê-la, ela está jogando nossas malas na van. Minha avó está tão acostumada a carregar as coisas das pessoas para a pousada que ficou forte de verdade. Ela sorri ao ver o bambolê.

— Está animada para o show de talentos? — pergunta ela a Lizzy.

Fico achando que Lizzy vai resmungar, mas, em vez disso, ela se força a abrir um sorriso e assente.

— Jeremy também está muito animado, não está, Jeremy?

A esta altura, já estou dentro da van.

— Ah, muito — balbucio.

— Por que eu não acredito neles? — pergunta minha avó a minha mãe quando fecha a porta de trás da van.

Quando chegamos à pousada The Cat's Paw, quarenta e cinco minutos depois, estou me sentindo um pouco enjoado por causa do trajeto de carro. As estradas do interior sempre me pegam de jeito. Na cidade, as estradas são retas e sem elevações, na maioria. Lizzy e eu saímos cambaleando da van. Ela também parece um pouco pálida. Minha mãe pergunta se ela está bem e eu ouço quando ela sussurra que está com um pouco de dor na barriga. Minha mãe diz que vai dar um pouco de Advil para ela, mas que é normal e vai passar em alguns dias. Percebo que elas estão falando de coisa de mulher de novo, não de enjoo por andar de carro. Pego minha mala e corro para dentro da pousada. Sou recebido por diversos gatos em diversas posições. Alguns estão limpando partes do corpo variadas com a língua, alguns dormem, um joga um rato feito de lã de um lado para o outro, e outro arranha a perna de uma cadeira. Mas não vejo minha gata preferida.

Minha avó chega por trás de mim.

— Já coloquei Tootsie Roll no seu quarto.

As avós são tudo!

Carrego minhas coisas escada acima, até o quarto em que sempre fico quando estou aqui. O quarto da minha mãe fica do outro lado do corredor e o de Lizzy é conectado ao meu por uma porta. Tootsie Roll, comprida e castanha, está à minha espera no meu travesseiro. Ela ronrona quando eu a acaricio, não faz aquele barulho de rosnado como Zilla. Os gatos da minha avó são normais, não animais pré-históricos com fantasia de gato. Minha avó colocou uma foto de uma visita de família no meu criado-mudo. Foi alguns anos depois da inauguração, quando eu tinha três anos. Tootsie Roll era só uma filhotinha na época, e minha avó deixou que eu desse um nome para ela. Eu me forço a parar de olhar o rosto sorridente do meu pai na foto.

Preciso tirar minhas roupas da mala imediatamente, senão, não sinto que realmente estou lá. Enquanto estou enfiando coisas nas gavetas, escuto Lizzy e minha mãe subindo as escadas. Minha mãe sugere a Lizzy que ela passe algumas horas deitada. Não quero ser insensível nem nada, mas se Lizzy for passar mal a semana inteira, isto aqui vai ser bem chato.

A mala agora está vazia, tirando três itens que embalei com cuidado em jornal. Primeiro eu tiro a caixa do meu pai e coloco no criado-mudo ao lado da foto. Apesar de eu não ter como abrir, não pude suportar a ideia de deixá-la em casa sozinha. Então desembalo a maçã que o Sr. Rudolph me deu, que só está um pouco mole, e coloco na escrivaninha, ao lado da folha impressa de *Instruções de cuidado e alimentação para seu gato temporário* que minha avó deixa em todos os quartos.

Eu me sento na beirada da cama e fico acariciando Tootsie Roll. A ausência de barulho é ensurdecedora. Eu sempre demoro um pouco para me acostumar. Do lado de fora da janela, um cervo de verdade está mordiscando os arbustos. Este lugar realmente não tinha como ser mais diferente da nossa rua.

Encosto a orelha na porta que separa meu quarto do de Lizzy, mas não escuto nada. Ela realmente está dormindo durante o dia. Mesmo quando éramos pequenos, Lizzy sempre se recusava a dormir de dia. Ela deve estar se sentindo mal de verdade. Não pela primeira vez, fico feliz por ser menino.

Já entediado, desço para ver se consigo fazer alguém se interessar por um jogo de cartas. Minha avó fica com a maioria dos quartos cheios quando a feira estadual acontece, e geralmente tem algum hóspede na sala comum em busca de companhia. Mas não agora. O lugar está silencioso como uma tumba, tirando os gatos, claro. O bambolê de Lizzy está apoiado na parede. Mas que diabo, não tem ninguém aqui mesmo. Coloco o bambolê em volta da cintura, vou para o meio da sala e começo a girar.

Sou bem bom nisso! É uma coisa natural! O bambolê gira e gira, as bolinhas dentro dele fazem um barulho ritmado. Dobro os joelhos, sem parar de mexer o quadril, e o bambolê agora está a menos de meio metro do chão. Ele continua girando e girando. Volto a me levantar devagar. Ele me acompanha. Depois de alguns minutos fazendo isso, meu enjoo do carro volta. Deixo o bambolê baixar para minhas coxas, depois os joelhos e as canelas, até cair no chão. De trás de mim, palmas e um assobio baixo se fazem ouvir. Eu me viro e tropeço no bambolê ao fazer isso.

311

Lizzy, minha mãe e minha avó estão lá paradas, batendo palmas. Minhas bochechas queimam, mas consigo fazer uma mesura sem jeito.

Lizzy se aproxima e pega o bambolê dela.

— Há quanto tempo você esconde esse talento secreto de mim?

— Eu também gostaria de saber — diz minha mãe.

— Achei que você estivesse dormindo — digo a Lizzy em tom de acusação.

— Talvez eu devesse ter inscrito *você* para se apresentar com o bambolê no Concurso de Jovens Talentos! — diz minha avó.

— Acalmem-se, todas — digo e recuo para a entrada principal. — Eu só estava passando o tempo. Vamos todos esquecer que isso aconteceu.

— Faça de novo, Jeremy! — exige Lizzy, e joga o bambolê para mim.

— Espere até eu pegar minha câmera de vídeo — diz minha mãe e se prepara para subir a escada.

Percebo minha deixa e aproveito para correr e sair porta afora em velocidade máxima. Ouço risadas atrás de mim. Quando você está em minoria e as mulheres estão rindo de você, descobri que o melhor a fazer é sair correndo o mais rápido possível.

Capítulo 18: A feira estadual

Na manhã seguinte, minha avó nos acorda cedo. É o primeiro dia da feira, e ela precisa levar a geleia feita em casa e descobrir qual vai ser a mesa dela no concurso de arrumar a mesa.

— Por que minha mãe não tem que participar de nenhum concurso? — resmungo por cima dos ovos mexidos. Normalmente, eu nunca comeria ovos, mas como os ovos mexidos da minha avó porque ela mistura com mini M&M's. Minha mãe se recusa a tentar fazer isso em casa.

— Sua mãe não perdeu uma aposta — responde minha avó enquanto serve suco de laranja para Lizzy, que boceja. — Vocês dois perderam.

— Aprendemos nossa lição — diz Lizzy. — Nunca mais vamos apostar nada. Agora, será que podemos voltar para a cama? Devíamos estar de férias.

Minha avó balança a cabeça.

— Você pode dormir até mais tarde amanhã. Vai querer estar com os olhos brilhantes e com o rabo felpudo para o concurso na terça.

— Isso é coisa de gato? — pergunto.

— O que é coisa de gato? — pergunta minha avó e se senta à minha frente, do outro lado da mesa.

313

— A coisa de olhos brilhantes e rabo felpudo que você acabou de falar.

— Ah. Acho que não. Pode ser, talvez.

Lizzy revira os olhos entre garfadas de ovo.

— Até nas férias ele tem que saber tudo. É um *ditado*, nada mais.

— Todo ditado vem de algum lugar — resmungo.

— Tem a ver com um esquilo — diz uma voz de homem de trás do jornal na mesa ao lado.

— Obrigado — respondo, vingado.

Ele agita o jornal em resposta.

Eu me volto para Lizzy mais uma vez.

— Você não se sente melhor agora que sabe?

— Eu me sentiria melhor se pudesse voltar para a cama!

— Ei, cadê minha mãe? — pergunto.

Minha avó empurra a cadeira para trás e serve mais café aos outros hóspedes antes de responder.

— Ela está cuidando de algumas coisas para mim, para que eu possa levar vocês dois à feira. Agora andem logo e terminem antes que acabe todo o algodão-doce.

Minha avó com certeza sabe motivar as pessoas!

Assim que minha avó para na entrada e nós passamos pelo portão, eu respiro fundo. Churros. Algodão-doce. Calda de chocolate. Cachorro-quente. O paraíso deve ter este cheiro. Paro de repente quando passamos por uma barraquinha que é nova este ano. Um homem com um avental vermelho está mergulhando um Twinkie em um palito na massa frita que usam para fazer churros. É um Twinkie frito com massa! Fico com água na boca. Preciso limpar a baba da camiseta.

— Mais tarde — promete minha avó.

Depois que entrega o Twinkie à menininha mais sortuda do universo, o homem enfia um palito em um Snickers e mergulha na massa. *Um Snickers frito com massa!* Esse homem é brilhante!

Eu só me deixo ser arrastado para longe depois que minha avó coloca a mão no coração e jura por tudo que é mais sagrado que vai me deixar comprar um de cada antes de irmos embora.

A caminho do lugar para deixar os potes de geleia, passamos pelas corridas de porco e pelas disputas de puxar trator. As duas têm uma multidão torcendo para os participantes. Lizzy pega um folheto que anuncia o horário de cada corrida.

— Vou dar a Rick quando voltarmos para casa — diz ela e enfia no bolso. — Vou dizer a ele que ganhamos *tanto* a corrida de porco *quanto* a disputa de puxar trator!

Minha avó nos apressa pelas barraquinhas em que homens fantasiados gritam em megafones:

— Venham ver a menor mulher do mundo! Ela está aqui! Ela é de verdade! Ela pode até conversar com você! Apenas cinquenta centavos pela melhor experiência da sua vida!

— Venham ver o maior cavalo do mundo! Vindo diretamente da região dos Amish! Vocês não vão acreditar em como ele é enorme!

315

— Vó, a região do Amish não fica, tipo, a uma hora de distância, na Pensilvânia? — pergunto e diminuo a velocidade. — Será que eu vou lá e digo para ele?

— Acho que ele sabe — diz minha avó. — Essa gente fala qualquer coisa para ganhar um trocado.

— Ah, está falando de gente como aquela mulher que adivinhou nosso peso no ano passado? — pergunta Lizzy.

— Exatamente — responde minha avó.

— A-ha! — dizemos Lizzy e eu juntos.

— Então você *reconhece* que ela estava trapaceando! — exclamo. — E mesmo assim fez a aposta!

Os lábios da minha avó se apertam.

— Certo, certo, eu sabia que era um truque. Mas podem acreditar, vocês vão me agradecer depois da apresentação.

Lizzy coloca as mãos na cintura.

— E eu achei que avós deveriam ser doces e amorosas, e não alguém que engana o neto e a praticamente neta adotada para ganhar uma aposta!

— Ah, sim — diz minha avó —, mas às vezes as avós precisam fazer o que acham melhor para o neto e para a praticamente neta adotada abrindo seus olhos para novas experiências. Essa é a única maneira de vocês aprenderem o que são capazes de fazer. Agora andem logo, minhas geleias estão derretendo.

Relutantes, Lizzy e eu vamos atrás quando minha avó entra na barraca de Artesanato e Culinária. Mesas cheias de molhos de tomate, geleias, biscoitos, colchas, comedores de passarinho e tortas nos recebem. Alguns já têm fitas presas neles. Elas dizem: *Excelente*, *Muito Bom*, *Bom* ou *Razoável*. Não vejo nenhuma que diga: *Eca* ou *Ruim* ou *A pior coisa que eu já comi*. Espero enquanto minha avó faz a inscrição na mesa principal e cola uma etiqueta com o número 22 nos potes dela. Quando ela está colocando a geleia entre as outras, pergunto se alguém perde o concurso.

Ela balança a cabeça.

Estou prestes a questionar mais por que alguém participa de um concurso em que todo mundo vence, mas me distraio com três meninas asiáticas que riem e apontam para Lizzy. Corro até ela e puxo Lizzy para longe das abóboras gigantes que ela está admirando.

— Hum, por algum motivo, aquelas meninas estão apontando para você.

Ela se vira.

— Quem?

Não preciso responder, porque o grupo agora se aproxima dela. As meninas ficam empurrando umas as outras e caem para trás, dando risadinhas. Finalmente, uma delas chega perto de Lizzy.

— Você deve gostar muito mesmo de nabo! — diz ela, e tem mais um ataque de risadinhas.

Lizzy olha fixamente para ela, depois dá uma olhada na mesa de abóboras. Não tem nenhum nabo ali.

— Hã? Como assim?

A menina aponta para o braço de Lizzy.

— Sua tatuagem! Está escrito "nabo".

— Não, não está — responde Lizzy, mal-humorada. — Está escrito "vida".

As meninas agora caem por cima umas das outras de tanto que riem. Trocamos olhares preocupados.

— Não está? — pergunta Lizzy em uma voz bem baixinha.

As meninas balançam a cabeça. Lizzy desenrola a manga da camiseta bem rapidamente e puxa para esconder a tatuagem. Ela me pega pelo braço.

— Venha, Jeremy, vamos sair daqui.

Deixamos as meninas para trás, apesar de a risada delas nos seguir para fora da barraca. Estou usando todo o autocontrole para não rir também.

— Bem, é oficial — diz Lizzy. — Não podemos confiar em *ninguém* que venda *qualquer coisa* no calçadão de Atlantic City.

— Será que um Snickers frito em um palito faria com que você se sentisse melhor?

— Talvez.

Enquanto esperamos minha avó sair, Lizzy lambe o dedo e esfrega a tatuagem. Ela borra um pouco, mas continua lá. Como prometido, paramos na barraquinha nova e minha avó compra um de cada tipo para nós. Com um Twinkie frito em uma das mãos e um Snickers frito na outra, nem Lizzy consegue ficar brava durante muito tempo.

— Eu nem sei como é a aparência de um nabo — resmunga ela quando encontramos um banco para sentar enquanto minha avó vai ao evento de arrumar a mesa para ver o que vai fazer. — Como eu posso adorar nabos se nem sei como eles são?

— Não pode — digo e dou uma mordida primeiro no Twinkie, depois no Snickers. O gosto é tão bom quanto imaginei que seria.

— Esta tatuagem tinha que sair em uma semana. Já passou uma semana!

— Não se preocupe. Você borrou tanto que ninguém vai saber se diz "vida", "nabo" ou "avante Yankees".

— Jura?

— Juro.

— Só por isso, deixo você usar meu bambolê quando voltarmos para a pousada.

— Muito engraçadinha.

— Não, você mandou muito bem.

Termino a última mordida do Snickers e jogo o palitinho no lixo.

— É, eu sei.

Passamos o resto do dia treinando a apresentação, e a maior parte do dia seguinte também. Agora Lizzy consegue pegar a bola de futebol com os olhos fechados. Talvez minha avó tenha razão e o show de talentos não seja tão ruim assim.

O apresentador limpa a garganta e sua voz ribomba no microfone:

— Vocês serão avaliados de acordo com presença no palco, segurança, originalidade e valor de entretenimento.

Lizzy se inclina para perto de mim.

— Mas e a minha beleza? Isso não conta nada?

— Shh! — Estamos sentados na fileira da frente, junto com o resto dos competidores. Não quero que nenhum dos três juízes fique aborrecido com a gente antes mesmo de a apresentação começar. O locutor segue em frente e anuncia os juízes: um produtor da Broadway careca, um agente de talentos e um sujeito que canta jingles em comerciais. Enquanto todo mundo aplaude, tiro um instante para conferir os concorrentes. O garoto do meu outro lado está cutucando o nariz, a menina depois dele mastiga o cabelo. No fim da fileira, as três meninas que falaram da tatuagem de Lizzy estão vestidas com collants e botas cintilantes iguais. Acho que Lizzy ainda não as viu, e isso é muito bom. Ela pode dizer que não está nervosa, mas não para de puxar fios de capim falso do saiote dela.

— E agora, para dançar ao som do sucesso clássico da discoteca "It's Raining Men", temos as três irmãs Su!

Todo mundo bate palmas quando as três meninas sobem os degraus até o palco. Os olhos de Lizzy se apertam e ela afunda um pouco na cadeira. A música começa a tocar, falha um pouco e depois toca normalmente. As meninas têm uma coreografia complicada com guarda-chuvas, e na verdade são muito boas. Algumas pessoas na plateia começam a cantar junto. Eu me viro para acenar para minha mãe e minha avó na terceira fileira. Minha mãe está toda preparada com a câmera de vídeo. Não estou acreditando que terei que fazer isso. Eu quase cheguei aos treze anos sem ter que subir em um palco. Isso vai contra tudo que é importante para mim. Pelo menos vai acabar logo, e, afinal de contas, é Lizzy quem vai fazer todo o trabalho pesado.

As meninas terminam, agradecem demais se quer saber minha opinião, e voltam a se sentar. Em seguida vem um garoto tocando violino, seguido de um irmão e uma irmã que cantam em dueto. O menino do violino foi meio de doer, mas os cantores não foram ruins. Cutuco Lizzy.

— Somos os próximos!

Ela assente, com as bochechas um pouco pálidas.

— E agora, permitam-me apresentar Lizzy Muldoun, a melhor atleta do bambolê da Costa Leste. Ela vai contar com a ajuda de seu amigo Jeremy Fink.

O público aplaude com educação quando subimos ao palco. Estou com todos os apetrechos de Lizzy na minha bolsa, e a coloco de lado. Olho na direção do centro do palco, onde Lizzy deveria estar. Só que ela não está lá. Eu me viro e a encontro atrás de mim, meio fora de cena. Ela faz um sinal para que eu avance. Ergo o indicador para sinalizar aos juízes que preciso de um tempinho e corro até Lizzy.

— O que você está fazendo? — sibilo entre dentes. — É a nossa vez!

Lizzy balança a cabeça super-rápido.

— Não posso — diz ela, apertando a barriga. — Cólica.

— Você *tem* que estar de brincadeira comigo! — digo. — Quanto tempo essa coisa *dura*?

— Desculpe — diz ela. — Não sei o que fazer.

O público está ficando irrequieto. Dá para escutar os murmúrios das pessoas. Chego mais perto dela.

— Mas você se esforçou tanto. Será que não consegue aguentar?

Ela balança a cabeça de novo.

— Você pode ir no meu lugar! Não consigo girar o bambolê, mas posso jogar as coisas para você.

— O quê? De jeito nenhum!

O juiz da Broadway sobe ao palco.

— Algum problema?

Não sei como responder. Lizzy arranca a saia de havaiana e enfia na minha mão.

— Jeremy vai no meu lugar. Serei a assistente dele.

O juiz ergue uma sobrancelha, mas diz:

— Tudo bem, mas precisamos andar logo. Dez segundos.

— Por favor, faça isso por mim, Jeremy — implora Lizzy. — Eu recompenso você de algum jeito. Você sabe toda a coreografia. Eu ajudo.

— Cinco segundos — avisa o juiz.

Este é um exemplo clássico de por que eu odeio surpresas. Olho enlouquecido para o público, para minha mãe e minha avó. Elas estão de pé com uma expressão contida no rosto. Aponto para a barriga de Lizzy, minha avó parece confusa, mas minha mãe sussurra para ela. Então minha avó começa a entoar:

— Je-re-my! Je-re-my!

Para meu pavor, outras pessoas da plateia se unem a ela. Deve haver umas cem pessoas batendo os pés e berrando meu nome. Parece uma cena de um filme de adolescente ruim, em que o adorável fracassado finalmente faz um gol ou vai falar com a menina mais popular da escola.

Nossa música começa a tocar nos alto-falantes. *Alguém* tem que ir rodar e rodar e rodar aquele negócio, e parece que esse alguém sou eu. Coloco o saiote por cima do short. Mal chega aos meus joelhos. Pego o bambolê da mão de Lizzy e sigo para o centro do palco. Li em algum lugar que, quando os holofotes brilham em seus olhos, a pessoa não consegue ver o público. Acho que isso não se aplica a uma barraca no meio do dia, porque consigo enxergar com muita clareza o rosto cheio de expectativa de todo mundo. Para minha surpresa, o público comemora antes mesmo de eu começar a mexer o quadril.

Respiro fundo, coloco o bambolê no lugar na cintura e entro no ritmo. Faço um sinal para Lizzy, mostrando que está na hora de jogar a bola de futebol. Pego com facilidade e jogo de volta. Só tenho meia consciência de que estou fazendo isso, porque a maior parte do meu cérebro está ocupada com o que Lizzy poderia fazer para me recompensar por isso. Finjo que estou sozinho na sala da pousada, e não girando bambolê com uma saia de havaiana na frente de cem desconhecidos. Senão, sei que vou ficar paralisado.

Um minuto depois ela joga a banana. Começo a descascar e levo até a boca, quando me lembro que detesto bananas! Eu me forço a dar uma mordida, depois engulo rápido e faço uma careta. Jogo o resto da banana para trás e ela bate na cortina. O público cai na maior gargalhada. Não era minha intenção ser engraçado.

Depois do que parece ser uma eternidade, mas que na verdade é só um minuto e cinquenta e três segundos, chegamos ao *grand finale* em que abro uma lata de refrigerante, bebo um pouco e abaixo a mão e coloco a lata no chão, sem parar de girar o bambolê. O arco gira ao redor dos meus joelhos até a música parar. Então eu o levo ao pescoço e faço uma mesura. Minha cabeça se desanuvia o suficiente para registrar o aplauso. Confesso que estou até me sentindo bem. A última vez em que alguém me aplaudiu foi quando ganhei o concurso de soletrar do sexto ano com a palavra neurótico.

Lizzy se apressa pelo palco para recolher o equipamento, eu tiro o saiote e corro para descer do palco pela escadinha. Minha mãe e minha avó se apressam para nos dar os parabéns.

Eu me viro para minha avó.

— Esta é a parte em que eu devia agradecer a você?

— Você foi maravilhoso — diz ela. — Se você consegue fazer isso, o que *não consegue* fazer?

Minha mãe dá tapinhas na câmera de vídeo.

— E eu filmei tudo. — Depois, para Lizzy, ela diz: — Tudo bem com você, querida?

Lizzy assente.

— Eu sinto muito, de verdade, Jeremy. Mas você mandou muito bem, muito bem mesmo. Melhor do que eu teria feito.

Sei que não é verdade, mas o próximo ato está começando, então nos sentamos para assistir. Dez outros atos se seguem. A maioria das pessoas canta ou dança ou toca algum tipo de instrumento, mas um faz uma apresentação de comédia em pé e uma menina toca bongô com os pés. Enquanto os juízes somam a pontuação, as pessoas se aproximam para apertar minha mão e me dizer como fui corajoso. Para mim, foi tudo um borrão. Se não fosse a sensação que sobrou do bambolê rodando na minha cintura, eu poderia quase acreditar que tinha sido um sonho. Nunca, em um milhão de anos, achei que rodaria um bambolê com uma saia em um show de talentos. Fico imaginando o que mais eu poderia fazer que nunca pensei que pudesse.

Tento convencer minha mãe a me deixar correr para pegar um Twinkie frito na massa, já que não tem como vencermos. Ela me faz ficar. Os juízes finalmente anunciam que têm um vencedor.

O terceiro lugar fica com as irmãs Su, que não parecem nada emocionadas quando sobem para receber o cheque de vinte dólares e um troféu de bronze pequeno.

— Quem é que está rindo agora? — sussurra Lizzy.

Fico chocado de ouvir nosso nome chamado para o segundo lugar.

— Somos nós! — berra Lizzy e me arranca da cadeira.

O juiz entrega a Lizzy um troféu de bronze e um cheque de trinta e cinco dólares. Lizzy passa os dois diretamente para mim.

— É o mínimo que posso fazer — diz ela.

Não discuto.

O primeiro lugar e o grande prêmio de cinquenta dólares vai para a menina que tocou bongô com os pés.

Capítulo 19: Feliz aniversário

O sol brilha. Os galos cantam. Eu me sinto mais velho. Mas, de acordo com o espelho do banheiro, não pareço. Pensei por um segundo que tinha um pelo no meu peito, mas era só um fio de cabelo que tinha caído e ficou colado lá. Enquanto eu tentava dormir ontem à noite, me dei conta de que este é, na verdade, o *fim* do meu décimo terceiro ano de vida, e não o começo. Porque, como demora doze meses inteiros até o seu primeiro aniversário, fazer treze anos na verdade significa que agora já estou nesta terra há treze anos inteiros. Estou oficialmente no primeiro dia do meu décimo quarto ano. Não é para menos que me sinta mais velho!

Alguém bate à minha porta, e eu visto uma camiseta rapidamente. Minha mãe, minha avó e Lizzy entram, cantando Parabéns para você. Minha avó traz um bolo com velas no formato do número treze. Ela o coloca na pequena escrivaninha, bem ao lado do nosso troféu de segundo lugar. Onde está o sujeito que devia me dar as boas-vindas oficiais ao mundo da adolescência? Onde está meu aperto de mão secreto?

Apago as velas e todo mundo bate palmas.

— Você fez um pedido? — pergunta minha mãe.

327

Dou um tapa na minha própria testa. Eu tinha esquecido completamente!

— Vamos ter que acender de novo — diz minha avó e tira um isqueiro do bolso do avental.

— Vamos ter que cantar parabéns para você de novo? — choraminga Lizzy.

— Por favor, não — peço.

Desta vez, fecho os olhos e me concentro. Primeiro, desejo que minha família e meus amigos tenham saúde e fiquem em segurança por mais um ano. Mas aquilo que eu realmente desejo não é exatamente um desejo. É mais uma esperança. Espero que, onde quer que meu pai esteja, se ele estiver vendo isso, que compreenda que fiz o máximo possível para seguir as instruções dele e abrir a caixa hoje. Espero que ele saiba o quanto significa para mim ele ter me dado a caixa, em primeiro lugar. Talvez seja isso! Talvez eu deva aprender com o presente em si, e não com o que está dentro dele. Acho que nunca vou saber.

— Certo — diz Lizzy. — Esse deve ser o desejo mais longo da história!

Abro os olhos.

— Tudo bem, tudo bem, terminei. — Respiro fundo e apago as velas na primeira tentativa.

Enquanto minha avó corta o bolo, minha mãe diz:

— Pensamos em fazer um piquenique no lago Mosley. O que você acha?

— É o lugar aonde meu pai costumava me levar para pescar, certo?

Minha mãe assente.

Lizzy parece enojada.

— Vocês costumavam pescar?

Minha mãe ri.

— Não se preocupe, querida. Nenhum peixe era prejudicado quando os homens Fink iam ao lago. Eles usavam balas em forma de minhoca em vez de iscas de verdade.

Sorrio quando minha avó me entrega um pratinho de papel com um pedaço de bolo.

— E meu pai jogava balas em forma de peixe Swedish Fish na água e fingia que estava pescando. Mas ele tinha que ser rápido, porque elas afundavam feito pedra!

— E aí o salva-vidas disse que ele devia parar — completa minha avó —, pois os peixes de verdade poderiam comer os doces e ficar doentes.

— Então meu pai colocou óculos de natação e mergulhou e fez questão de recolher todas as balas!

Lizzy ri.

— Parece mesmo coisa do seu pai. Mas não seria engraçado se alguém pegasse um peixe, cozinhasse e depois encontrasse uma bala em forma de peixe dentro dele?

— Uma verde! — grito, depois de engolir uma garfada grande de bolo.

— Ou cor de laranja! — exclama ela.

— Enquanto vocês dois se divertem — diz minha avó e pega o que sobrou do bolo —, vamos embalar o almoço e chamamos vocês quando estivermos prontas.

Lizzy e eu terminamos o bolo e ficamos rindo em relação aos outros tipos de doce que podem ser encontrados dentro de um peixe. Eu disse que um mini Reese de manteiga de amendoim seria o mais estranho, só porque a gente nunca imagina um peixe comendo manteiga de amendoim. Mas Lizzy disse que achava que algodão-doce seria o mais estranho, porque isso significaria que o peixe tinha sido apanhado em um jogo na feira, mas havia escapado. Depois de jogarmos nossos pratos de bolo no lixo, Lizzy se dirige para a porta de conexão.

— Preciso terminar de embrulhar seus presentes. Vou levá-los para o lago.

Ela deixa uma fresta aberta na porta, e sinto a tentação de espiar o que está empacotando. Mas Lizzy e eu basicamente sempre damos a mesma coisa de presente de aniversário um para o outro, então não vale a pena espiar e ser pego. Todo ano ela me dá uma seleção de doces e quadrinhos, e eu dou um DVD e um livro para ela. Tento achar um livro de que ela poderia gostar se desse uma chance a ele. Geralmente eles vão parar na minha própria estante de livros. Eu já sei o que vou dar a ela este ano: um exemplar bem legal de *O Ursinho Puff*. Acho que ela vai gostar, depois daquela coisa toda com Mabel Billingsly.

Quando chegamos ao lago, fico surpreso de ver que não está muito cheio. Talvez tenha umas dez pessoas no total. Os velhos botes a remo que ficam lá amarrados estão vazios, e não tem salva-vidas. É um daqueles dias de verão perfeitos. Fiquei achando que o lago estaria cheio de gente. Quando saímos da perua da minha avó, percebo que o lugar está quase todo só para nós. Eu tinha me esquecido de por que paramos de vir aqui.

— O que é *isso*? — pergunta Lizzy, apertando o nariz.

Minha mãe e eu também apertamos o nariz, mas minha avó respira bem fundo.

— Não é uma delícia? Faz com que eu me lembre das pescarias que eu fazia com os meus avós. E usávamos minhocas de verdade.

Lizzy fica olhando para minha avó.

— Pelo cheiro, parece que o monstro do Lago Ness veio aqui para morrer.

Minha mãe soltou o nariz e também está respirando fundo.

— É assim que a gente se acostuma com um cheiro ruim — explica ela. — Depois que ele chega à sua fossa nasal, você mal nota.

Eu hesito, mas experimento a técnica. Parece dar certo. Agora eu só sinto aquele cheiro de pântano com o intervalo de algumas respirações.

— Não podemos comer no carro? — implora Lizzy.

Minha mãe balança a cabeça.

— Ah, vamos lá, o dia está lindo. Vai estar melhor mais perto da água.

— Não vai estar *pior* perto da água? — pergunta Lizzy e nos segue de má vontade. Eu deveria concordar com ela, mas acontece que minha mãe estava certa. Abrimos o cobertor entre um casal jovem que toma banho de sol e um menino empinando uma pipa em forma de dragão. Mesmo assim, ficamos a uma distância suficiente de ambos para ter privacidade.

Minha avó vai tirando as coisas da geladeirinha. Uma por uma, ela tira coisas que têm cheiro ainda pior do que o lago. Sanduíche de atum em pão integral, sanduíche de ovo em pão de centeio, azeitonas, picles. Lizzy pega o sanduíche de salada de ovo, e eu fico esperando pacientemente pelos meus sanduíches de manteiga de amendoim, que eu sei que virão. Minha avó pega uma garrafa térmica de limonada, depois guardanapos, copos de papel e garfos.

— Podem se servir, pessoal.

Inclino a geladeirinha na minha direção. Vazia.

— Hum, onde está minha manteiga de amendoim?

— Bem, não tenha um ataque — diz minha mãe e empurra um sanduíche de atum na minha direção. — Sua avó e eu achamos que, como agora você tem treze anos, está na hora de experimentar outra coisa.

Meus olhos se arregalam.

— Está brincando!

Como elas puderam fazer isso comigo no meu aniversário? Estou morrendo de fome. A única coisa que comi foi bolo de aniversário no café da manhã.

Minha mãe sorri.

— Sim, estamos brincando. — Ela enfia a mão na sacola de praia. — Aqui estão seus sanduíches.

Minha avó dá risadinhas. Lizzy sorri, e os dentes dela estão cheios de ovo grudado. Apesar de ela ter me feito jurar que eu sempre diria a ela quando tivesse comida presa nos dentes, desta vez eu deixo passar, porque ela está rindo da minha dor.

— Ha ha, muito engraçado — digo e pego os sanduíches. — Fazer piadinhas com um garoto no dia do aniversário dele. Legal.

— Para compensar, aqui está seu presente de aniversário. — Minha mãe me entrega um envelope azul. Fico surpreso, porque ela quase nunca me dá cartões. Ela acha que todos os feriados são criação da empresa Hallmark.

— Antes de você abrir — diz ela —, devo explicar que é só uma *foto* do seu presente, porque eu não queria ter que trazê-lo até aqui.

Curioso! Então o presente é tão grande que é difícil de carregar. Rasgo o envelope e tiro de dentro dele uma fotografia Polaroid de um telescópio! Dá para ver pelo fundo que minha mãe o deixou escondido na sala dos Muldoun.

— Você sabia disso? — pergunto a Lizzy.

Ela assente.

— Estou melhorando em guardar segredos.

— Gostou? — pergunta minha mãe.

Dou um abração nela.

— Adorei!

— Eu testei no telhado. A visão fica um pouco embaçada por causa de tanta luz, mas funcionou melhor do que eu esperava. É uma pena a gente não ter podido trazer para cá. Dá para ver as estrelas bem melhor, assim tão longe da cidade.

— Você pode trazer no ano que vem — diz minha avó. — Vire a foto.

Viro a imagem na mão. Preso nas costas há um post-it com as seguintes palavras: *The Sky and Telescope Foundation, inscrição válida por um ano.*

— Esta é minha contribuição — diz minha avó.
— Você pode ir à sede deles sempre que quiser para fazer pesquisas ou para conversar com outras pessoas que gostam da mesma coisa. Mas fica em Midtown, então você vai ter que tomar o metrô ou o ônibus para chegar até lá.

— Tudo bem? — pergunta minha mãe. — Posso me organizar para ir com você, se preferir.

Faço uma pausa de um segundo e digo:

— Não, tudo bem. Agora eu sei fazer isso. Só preciso de um Metrocard.

— Você está pronto para o meu presente agora? — pergunta Lizzy, pulando para cima e para baixo sobre os joelhos de tanta animação.

Assinto e dou mais uma mordida rápida no sanduíche. Lizzy enfia a mão na sacola de praia dela e tira uma caixa embrulhada na página de quadrinhos do domingo passado. Rasgo e encontro um pacotinho menor, quatro das minhas revistinhas preteridas e a nova edição dupla de *Betty and Veronica*. Lizzy ri.

— Comprei esse só para provar que as pessoas vão comprar mesmo que não tenham visto o cartaz.

— Você não está provando nada exatamente. Você *viu* o cartaz!!

— Ah, um pequeno detalhe. Abra o resto.

Abro o pacote menor e encontro a variedade de sempre: Twizzlers, Skittles, Fun Dip, Bottle Caps, Runts e dois Peppermint Patties.

— Você vai comer tudo isso sozinho? — pergunta minha avó. — Vai ser uma conta de dentista e tanto!

— Não vou comer de uma vez — prometo a ela.
— Como ao longo de um dia inteiro.

Minha mãe balança a cabeça.

— Estou tentando, estou tentando.

Eu me viro para Lizzy.

— Obrigado por tudo. Está ótimo. — Há algo reconfortante de verdade em saber exatamente o que esperar. Neste verão, isso é algo que aconteceu com muito pouca frequência. Mordisco meu sanduíche todo feliz. O menino da pipa fica de olho no meu monte de doce, mas finjo que não reparo.

— Tem mais uma coisinha — diz ela e enfia a mão na sacola. Ela tira uma caixinha vermelha. Não está embrulhada, então reconheço com facilidade. É a caixa da carteira que eu a ajudei a escolher no Natal passado para o pai dela. Será que ela vai repassar para mim? Eu não me importaria, de verdade. A carteira era legal, e eu poderia usá-la. Pego a caixa e abro, achando que vou ver a carteira marrom fina. Em vez disso, sobre uma camada de algodão branco está uma única chave prateada. Eu a tiro da caixa. No começo, não entendo. Será um símbolo da nossa busca do verão?

Então entendo. Minhas pálpebras se esticam tanto para abrir que chega a doer, de verdade. Levanto a cabeça em um movimento brusco.

— Esta é... esta é a... esta...

— É — diz ela, voltando a pular. — É a quarta chave.

Minha mãe e minha avó olham todas felizes para mim. Tenho a sensação de que elas sabiam que isso aconteceria. Uma mistura de descrença, alegria, alívio e raiva toma conta de mim.

— Mas como foi que você, onde foi que você, como...

— Estava na mala. Encontrei mais ou menos uma hora depois que a gente achou a segunda chave. Você estava no banheiro, então eu escondi no bolso.

Pensar que Lizzy escondeu isso de mim durante quase uma semana é quase tão difícil de acreditar quanto no próprio aparecimento da chave.

— Mas por que você faria uma coisa dessas? Eu passei todo esse tempo pensando que não tinha esperança. Mas você sabia. Você *sabia*!

Uma expressão de incerteza passa pelo rosto dela.

— Quanto mais difícil é achar uma coisa — diz ela, sem jeito —, mais satisfatório ainda é quando a gente finalmente encontra. Parece familiar?

Eu assinto.

— Foi o Sr. Oswald que disse isso. Na última vez em que o vimos.

— E ele estava certo? — pergunta ela e dá um gole nervoso na limonada. — Eu só queria dar a você um presente do qual nunca vai se esquecer. Agora você me odeia?

Abaixo os olhos para a chave. Ela reflete o sol e brilha. Eu a aperto com força na mão. E se eu soubesse há uma semana que esta chave existia?

— Não faça isso de novo.

Ela faz um X em cima do coração com o dedo, prometendo.

— Não faço. Prometo. Minha coceira de roubar desapareceu. Acho que queria me trazer até aqui.

— Que bom. Aliás, você está com os dentes cheios de ovo.

Ela imediatamente começa a passar a língua por cima deles até eu dizer que saiu tudo.

Minha mãe começa a recolher o lixo.

— Sua avó e eu queremos dar um passeio. Por que você e Lizzy não pegam um dos botes a remo e vão até a pedra grande? — Ela aponta para o meio do lago. — Daqui, parece uma pedra grande, mas, de perto, na verdade é um aglomerado de pedras. Seu pai me levou lá uma vez.

— Parece bom — digo, termino o sanduíche e viro o copo de limonada. O contorno da chave agora está impresso na palma da minha mão, de tanto segurar com força. Eu queria ter trazido a caixa comigo. Agora que tenho todas as chaves, sinto que ela me chama.

Lizzy confere os dentes uma última vez na lateral da garrafa térmica de metal e se levanta.

— Será que levamos isto conosco? — Ela enfia a mão na sacola e tira a caixa, junto com as outras três chaves.

— Você prometeu que não ia fazer mais surpresas! — digo e estendo as mãos para pegar a caixa, todo feliz, e a abraço junto ao peito.

— Esta foi a última, eu juro!

Lizzy escolhe o bote a remo menos estragado entre os dois que estão amarrados ao cais, mas isso não quer dizer muita coisa.

— Qual você acha que é a probabilidade de a gente afundar? — pergunta ela.

— Humm, eu diria meio a meio. Mas não tem água no fundo do bote, então pelo menos não está furado.

Eu o firmo para Lizzy entrar, depois solto a corda do poste e embarco atrás dela. Ela deixou para mim o assento que tem os remos presos do lado. Enfio a ponta de um dos remos na água e o bote se afasta da margem com facilidade. Só falamos quando chegamos mais perto das pedras. Na minha cabeça, só enxergo a caixa. Grande e agigantando-se por cima de mim.

— Hum, como vamos prender esta coisa? — pergunta Lizzy.

— Acho que meu pai prendeu a corda ao redor de uma das pedras menores, e ele ficou parado. Você vai ter que esticar o braço e tentar pegar uma das pedras. Aí eu jogo a corda para você.

— Isso vai ser interessante — resmunga Lizzy.

Chego o mais perto possível. O bote atinge na lateral das pedras. Lizzy estende a mão para a mais próxima e consegue segurar por tempo suficiente para eu jogar a corda.

— Agora você vai ter que descer e segurar a corda para o bote não sair boiando. Aí eu saio e amarro.

Lizzy resmunga alguma coisa a respeito de ser sugada pela correnteza e jogada contra as pedras, mas consegue descer sem problemas. Um minuto depois eu já amarrei o bote e me juntei a ela na pedra maior. Coloco a sacola e a toalha entre nós e pego a caixa. Com as pernas esticadas, eu a apoio nas coxas. Nunca pensei que chegaria a este momento. Lizzy está com os olhos fechados e com a cabeça inclinada para o sol.

Olho para a água e penso em tudo que me trouxe até aqui. Foi uma jornada muito bizarra. Se não fosse por esta caixa, eu nunca teria andado de metrô nem de ônibus. Não teríamos sido pegos invadindo um escritório e não teríamos sido mandados para trabalhar com o Sr. Oswald. Eu nunca teria andado de limusine e nunca teria conhecido pessoas como James e a Sra. Billingsly e o Sr. Rudolph e o Dr. Grady e o próprio Sr. Oswald. Eu seria uma pessoa completamente diferente. Independentemente do que estiver dentro desta caixa, já me sinto grato ao meu pai por tê-la deixado para mim.

Lizzy me assusta quando berra no meu ouvido:

— O que você está esperando?

Esfrego a orelha e coloco a caixa em cima da toalha.

— Mais um minuto.

Ela resmunga e fica bem ocupada passando protetor solar. O pai dela a obriga a usar FPS 40, porque ela é ruiva.

Um pensamento apareceu na minha cabeça, e eu me sinto culpado até de pensar nisso. Mas não posso fazer nada. E se eu ficar decepcionado com o que houver ali dentro?

— Talvez a gente não deva abrir — digo a Lizzy. — Talvez não devêssemos ter encontrado as chaves, no final das contas. Vamos simplesmente jogar a caixa na água.

Ela está com cara de quem vai ter um ataque cardíaco. As bochechas dela ficam roxas.

— Você está falando SÉRIO? — berra ela.

— Que nada. Vamos abrir!

Ela me empurra com toda a força, mas eu tinha me preparado e consigo permanecer na pedra.

Entrego a ela as duas chaves para as fechaduras do lado dela da caixa e ela as enfia. Depois coloco as minhas duas no lugar. Nenhum de nós faz qualquer menção de girá-las. Dá para ver que Lizzy está esperando minha ordem.

— Certo, gire!

Escutamos quatro cliques instantâneos e alguma coisa desliza lá dentro. Respiro fundo e ergo a tampa. É surpreendente como abre fácil, depois de tanto puxar e empurrar e enfiar coisas na fenda para tentar abrir. Por cima, há um envelope com meu nome escrito. O resto das coisas da caixa está coberto com papel de presente.

— Ei, eu conheço este papel de presente! — diz Lizzy. — É da sua festa de aniversário de oito anos! Eu me lembro porque roubei um pouco depois que você abriu seus presentes, e está na minha coleção de coisas roubadas!

Ver aquele papel de presente me lembra há quanto tempo meu pai fez isso. Ele não pôde ver minha festa de aniversário de nove anos. Eu nem me lembro se tive festa ou não.

Viro o envelope do outro lado. Está aberto, então só preciso tirar a carta. Tento fazer com que minhas mãos não tremam, mas não consigo, e desdobro o papel. A letra do meu pai não é das mais bonitas. Ele sempre brincava que devia ter se tornado médico, porque os médicos são conhecidos por terem a pior caligrafia de todas. Dá para ver que ele se esforçou muito para deixar legível. Faço o que posso para ler em voz alta, mas a cada poucas linhas minha garganta se fecha e preciso fazer uma pausa de alguns segundos.

Querido Jeremy,

Estou escrevendo isto logo depois da sua festa de aniversário de oito anos. Levamos você ao zoológico do Bronx e havia um filhotinho de urso que tinha perdido a mãe com apenas dois dias. Está lembrado? Os tratadores do zoológico colocaram o filhote com uma tigresa que tinha acabado de ter uma ninhada alguns dias antes. A tigresa recebeu o ursinho como se fosse filho dela. Você ficou lá um tempão, com lágrimas escorrendo em silêncio pelas bochechas, vendo a tigresa dar de mamar para o bebê novo. Perguntei a você o que estava acontecendo. Você respondeu: "Eu não sabia que alguma coisa podia ser tão bonita." Sua mãe e eu nos entreolhamos e ficamos impressionados com você. Não sei se você ainda se lembra desse acontecimento, cinco anos é muito tempo na vida de uma criança (desculpe, ADOLESCENTE). Mas isso fez com que eu me sentisse seguro de que você estaria pronto para receber esta caixa um dia. Espero que não fique decepcionado.

Quero contar a você algumas das coisas que aprendi nos vinte e cinco anos desde que aquela vidente em Atlantic City fez aquela previsão tão terrível. Claro que espero estar ao seu lado no seu décimoterceiro aniversário para dizer tudo isso pessoalmente. Se eu não estiver, espero que você possa sentir que estou sempre com você. Desculpe se isso parece sentimental demais. Você vai entender quando tiver filhos, algum dia.

Quando voltei para o Brooklyn de Atlantic City no dia do meu aniversário de treze anos, sua avó fez um jantar especial para Arthur e eu. Arthur tinha acabado de perder um jogo de beisebol, e nenhum de nós estava muito disposto a comemorar. Perguntei ao meu pai — seu avô — se era mesmo possível alguém prever o futuro de outra pessoa. Ele disse que o futuro muda todo dia. Ele disse que nós, e não outra pessoa, temos o poder de criar nossa própria vida. Então ele me contou uma história antiga que eu pedi para ele escrever depois. Agora vou passá-la a você.

Um velho está ensinando ao neto a respeito da vida. "Tem uma luta dentro de mim", diz ele ao menino. "É uma luta terrível, e é entre dois lobos. Um dos lobos é maldoso. Ele é a raiva, a inveja, a mágoa, o arrependimento, a cobiça, a arrogância, a autocomiseração, a culpa, o ressentimento, o complexo de inferioridade, as mentiras, o falso orgulho, a superioridade e o ego. O outro lobo é bom. Ele é a alegria, a paz, o amor, a esperança, a serenidade, a humildade, a bondade, a benevolência, a empatia, a generosidade, a verdade, a compaixão e a fé. Essa mesma luta acontece dentro de você — e dentro de todas as outras pessoas também."

O neto pensa por um minuto e depois pergunta ao avô: "Qual dos dois lobos vai vencer?"

O velho responde com simplicidade: "Aquele que você alimentar."

Mesmo quando somos crianças, temos o poder de criar nossa própria vida. Escolhemos qual dos lobos vamos alimentar, e isso cria a pessoa em que nos transformamos, como enxergamos o mundo, o que fazemos com o curto período de tempo que nos foi reservado. A partir do meu 13º aniversário, eu basicamente cresci com um prazo final na cabeça. Eu pensava: e se aquela mulher estivesse certa? Se eu só tivesse 40 anos para viver, quantas vezes mais eu poderia comer bolo de chocolate? (Acontece que foram MUITAS vezes.) Quantas vezes mais eu veria o sol nascer em uma praia? Quatro ou cinco? Quantas vezes mais eu escutaria jazz? Dez vezes? Cem? Quantas vezes mais eu vou dar um abraço de boa-noite no meu filho?

Fiz questão de prestar atenção a tudo que eu fazia. De estar totalmente presente no momento. Porque a vida é só isso mesmo, uma sequência de momentos que você junta e carrega com você, amarrados em um cordão. Espero que a maioria desses momentos seja maravilhosa, mas claro que nem todos serão. O segredo é reconhecer os importantes quando acontecerem. Mesmo que você compartilhe o momento com outra pessoa, ele vai continuar sendo seu. Seu cordão é diferente do cordão de qualquer outra pessoa. É algo que ninguém nunca vai poder tirar de você. Ele vai protegê-lo e guiá-lo, porque ele É você. Isso que você tem aqui, na sua mão, nesta caixa, é o meu cordão.

Até pouco tempo atrás, eu achava que era a morte que dava significado à vida — que ter um ponto final era o que nos incentivava a abraçar a vida enquanto ela era nossa. Mas eu estava errado. Não é a morte que dá sentido à vida. A vida dá sentido à vida. A resposta ao sentido da vida está escondida bem aqui, dentro da pergunta.

O que importa é se agarrar com força a esse cordão, não permitir que ninguém nos diga que nossos objetivos não são grandes o bastante ou que nossos interesses são bobos. Mas as vozes dos outros não são as únicas com que temos que nos preocupar. Nossa tendência é sermos os piores críticos de nós mesmos. Ralph Waldo Emerson escreveu: "A maior parte das sombras da vida é causada por nós mesmos, que ficamos na frente de nosso próprio sol." Achei essa citação em um pedaço de papel preso na parte de trás daquele relógio de pêndulo mongo. (Imagino se sua mãe finalmente se livrou daquela coisa, como sempre ameaçou!). A sabedoria se encontra nos lugares em que menos se espera. Fique sempre de olhos abertos. Não bloqueie seu próprio sol. Encha-se de maravilhamento.

Sei que não foi fácil para você abrir esta caixa. (Não me pergunte como eu sei — pais sabem tudo.) A vida tem tudo a ver com a jornada. Espero que você nunca se esqueça desta. Eu amo você, Jeremy. Tenho muito orgulho de você. Espero que Lizzy esteja contigo. Não tenho dúvida de que ela está se transformando em uma moça linda. E tenho certeza de que ela continua tão levada quanto sempre foi! Por favor, diga a ela que também tem uma coisa para ela aqui. Cuidem um do outro. Dê *um abraço na sua mãe e na sua avó por mim. Divirta-se demais montando seu cordão.*

Com amor,

Papai

Quando termino de ler, não ergo os olhos da página. Passo o dedo pela tinta, como eu costumava fazer com as letras da parte de fora da caixa. É estranho como esses rabiscos e pontos se transformam em letras e palavras que podem mudar sua vida. Olho para Lizzy. Lágrimas escorrem pelo rosto dela. Ouvi ela prender a respiração quando cheguei na parte da carta que falava dela.

— Está tudo bem com você? — pergunto.

Ela assente em meio às lágrimas.

— E... você?

Coloco a carta no colo.

— Acho que sim.

Ela enxuga os olhos e limpa o nariz na manga. Em meio a fungadas, ela pergunta:

— Será que devemos olhar o que tem dentro do papel de presente?

Coloco a mão em cima dele. É muito volumoso.

— O que você acha que é? Como o cordão de momentos do meu pai pode estar aqui?

— Seu pai tem modos misteriosos de agir — diz Lizzy.

Enfio a mão na caixa e sinto o contorno do pacote de formato incomum. Ele é meio cheio de calombos. Tiro da caixa e fico surpreso de ver como é pesado. Eu achava que a maior parte do peso vinha da caixa em si, mas a caixa vazia é muito leve. Bem devagar, vou rasgando o papel de presente até criar uma abertura suficiente para abrir de uma vez.

— Não acredito! — diz Lizzy, então joga a cabeça para trás e ri.

Dentro do papel de presente provavelmente está a última coisa que eu esperaria.

Não é um livro velho, nem um título de poupança, nem um mapa do tesouro. Que nada. Tenho à minha frente uma pilha de pedras.

Capítulo 20: O cordão

Sério. É uma pilha de pedras. Pego uma, depois outra. Elas variam do tamanho de um Mentos até o de um potinho de manteiga de amendoim Reese. Algumas são brancas, outras são marrons, algumas são lisas, outras são ásperas. Tem umas vinte. Uma folha de caderno está enfiada no meio. Eu desdobro. É a caligrafia do meu pai de novo.

Pedra nº 1 Do calçadão, Atlantic City, 13

Pedra nº 2 Da frente da casa da menina em quem eu dei meu primeiro beijo, 13 1/2

Pedra nº 3 Da primeira feirinha de antiguidades a que meus pais me levaram, no Queens, 14

Pedra nº 4 Da frente do Tri-State Twin Dance, onde conheci sua mãe, 15

Pedra nº 5 Da frente da Fink's Comics no dia em que meu pai me deixou tomar conta da loja sozinho, 16

Pedra nº 6 Do pátio da escola na minha formatura no ensino médio, 17

Pedra nº 7 Do Oregon, na primeira vez em que vi o oceano Pacífico, 19

Pedra nº 8 Do cemitério, no enterro do meu pai, 23

Avanço algumas até ver meu nome. *Pedra nº 10 Da frente do hospital onde Jeremy Fink nasceu, 30.* Várias das restantes têm a ver comigo: uma pedra do parque no primeiro dia em que andei, e uma deste mesmo lago na primeira vez em que ele me trouxe aqui para "pescar". A última da lista é da fonte de um hotel onde ele e minha mãe passaram o último aniversário de casamento deles.

Esses são os momentos dele. Esse é o cordão dele. Entrego a lista a Lizzy.

Enquanto ela olha o papel, remexo as pedras. Fico imaginando se ele se lembrava de qual era qual. Ele não as identificou de nenhuma maneira que eu consiga ver. Avisto alguma coisa azul embaixo das pedras e as afasto para alcançar.

— Hum, Lizzy, acho que isto é para você.

Empurro a pilha na direção dela, que olha meio sem entender. Então enfia a mão rapidamente e, com muito cuidado, tira uma carta de baralho. No começo, só conseguimos enxergar o padrão azul nas costas da carta. Depois ela vira do outro lado e engole em seco. É o valete de ouros, uma das duas últimas que faltam na coleção dela. Olho mais de perto. Escrito na transversal, no meio, obviamente nos garranchos do meu pai, estão as palavras: *Espere o inesperado.*

— Mas como... como é que ele... — gagueja ela, olhando para a carta.

Estou tão atordoado quanto ela. Na época do acidente, Lizzy mal tinha começado a coleção. Tentando fazer com que minha voz não trema, respondo:

— Como você disse, meu pai tem modos misteriosos de agir. — Não posso acreditar que fiquei com
medo, por um segundo, de me decepcionar com o conteúdo da caixa. Ele é exatamente certo. Ele é perfeito.

— Mas você estava presente! — exclama ela. —
Só achei o oito de copas há algumas semanas!

— Eu sei.

— Então, como é que ele...

— Não sei.

— Mas...

Coloco a pilha de pedras de volta dentro da caixa.

— Talvez algumas coisas não sejam feitas para serem entendidas. Talvez só tenham que ser aceitas.

— É como magia — diz ela, com os olhos brilhando. — Não a magia do tipo em que se tira uma moeda
da orelha de um garoto, mas a magia *de verdade*.

Concordo, incapaz de pensar em qualquer outra
explicação. Sem largar a carta, Lizzy me ajuda a
guardar tudo de novo nas nossas bolsas. Firmo o
bote para que ela possa entrar, depois solto a corda e
entro também. Durante todo o trajeto de volta à
margem, Lizzy fica dizendo como não consegue acreditar na carta, e como foi legal mesmo da parte do
meu pai incluí-la. Ela está tão feliz que está reluzente.
Estou meio escutando e meio pensando em tudo, e
então a compreensão me atinge, como uma tonelada
de tijolos. Eu sei como a carta foi parar lá. Sei por
que meu pai sabia por que a caixa seria difícil de
abrir. Estou tão chocado com as imagens que inun-
dam meu cérebro que, assim que o bote chega à margem, eu desço correndo.

349

Só que o bote não está nem perto da margem. Essa percepção se instala lentamente quando me vejo afundado até os ombros no lago. Lizzy está debruçada por cima da lateral do bote, tentando chamar minha atenção feito uma louca.

— O que aconteceu? — exclama ela. — Em um segundo você estava sentado aqui, no seguinte, fica branco feito um fantasma e sai do barco no meio da água. Foi a coisa mais bizarra que já vi. Bem, depois desta carta de baralho. Está tudo bem com você?

Eu faço que sim com a cabeça, e essa é a única coisa que consigo fazer neste momento. Minha cabeça ainda está ocupada removendo uma camada após a outra de acontecimentos, igual àquelas bonecas russas encaixadas em que, sempre que você tira uma, tem outra menor dentro.

Minha mãe e minha avó correram até a beira d'água e estão acenando com os braços. Consigo escutar a voz delas, mas não sei o que estão falando.

— Você quer ajuda para subir no bote de novo? — pergunta Lizzy. — Segure a minha mão.

Balanço a cabeça.

— Eu vou andando — digo a ela. — Não é muito longe. Você consegue remar?

— Consigo — diz ela e passa para o assento do meio. — Tem certeza de que está tudo bem? Não faz nem dez minutos que seu pai mandou cuidarmos um do outro, e, antes que eu me dê conta, você caiu do bote na água. Como você acha que eu fico?

Quero contar a ela o que compreendi, mas simplesmente não consigo. Quero manter o mistério da carta vivo para ela mais um pouco. Começo a caminhar na direção da margem, e Lizzy vai remando devagar ao meu lado. A cada poucos passos que dou, tropeço um pouco e preciso nadar. Não acredito que caí do bote. Pelo menos minha mochila continua a salvo a bordo. Se a carta do meu pai e a lista dele tivessem molhado, eu nunca me perdoaria.

— Explicação? — pede minha mãe quando eu me arrasto, pingando, até a margem do lago.

— Não posso dizer que tenha uma para dar.

— Bem, você parece estar inteiro. Abriu a caixa?

Eu assinto.

— Meu pai disse para lhe dar isto. — Chego mais perto e dou um abraço grande de verdade nela. Apesar de eu estar molhado e sem dúvida ter absorvido o cheiro do lago, ela continua me abraçando até Lizzy limpar a garganta e dizer:

— Ahã, será que todos podem fazer o favor de olhar para minha carta de baralho?

Passo para a minha avó para dar um abraço nela. Eu sempre soube como era difícil para mim ter perdido o pai, e para minha mãe ter perdido o marido, mas nunca tinha pensado muito em como deve ter sido difícil para ela perder um filho. Meu abraço nela é extra apertado. Planejo compartilhar com elas o que tem na caixa, mas não agora. Preciso resolver algumas coisas primeiro. *Muitas* coisas.

Quando nosso trem chega a Penn Station no sábado de manhã, viro para a minha mãe e pergunto:

— Preciso fazer uma coisa durante algumas horas, tudo bem?

— Agora? — diz ela. — Você não quer ir para casa primeiro? Dar comida aos peixes?

Balanço a cabeça.

— Tenho certeza de que o Sr. Muldoun não deixou nenhum morrer. Nem substituiu algum sem me avisar.

Ela fica vermelha. Essa é uma piada antiga entre nós, porque uma vez o Hamster morreu enquanto eu estava na escola e minha mãe comprou outro peixe parecido com Hamster e tentou fingir que era o verdadeiro. Ela não contava com meus aguçados poderes de observação.

Um dos condutores nos ajuda a levar nossas malas até a plataforma.

— Como você está pensando em chegar aonde vai? — pergunta minha mãe.

Eu já pensei nisso.

— De ônibus. Estou com o troco certinho.

— Vai sozinho? — pergunta Lizzy e inclina a cabeça para mim, desconfiada.

Eu assinto.

— Não vai nos dizer aonde vai? — pergunta minha mãe.

— Se vocês não se importarem, prefiro não dizer.

Ela abre a boca para dizer algo, mas volta a fechá-la. Com uma expressão estranha que não consigo decifrar muito bem, ela diz com simplicidade:

— Esteja em casa para o jantar.

— Vou ajudar vocês a colocarem estas coisas no táxi primeiro — digo a elas e pego minha mala e a da

352

minha mãe pela alça. Durante todo o tempo em que caminhamos pela estação, Lizzy me lança olhares enviesados. Sei que ela está louca para perguntar.

Ajudo o motorista a empilhar as malas no carro e fico só com a minha mochila. Quando elas vão embora, respiro fundo e caminho até a esquina. O ônibus que preciso pegar deve me deixar a dois quarteirões do lugar. Sacudo as moedas no bolso enquanto espero. Desta vez, quando o ônibus encosta, eu sei exatamente o que fazer. Coloco minhas moedas de vinte e cinco centavos na abertura e pego o primeiro assento disponível. Dou uma olhada ao redor. Desta vez, não tem nenhum Homem-Alho. O pessoal de sábado é totalmente diferente. Ninguém carrega maleta executiva.

Quando o ônibus se aproxima da minha parada, ergo a mão para pressionar a fita amarela, mas alguém pressiona antes de mim. Sigo algumas pessoas porta afora e elas se viram para a direção oposta à que eu vou. Uma mulher passa carregando um poodle. Ela e o cachorro usam óculos escuros iguais. Lizzy teria gostado de ver isso.

Só existe uma pessoa que sabia quais eram as cartas de que Lizzy precisava. E só tinha um jeito de colocar aquela carta na caixa. Sem hesitar, marcho até a porta e toco a campainha.

Quando a porta se abre, eu pergunto:

— Havia quanto tempo que o senhor estava com as chaves?

O Sr. Oswald sorri.

— Entre, Jeremy. Eu estava esperando por você.

Ele me conduz pela casa, agora vazia, até o pátio. Tira um envelope do bolso e coloca na mesa à frente dele. Tem meu nome impresso. Ele não faz nenhum movimento de deslizá-lo na minha direção.

— Estou com as chaves desde que seu pai faleceu — diz ele.

— Mas como isso é possível? Meu pai deixou com minha mãe, que deu a Harold Folgard, e foi ele quem perdeu.

O Sr. Oswald balança a cabeça.

— Não existe Harold Folgard nenhum. Sua mãe enviou as chaves e a caixa a mim.

Ah, por *isso* eu não esperava!

— Como assim, não existe Harold Folgard nenhum? Claro que existe! Lizzy e eu fomos ao escritório dele. Foi assim que acabamos vindo trabalhar para o senhor!

— Você e Lizzy estiveram em um escritório vazio com uma placa presa à porta.

— Mas o segurança... o policial...

— É surpreendente como as pessoas concordam em participar por uma boa causa. Até seu carteiro participou, garantindo que a caixa chegaria quando sua mãe não estivesse em casa para você receber. Até Larry, o chaveiro, fez a parte dele. O bom e velho Larry. Ele estava esperando seus treze anos com ansiedade. Acho que ele adiou a aposentadoria até este dia chegar. Acho que essa coisa toda foi mais difícil para sua mãe.

Fico olhando para ele, surpreso.

— Não entendo. Fez tudo isso por mim? Por que faria uma coisa dessas? O senhor nem me conhece. Quero dizer, não conhecia antes de tudo isso.

— Não fui eu quem fiz — explica o Sr. Oswald.
— Foi o seu pai. Ele planejou tudo. Ele deixou os detalhes a meu cargo. Os trabalhos que vocês fizeram para mim... de devolver aqueles itens penhorados... eram todos legítimos, claro.

— Mas e se eu não tivesse escrito no meu caderno que Lizzy encontrou aquela última carta de baralho e não tivesse mencionado as que faltavam? Como o senhor ia descobrir? O que meu pai teria deixado para Lizzy na caixa?

— Se você não tivesse me dito, eu teria feito a conversa se desviar para suas coleções. Seu pai assinalou todas as cinquenta e duas cartas do baralho, na esperança de que Lizzy não tivesse terminado a coleção ainda. E se tivesse, ele me pediu para descobrir o que ela queria, e incluir essa coisa em vez disso.

— Quando foi colocada lá?

— Quando James sugeriu que você deixasse a mochila no carro um dia. Usei minhas chaves e fiz a carta escorregar entre as duas pontas do papel de presente.

Sei que estou disparando perguntas contra ele, mas não consigo me segurar.

— Há quanto tempo conhece o meu pai? Por que ele nunca falou do senhor?

— Conheci seu pai no mesmo dia em que conheci você. Há sete anos.

— Mas nós só nos conhecemos há algumas semanas!

Ele balança a cabeça.

— Eu parecia um pouco mais jovem na época, usava chapéu de palha e macacão. Tenho certeza de que você era pequeno demais para se lembrar. Seu pai veio falar comigo na feirinha de antiguidades da 26th Street. Ele admirou as caixas que eu estava vendendo. Você não ficou lá com ele durante muito tempo. Ele pediu para sua mãe sair e levá-lo, para poder comprar um presente para você.

Então foi por *isso* que a primeira vez em que o v na escada da casa, fiquei com aquela ideia esquisita de que ele devia estar usando chapéu de palha e macacão!

— Seu pai e eu descobrimos que tínhamos muita coisa em comum. Ele começou a montar esse plano pouco depois de comprar a caixa. Ele nunca falou de mim para você para que, quando nos conhecêssemos, você não desconfiasse de nada.

Balanço a cabeça, descrente.

— Mas por que meu pai faria isso? Por que não deixou simplesmente as chaves e a caixa?

— Você não sabe por quê? — pergunta ele, inclinando-se para a frente.

Faço que não com a cabeça.

— Ele fez isso para lhe proporcionar uma aventura. Para apresentá-lo a pessoas e a experiências que, de outro modo, você nunca teria vivido. Para que você começasse a pensar sobre a vida antes de escutar o que ele tinha a dizer sobre o assunto. Para se esforçar um pouquinho. Tudo bem, um montão!

Escuto o que o Sr. Oswald está dizendo, mas tenho um monte de "mas" na minha cabeça.

— Mas como ele sabia que iríamos à loja de Larry ou ao escritório de Harold Folgard?

Ele sorri.

— Seu pai deu vários saltos no escuro. Ele torcia para que você e Lizzy ainda fossem amigos e para que a determinação dela, combinada com sua curiosidade natural, fizesse com que vocês dois avançassem. Precisamos efetuar alguns ajustes com base nas suas ações. Se alguns dos eventos principais não tivessem acontecido como deveriam, sua mãe estava pronta para fazer as coisas seguirem em uma certa direção.

Quem podia adivinhar que minha mãe era tão boa atriz?

— Espero que você possa perdoar todas as pessoas que participaram disso.

— Só estou chocado de saber que tanta gente faria tanto por mim. E por Lizzy, também. Ela se envolveu tanto quanto eu.

— Pode acreditar, todos os envolvidos tiraram algo da "Operação: Jeremy Fink e o sentido da vida".

Eu rio.

— Era assim que vocês chamavam?

Ele ri, e assente.

Mas aí uma outra coisa me bate, e eu paro de rir.

— Se meu pai planejou toda essa coisa assim tão elaborada, ele realmente deve ter achado que não estaria aqui.

O Sr. Oswald suspira fundo.

— Acho que sim. Ele só queria fazer com que seu aniversário de treze anos fosse inesquecível.

— Foi inesquecível, sim, com toda certeza. Este verão todo foi assim.

— Que bom — diz o Sr. Oswald, empurra a cadeira para trás e se levanta. — Agora que meu trabalho está feito, preciso pegar o próximo avião para a Flórida.

Eu me levanto de um pulo.

— O senhor vai mesmo? Não era só parte da história?

Ele sorri.

— Eu vou mesmo. Aliás, quase que você não me encontra.

Franzo a testa.

— Mas e se o senhor não estivesse aqui? Como eu ficaria sabendo disso tudo?

Ele pega o envelope que tem meu nome impresso e me entrega.

— Está tudo aqui. Junto com um presentinho de despedida meu para você.

Aquele nó tão conhecido se forma na minha garganta mais uma vez.

— Não sei como agradecer por tudo que o senhor fez.

Ele coloca a mão no meu ombro e entramos na casa e nos dirigimos para a porta.

— Mande um cartão-postal de vez em quando, pode ser? Lizzy também. Escrevi meu endereço aí.

— Claro.

Saio para a escadinha da entrada, achando que ele vai me acompanhar. Mas ele não me acompanha. Fica dentro de casa, com uma das mãos na porta.

— E Jeremy?

— Sim?

— Obrigado.

— Está agradecendo a *mim*? Por quê?

— Por me permitir enxergar o mundo através dos seus olhos durante algumas semanas. Há coisas maravilhosas à sua espera.

Sei que estou velho demais para esse tipo de coisa agora, mas entro na casa e dou um abraço no Sr. Oswald. Então me viro e corro escada abaixo, antes que fique ainda mais emotivo. Quando escuto o Sr. Oswald fechar a porta, eu me viro para trás. Ao lado da varanda dele, há pequenos arbustos com pedrinhas brancas ao redor. Pego uma pedra e enfio bem no fundo do meu bolso. *Pedra n° 1: Do dia em que percebi que o amor é mais forte que a morte e que pessoas que você mal conhece podem surpreendê-lo, treze.*

Quando caminho até o ponto de ônibus, algo que minha mãe disse logo depois que a caixa chegou me vem à memória. Ela disse que as coisas só podem acontecer do jeito que acontecem. Pareceu tão óbvio na época que eu nem prestei muita atenção. Mas, de algum modo, agora, depois de todas as reviravoltas que aconteceram entre o dia em que eu estava sem fazer nada na frente da loja do meu tio e este momento, de repente faz sentido. Uma espécie de paz que eu acho que nunca senti antes se instala em mim. E também uma sensação de controle sobre a minha vida. Cada escolha que eu fiz, ou que Lizzy fez, estava baseada em quem éramos ou no que queríamos. Isso é o que eu quero continuar fazendo para sempre, sem me preocupar muito com escolher o certo ou o errado, porque realmente não existe certo ou errado, só existe o que É. E, se eu não gostar do desfecho, é só fazer outra escolha.

Mas, bem, por que não começar agora? O metrô pode me levar para casa bem mais rápido que o ônibus. Tem uma estação a um quarteirão daqui; eu me lembro de ter visto quando o ônibus passou. Começo a ficar um pouco nervoso quando me aproximo, mas continuo caminhando. Alguns minutos depois, estou conferindo o mapa do metrô na parede, do mesmo jeito que fizemos da primeira vez. Vou ter que mudar de trem no meio, então, na verdade, são *duas* viagens de metrô. Uso o resto das minhas moedas para comprar um Metrocard e passo na roleta como um profissional. Não preciso depender de fãs supersticiosos dos Yankees hoje.

Enquanto espero pelo trem, decido que, quando contar a história a Lizzy, vou deixar de fora a parte em que o Sr. Oswald colocou a carta na caixa. Não quero tirar essa magia dela.

Quando estou acomodado e o trem volta a andar, abro o envelope do Sr. Oswald. Tiro a carta e vejo com uma olhada que está cheia com as informações que ele acabou de me dar. Um pequeno envelope amarelo está preso à parte de baixo com um clipe de papel. Dentro do pequeno envelope, há um pedaço de papelão. Preso no meio, coberto com uma camada de plástico de proteção, há um selo. Meu coração começa a bater nos ouvidos. É o selo do meu pai! Aquele que ele passou a vida inteira procurando! Viro o papelão. Tem um bilhete.

Jeremy,

Eu deparei com isto no ano passado. Sempre fiquei de olho nele, em homenagem ao seu pai. Gostaria que você ficasse com ele. Já pedi permissão a sua mãe para dá-lo a você. Deve cobrir o custo da faculdade e talvez até da pós-graduação se for investido com sabedoria. Parabéns! Agora você é um filatelista!

Seu amigo,

Sr. O

Meus olhos queimam com lágrimas. Nunca mais terei um dia assim.

Naquele momento, o metrô para na estação em que preciso trocar de trem. Enfio o selo frágil no envelopinho e guardo tudo com cuidado na mochila. Aquele selo, aquele pedacinho minúsculo de papel impresso, é o meu futuro. Não é demais?

Quando saio na plataforma, alguém está ouvindo rádio. A voz me parece conhecida, mas acho que nunca ouvi aquela música. Algumas pessoas abrem espaço, e percebo que não é um rádio, mas sim o músico que tem cara de jogador de futebol tocando violão. Ele com certeza roda bastante!

Eu me aproximo para escutar melhor. Quando ele termina a música, coloco um dólar no estojo do violão dele, que está aberto.

— Valeu, garoto — diz ele, debruçado em cima do violão para afinar uma corda.

— Hum, posso perguntar uma coisa?

Ele ergue os olhos para mim.

— Claro. O que você tem em mente?

— Por que você toca aqui, no metrô? Quero dizer, você é bom de verdade.

Ele sorri.

— O melhor som se encontra aqui, cara. A acústica neste lugar é surreal. Tudo tem a ver com o som. Sabe como é, como aquele cara do Grateful Dead disse, a música é o som da vida. Sabe como é, a música das esferas e tudo o mais.

Balanço a cabeça.

— Acho que não sei do que você está falando.

Algumas pessoas estão reunidas em volta de mim, escutando.

Ele explica.

— O universo soa em certas vibrações musicais. Todas as estrelas e todos os planetas giram em harmonia com elas. Sabe como é, a grande dança cósmica. Quando toco, eu faço parte disso. Quando você escuta, também faz parte. — Ele termina de afinar a corda e toca para testar. — Algum pedido?

Um sujeito grita:

— "Free Bird"!

Uma senhora pede:

— "Bridge Over Troubled Water"!

Mas não vou ouvir o que ele resolver tocar, porque meu trem chegou.

Meu trem chegou. Gostei do som disso. Meu trem chegou, e vai me levar para casa. Estou me sentindo tão corajoso, talvez eu faça uma surpresa para minha mãe hoje à noite e coma couve-flor ou aspargo ou (careta) *beterraba* no jantar.

Que nada. Como meu pai disse, a vida é curta. Vou continuar comendo a sobremesa primeiro.

Enfio a mão na mochila e tiro o pacote de Fun Dip que Lizzy me deu de aniversário. Quando enfio o palitinho de açúcar no pacote de açúcar azul, uma menininha sentada ao meu lado puxa a manga da minha camiseta. Ela parece ter uns cinco anos e usa um vestido amarelo.

— Me dá um pouco?

Dou uma olhada na mãe dela, mas sua atenção está toda concentrada na criancinha aos berros em seu colo. Ergo o pacotinho de açúcar e a menininha o examina durante um segundo. Então ela lambe o dedo e enfia lá dentro e gira. Há algumas semanas, eu teria achado que isso era a maior nojeira, por ela ser desconhecida e eu não saber por onde as mãos dela andaram e tudo o mais. Mas agora sei que todos fazemos parte de uma grande família cósmica, então não me incomodo.

Ah, a quem estou enganando? Ainda acho que é a maior nojeira. Ela enfia o dedo inteiro na boca e chupa o açúcar. Quando ela sorri, os dentes dela agora estão azuis. Ela e a mãe se levantam para descer na próxima parada. Antes que ela saia, coloco o pacote todo na mão dela.

Com mais quatro paradas para esperar, pego o selo de novo. Espero que meu pai esteja vendo isso agora. Se ele costumava fazer uma dancinha na rua quando achava um disco velho ou uma revistinha rara, imagine o que faria por causa disto: seu tesouro máximo. Aposto que competiria com a música das esferas. Vou ter que fazer isso por ele. Mas, desta vez, não vai ser com uma saia de havaiana.

As pessoas que estão comigo no trem não sabem, mas, na minha cabeça, estou dançando.

Este livro foi composto na tipologia Sabon LT Std,
em corpo 12/15, e impresso em papel off-white,
no Sistema Cameron da Divisão Gráfica
da Distribuidora Record.